La chica zombie

Laura Fernández (1981) es autora de seis novelas: *Bienvenidos a Welcome* (2008), *Wendolin Kramer* (2011), *La chica zombie* (2013), *El show de Grossman* (2013), *Connerland* (2017) y *La señora Potter no es exactamente Santa Claus* (2021), galardonada con el premio El Ojo Crítico de Narrativa 2021, el Premio Las librerías Recomiendan 2021 de ficción, el Premio Finestres de Narrativa en Castellano 2021 y el Premio Kelvin 505 a mejor novela original en castellano publicada por primera vez en España en 2021. Su obra ha sido traducida al francés y al italiano y sus cuentos han sido incluidos en numerosas antologías. Laura Fernández es también periodista y crítica literaria y musical, y una apasionada entrevistadora de escritores. En los últimos tiempos ha escrito sobre todo para *El País*, aunque antes ha colaborado en una infinidad de medios. También trabajó en un videoclub y montó una banda. Tiene dos hijos y un montón de libros de Philip K. Dick.

Biblioteca
LAURA FERNÁNDEZ

La chica zombie

DEBOLS!LLO

Papel certificado por el Forest Stewardship Council®

Penguin
Random House
Grupo Editorial

Primera edición: junio de 2023

© 2013, Laura Fernández
Esta edición c/o SalmaiaLit, Agencia Literaria
© 2023, Penguin Random House Grupo Editorial, S.A.U.
Travessera de Gràcia, 47-49. 08021 Barcelona
Diseño de la cubierta: Penguin Random House Grupo Editorial / Marta Pardina
Imagen de la cubierta: © María Jesús Contreras

Penguin Random House Grupo Editorial apoya la protección del *copyright*.
El *copyright* estimula la creatividad, defiende la diversidad en el ámbito de las ideas
y el conocimiento, promueve la libre expresión y favorece una cultura viva.
Gracias por comprar una edición autorizada de este libro y por respetar las leyes del *copyright*
al no reproducir, escanear ni distribuir ninguna parte de esta obra por ningún medio sin permiso.
Al hacerlo está respaldando a los autores y permitiendo que PRHGE continúe publicando libros
para todos los lectores. Diríjase a CEDRO (Centro Español de Derechos Reprográficos,
http://www.cedro.org) si necesita fotocopiar o escanear algún fragmento de esta obra.

Printed in Spain – Impreso en España

ISBN: 978-84-663-7154-4
Depósito legal: B-7.879-2023

Compuesto en M. I. Maquetación, S. L.

Impreso en Novoprint
Sant Andreu de la Barca (Barcelona)

P 3 7 1 5 4 4

*A Carrie White,
que no sobrevivió al instituto.*

A los que sí lo hicieron.

La misma cosa me pasó una vez. Recuerdo que confundí a una anciana con un arroyo de truchas en Vermont, y tuve que pedirle perdón.
—Perdónenle —le dije—. Creía que era usted mi arroyo lleno de truchas.
—Pues no lo soy —dijo ella.

RICHARD BRAUTIGAN,
La pesca de truchas en Norteamérica

¿Mi desencantamiento? Oh, no, querida, no *hay* desencantamientos, simplemente progresiones y estilos de posesión. Existir es ser hechizado.

ROBERT COOVER,
El hurgón mágico

PRIMERA PARTE

TÍA, CREO QUE ESTOY MUERTA

Tener dieciséis años es una mierda.

Erin Fancher

1

Ya. Y algunos elefantes vuelan

Erin Fancher se restregó la nariz observando su reflejo en el espejo, miró por encima del hombro y esperó a que la puerta del retrete se abriera. Acababa de recibir una muy mala noticia: había sacado cero y medio en Lengua. La voz de Velma Ellis, la profesora suplente, resonaba en su cabeza: ¿Señorita Fancher? —había preguntado, y luego había levantado la vista de su cuaderno de notas, la muy perra, y había dicho—: Cero y medio. —Y el estúpido de Billy Servant se había reído. Con su chaleco de psicópata y sus gafas Patilla de Elefante. Se había reído.

—Las putas medias, tía. —La puerta del retrete se había abierto. Shirley Perenchio salió, subiéndose las medias, y maldiciendo su suerte—. Odio cuando se caen, ¿tú no?

—Yo odio a Billy Servant.

—¿Por? —Shirley se miró en el espejo. Se pellizcó las mejillas.

Erin se cruzó de brazos, dándole la espalda a su reflejo.

—Joder, tía, cero y medio —dijo.

—Ya. —Shirley se desabrochó un botón de la camisa—. Yo tengo un dos.

—Cero y medio, tía —repitió Erin.

—Eso es que no has acertado ni una pregunta, ¿no?

—Puta Pelma Ellis.

—Ya —dijo Shirley. Se estaba pintando los labios—. Menuda zorra.
—Puto Billy Servant.
—Ya. —Shirley se miró el culo en el espejo.
—¿Has visto cómo se ha reído? —Erin estaba chapoteando en un charco del suelo. Todos los lavabos de chicas del instituto Robert Mitchum parecían estercoleros.
—¿Quién?
—El puto Billy Servant.
—Está pirado. —Shirley se subió la falda hasta dejar al descubierto buena parte de sus muslos, volvió a mirarse en el espejo, se sonrió, hizo una pompa con su chicle y dijo—: ¿Nos vamos o qué?

Erin asintió. Se colgó del hombro de su amiga y dijo:
—Estoy deprimida, tía.

En la pared, a sus espaldas, alguien había escrito:
BILLY SERVANT ES DIOS.

El director del instituto, un gordo ejemplar de cuarenta y dos años, calva incipiente y papada exagerada, estaba rascándose el dedo gordo del pie, a través del calcetín, con el pie, por supuesto, fuera del zapato, cuando Velma golpeó la puerta de su despacho.
—¿Se puede? —preguntó la profesora.
—Claro, adelante, pase —dijo el director, apresurándose a meter el pie en el zapato—. Oh, es usted, señorita Ellis, ¿todo bien?
—Sí, señor Sanders.
—¿La tratan bien esos pequeños monstruos?
—Oh, sí. Son estupendos.

Velma sonrió. Luego se sentó, se aclaró la garganta, se alisó la falda y se fijó, por enésima vez, en el desnudo dedo anular del director.

Puede que haya olvidado ponérselo, pensó.

Velma creía que era la única persona del mundo que jamás se casaría.

—Dígame, ¿qué la trae por aquí? —preguntó el director que, por cierto, se llamaba Rigan porque así era como se había llamado su padre.

—Verá, es que —Velma se tiró del pendiente que colgaba de su oreja derecha, era uno de esos tics nerviosos— estoy preocupada por uno de mis alumnos.

—¿De quién se trata? —preguntó el director.

—Billy Servant, señor.

—¿Servant? ¿Qué ha hecho ahora?

—¿Es cierto que mató a un chico?

Rigan, que sólo había tenido una novia, en el instituto, cuando no era más que un alumno aburrido y repelente, y al que, por cierto, la señorita Ellis le parecía francamente atractiva, reprimió una carcajada, se aclaró la garganta y con aire paternal, repuso:

—No sea tan ingenua, señorita Ellis.

Velma se ruborizó.

—Lo único cierto es que a Billy le expulsaron del Glover de Volta —agregó Sanders.

—¿Por qué?

—Trató de asfixiar a un compañero en una excursión.

—¿Trató de...? —Velma Ellis que, por cierto, se llamaba así porque a su madre le había encantado un libro llamado *Nunca voy a casarme*, cuya protagonista tenía tan singular nombre, tragó saliva con un sonoro (GLUM).

—Oh, vamos, señorita Ellis, ¿no irá a decirme ahora que la sorprende? ¡Los chicos son así! ¿No recuerda sus años de instituto?

Pálida, Velma Ellis se limitó a llevarse una mano a la boca y morderse una uña.

Sanders se rió. Seguía picándole el dedo gordo del pie pero también le caía bien la señorita Ellis y no había desayunado, así que, mirándose el reloj, añadió:

—¿Por qué no hablamos de todo esto en el bar?

—¿En el bar?

—¿Le apetece una taza de café?

—¿Un café? —El labio inferior de Velma tembló ligeramente.

—Apuesto a que no ha desayunado. —El director se puso en pie, se tiró de la oreja derecha, se metió las manos en los bolsillos de su arrugado pantalón y salió de detrás de su escritorio. Velma le imaginó esperándola en el altar, con aquella sonrisa abominable cruzándole el rostro, las mejillas hinchadas, los ojos hundidos, y una erección aburrida bajo sus calzoncillos de perritos abandonados—. Yo invito.

Velma sonrió.

Su labio inferior tembló ligeramente.

—¿Está seguro? —preguntó.

El director frunció el ceño.

—¿Por qué no iba a estarlo?

—A su mujer a lo mejor no le gusta.

—¿A mi mujer? —El director la miró extrañado—. ¿Qué mujer?

—¿No está usted casado?

—No, ¿y usted? —Intrigado, Rigan Sanders se frotó la nariz en un gesto mecánico que la profesora suplente encontró increíblemente atractivo.

—No —dijo ella.

—Estupendo —dijo él.

Estupendo.

Así que la profesora suplente y soltera y el director gordo y soltero compartieron una mesa en el bar del instituto, tomaron un café cada uno, se sonrieron y, después de dedicarle un par de minutos más al caso de Billy Servant, hablaron de lo que habían visto en televisión la noche anterior. Y llegaron a la conclusión de que Alma, la protagonista de aquella estúpida serie de televisión sobre extraterrestres de tres cabezas, era una buena actriz y se merecía algo mejor.

Con las manos en los bolsillos, Billy Servant contemplaba su última obra maestra. La frase, que ocupaba exactamente cinco baldosas del lavabo de chicas de la primera planta, decía lo siguiente:

ME TIRÉ A BILLY SERVANT Y ME GUSTÓ.

—Firmado —Billy sonrió, se sacó las manos de los bolsillos y, acercándose a la pared, completó su obra, pronunciando en voz alta el nombre de la chica, mientras el rotulador rechinaba sobre la fría baldosa— Erin Fancher.

No importaba el calor que hiciese, Billy Servant siempre iba con camisas de manga larga y chalecos de lana, se peinaba con colonia de bebé y calzaba zapatos de charol. Arrastraba los pies y te miraba con aquellos ojos gigantescos (agrandados por el efecto lupa de sus gafas de gruesos cristales) como si fueras la primera persona que veía con vida. Era un tío raro.

—¡Eh, tú! ¿Qué coño haces?

Billy se dio media vuelta.

El rostro negro y enorme de Wanda Olmos le miraba desafiante.

—¿Te importa? —contestó Servant.

—¿Eres subnormal? —Wanda plantó su gigantesca mano en el pecho de Servant y lo empujó. Servant dio un paso atrás—. Psicópata de mierda.

—Eh, vale. —Servant alzó las manos, como si Wanda estuviera apuntándole con un revólver—. Me largo, ¿vale?

—Dame eso. —Wanda se refería al rotulador.

—¿Por qué? —Servant lo sujetaba con una de sus manos alzadas.

—¿Por qué? ¿Quieres que te rompa las gafas, estúpido? —Wanda Olmos era capaz de eso y mucho más. Le había roto un brazo a una chica de último curso. La chica había llamado a Wanda marimacho.

—He dicho que me largo, ¿vale? —Billy le tendió el rotulador. Wanda lo cogió.

—Puto psicópata de mierda —dijo, y echó un vistazo a lo que Billy había escrito—. ¿Quién coño es Erin Fancher?

—La amiga de Shirley Perenchio.

—¿Con esa puta de Perenchio? —Wanda se acercó a la pared, destapó el rotulador y dibujó una pequeña polla con gafas junto al nombre de Billy Servant.

Billy había dejado caer los brazos a ambos costados del cuerpo y la miraba con recelo desde la puerta. Pese a su tamaño, Wanda Olmos era francamente ágil.

Podía darse la vuelta en cualquier momento.

Podía darse la vuelta y romperle un brazo en cualquier momento.

—¿Te gusta? —Wanda se había dado la vuelta, pero no le había roto el brazo. Sólo preguntaba. Y Billy no sabía si se refería a la polla o a Erin Fancher—. Eres tú.

Se refería a la polla, por supuesto.

La polla era diminuta.

—Claro —dijo.

—Ya —dijo Wanda. Dio un paso hacia él—. No quiero volver a verte por aquí.

Le clavó la punta del rotulador en la frente.

—Psicópata de mierda —añadió.

—Lo que tú digas —dijo Billy.

Los labios de Wanda, recubiertos de una apestosa baba blancuzca, se contrajeron en una sonrisa triunfal cuando Billy salió. De vuelta en el pasillo, Servant suspiró.

—Jodida mole —dijo.

Luego se colgó la mochila del hombro derecho, se tiró del extremo izquierdo de su chaleco de lana, se chupó el dedo índice y se restregó la frente con él.

—Puta mierda —dijo, mirando hacia arriba. Hacia el lunar que Wanda acababa de pintarle en la frente—. No se va a ir en un mes.

Cabreado, arrastró sus pies por el pasillo hasta la zona de las taquillas, donde se cruzó con Reeve De Marco y Eliot Brante.

—Tíos —saludó, sin detenerse.

—Eh —respondió Reeve.

Si en aquel instante alguien le hubiera dicho que en menos de una semana le salvaría la vida a Reeve De Marco, Servant habría plantado su dedo índice en el puente de sus gafas Patilla de Elefante, habría sonreído bajo su puño cerrado y habría dicho:

—YA. ¿Y sabes una cosa? Algunos elefantes vuelan. En serio. Lo vi en televisión.

Pero nadie iba a decirle nada.

Porque Billy Servant era un tío raro.

—¿Has visto eso? —susurró Eliot.

—¿El qué?

—¿Has visto cómo me ha mirado?

—¿Quién? ¿Servant? —Reeve sonrió.

—Te digo que ese tío me la tiene jurada.

—Paranoico.

—Ya, claro. Tú no le encerraste en el lavabo.

—Yo no hago todo lo que Leroy dice.

—¿Cómo iba a saber que era un psicópata?

Los rumores aseguraban que Billy había matado a un compañero de clase en los lavabos del Museo de la Ciencia de Volta. Al parecer, las armas homicidas habían sido su mano derecha, con la que le tapó la nariz al chico, y un cromo de la colección Coches del Futuro, con el que le tapó la boca.

El chico, un compañero de clase, había muerto asfixiado.

Y luego Billy y su madre habían huido de la ciudad.

—Sólo es un tío raro —dijo Reeve.

—Ya —dijo Eliot—. Oye, ¿no tenía un lunar en la frente?

Edmund Maskelyne estaba de espaldas frente a la pizarra escribiendo con trazo tembloroso el resultado de una ecuación. Erin no podía entender qué veía Carla en aquel tipo de bigote abundante al que sólo ella llamaba Ed. Edmund Maskelyne, en realidad, Mun, Mun Maskelyne, era el profesor de Matemáticas del Robert Mitchum. Estaba casado, tenía dos hijos, el pelo blanco, una verruga con aspecto de grano gigante en la barbilla y una nariz del tamaño de un transatlántico.

Shirley le pasó la libreta a Erin.

Había escrito:

«Imagínate chupársela a Mun».

Erin escribió:

«No jodas».

Shirley se rió.

Aquella libreta era su mejor amiga.

La llamaban Sally.

Sin ella las clases les habrían resultado insoportablemente interminables.

Así que, mientras Edmund, Edmund Maskelyne, hablaba, las chicas escribían:

SHIRLEY: «Fijo que Carla se la ha chupado».

ERIN: «¿Tú se la chuparías?».

SHIRLEY: «Estás de coña. Yo sólo se la chuparía a Lero».

ERIN: «Ya. Tú y media clase».

SHIRLEY: «Qué te va que se la chupo antes que nadie».

ERIN: «Ya. Fijo».

SHIRLEY: «¿Y tú? ¿A quién se la chuparías?».

ERIN: «A Reeve».

SHIRLEY: «Eso está tirado».

ERIN: «Ya, claro».

SHIRLEY: «¿Quieres que hable con él?».

ERIN: «Tía, estoy deprimida».

SHIRLEY: «No cambies de tema».

ERIN: «Claro, tú no has sacado cero y medio».

SHIRLEY: «Cuando se la chupe a Leroy le pediré que le dé una paliza a Pelma Ellis y otra a Servant».

ERIN: «Odio al puto Billy Servant».

SHIRLEY: «Ya, pero ahora vamos a concentrarnos en Reeve».

ERIN: «¿Reeve?».

SHIRLEY: «¿No quieres chupársela?».

Erin miró a su mejor amiga por encima del hombro y susurró:

—No.

Luego se concentró en su libreta de apuntes. Anotó el resultado de la tercera ecuación que había resuelto Maskelyne y se ruborizó al imaginarse arrodillada frente a Reeve, con su polla en la boca, ¿cómo demonios se chupaba una polla? ¿Y por qué habría de hacerlo? Erin prefería darle un beso. Y luego otro. Con lengua. Dejarse acariciar. Todo lo que se hacía en las películas antes de follar.

Y, por supuesto, después quería follar.

Pero no quería chuparle la polla.

Shirley escribió algo en (Sally) la libreta y se la pasó a Erin. Lo que había escrito era:

«Pues se la vas a chupar».

—Eso es lo que ha dicho.
—No jodas.
—Sí jodo.
—Jaja.
—Jeje.
—¿Chupármela?

Reeve De Marco era rubio. Llevaba el pelo lo suficientemente largo como para que el flequillo le tapara uno de sus ojos azules. No tenía una sonrisa perfecta (tenía un colmillo montado en la encía superior y las paletas demasiado grandes), pero tenía los labios bien dibujados, una mandíbula sobresaliente y la ceja izquierda partida por una cicatriz. Le gustaba morderse los carrillos. Creía que aquello le hacía parecer un tipo duro. Solía ponerse camisas a cuadros que nunca se abotonaba. Y siempre llevaba una camiseta blanca debajo, y tejanos. Se colgaba las manos de los bolsillos y se sentía (BANG-BANG) como un estúpido vaquero. Un estúpido vaquero al que no le iba nada mal con las chicas. Era lo suficientemente tímido y, admitámoslo, lo suficientemente guapo, para volver loca a cualquiera.

—Chupártela, tío.

Reeve y Eliot se habían encerrado en el lavabo de chicos de la primera planta. Estaban fumándose un cigarrillo a medias.

—¿Aquí?
—Aquí mismo.

Reeve sonrió.

—Joder —dijo.
—Qué —dijo Eliot.
—No le pega nada.
—¿A Fancher?

Reeve asintió. Le dio una calada al cigarrillo y se lo pasó a Eliot.

—Ya, pero —Eliot se encogió de hombros— es lo que hay.

—No sé, tío. —Reeve se metió las manos en los bolsillos y apoyó la espalda en la pared. Estaba nervioso. Nadie le había chupado la polla antes.

—Qué. —Eliot le miró desafiante.

Reeve se miró en el espejo. Se apartó el flequillo de la frente. Le dio una calada al cigarrillo sin dejar de mirarse en el espejo.

—No sé —dijo.

—Joder, tío. Lo que yo daría por estar en tu lugar.

—Ya. Y los elefantes vuelan. —Reeve miró a su amigo con aquella media sonrisa que había vuelto loca a Fanny Dundee, La Póster de Dinosaurio.

—En serio, tío.

Reeve seguía mirándose en el espejo. Eliot le pasó la colilla del Sunrise. Le dio una última calada, sin quitarse ojo de encima.

—¿Mañana a las once aquí? —preguntó.

—Eso ha dicho —respondió Eliot.

—Perenchio.

—Dios, qué buena está.

—¿Perenchio?

—No podía dejar de mirarle las tetas mientras me hablaba. Está que lo flipas, tío. Podrías —Eliot se aclaró la garganta, se tocó la bragueta— no sé, podrías decirle a Fancher que a mí me gustaría que Shirley me la chupara.

Reeve despegó la espalda de la pared y tiró la colilla al retrete.

—Ya.

—Y los elefantes vuelan, ¿no?

—Tú lo has dicho.

Velma Ellis hizo girar la llave en el contacto y (BRUUUM) su viejo Ford Sierra arrancó con un (PLUP) pequeño quejido

(PLUP) del motor. Rigan Sanders, el director, estaba apoyado en el capó del vehículo cuando lo hizo. Dio un golpe al viejo trasto y se despidió de la tímida profesora con la mano, aquella mano gorda y peluda, cuando el coche se puso en marcha. Trescientos metros más allá, Velma se detuvo. El semáforo estaba en rojo. Los chicos salían de la escuela y se alejaban por todos los espejos retrovisores. La pelirroja profesora se enrolló un rizo en el índice de su mano derecha mientras esperaba, con el intermitente en marcha. Encendió la radio. Miró el retrovisor y vio a una chica acercarse. Melena castaña, flequillo demasiado largo. Estaba en una de sus clases. La chica se acercó al Ford Sierra y pateó una de sus ruedas traseras. Luego se puso a la altura de la ventanilla, extendió su dedo corazón y susurró:

—Muérete.

Nerviosa, Velma Ellis se tiró del labio inferior. Estaba mirándose los pies. Luego se miró las uñas. La chica seguía allí. Estaba repitiendo

muérete

aquella palabra. Y estaba cada vez más cerca. Sus labios estaban rozando el cristal. Su aliento estaba empañando el (jodido) cristal. Velma se imaginó todo lo que aquella chica podía hacerle en una habitación sin ventanas o en el lavabo del Museo de la Ciencia de Volta, donde Billy Servant, aquel otro DEMONIO, casi asfixia (POR DIOS SANTO) a un compañero de clase. Y entonces el semáforo se puso en verde y Velma Ellis pisó el acelerador, dejando a la chica (MALDITA ZORRA ESTÚPIDA) atrás.

—Ya —se dijo— pasó.

Velma Ellis no había sido, lo que suele decirse, una chica popular. Y Dios sabía que no echaba de menos el instituto. ¿Por qué entonces, por voluntad propia, había vuelto a él? Muy sencillo. Necesitaba el dinero. La escuela de adultos en la que había estado trabajando hasta entonces había cerrado y

Velma había pasado meses buscando otro trabajo. La mañana en que aceptó un empleo en una perfumería, recibió la llamada de Sanders. Y puesto que el sueldo que el director del Robert Mitchum le ofrecía doblaba el que debía cobrar en la perfumería, no tuvo más remedio que aceptar. Así que Velma Ellis había vuelto al instituto.

Y el segundo día de clases se había encontrado un condón lleno de leche en su silla. Por eso el tercero había castigado a la clase con un examen sorpresa.

—Tienes que hacerte respetar, Vel —le había dicho su hermana, una monitora de esquí afincada en Vancouver, aquella misma noche, en lo que las chicas llamaban Nuestro Dulce Periodo y que no era más que una cita mensual por teléfono.

—¿Y cómo demonios lo hago, Mel? —Ésa había sido la propia Velma, tratando de sacar algo en claro de una afirmación que, por mucho que se repitiera, y llevaba repitiéndosela desde los dieciséis años, no se hacía realidad.

—Sé dura con ellos —fue todo lo que dijo Melania, la hermana monitora de esquí.

—No puedo ser más dura que ellos, Mel.

—No te hagas la víctima, Velma.

—¡No me hago la víctima! —dijo Velma.

—¿No?

—¡No! ¡Pero no puedo con ellos! ¡No quiero! ¡No quiero volver! —Velma se estaba refiriendo, por supuesto, al infierno de sus dieciséis años, cuando no era Velma Ellis sino Pelma Peca Gorda Ellis.

Pelma Peca Gorda.

Ellis.

Velma sollozaba.

Al otro lado de la línea no había más que silencio.

Al cabo de un rato, Velma preguntó:

—¿Mel?
—Examen sorpresa —escuchó.
—¿Qué?
—Ponles un examen sorpresa —dijo Mel.
—¿Cómo?
—Ya me has oído.
—Me odiarán —dijo Velma.
—Te odiarán de todas formas, Vel.
—Ya.
—No tienes nada que perder.
—¿No?
—Examen sorpresa.
—¿Tú crees? —Velma no parecía convencida.
—Examen sorpresa —dijo Melania—. Es una buena idea.

Pero no lo había sido. Lo único que aquel examen sorpresa había conseguido era redoblar el odio que la mayoría sentía por ella y hacer que los que antes ni siquiera se planteaban odiarla la odiaran con todas sus fuerzas.

¿Qué más podía pedir?

—Necesito un helado de chocolate —iba diciéndose aquella tarde, mientras conducía por las heladas calles de Elron.

Billy Servant había olvidado por completo el lunar que lucía en su frente por culpa de Wanda Olmos. La chica, aquel mastodonte negro, se rió de él cuando se lo cruzó a la salida del instituto. Servant se limitó a bajar la vista y mirarse sus zapatos de charol.

Servant odiaba aquellos zapatos.

Pero no quería ser como todos los demás.

Así que se los ponía, y era un tío raro.

Billy Servant vivía con su madre y su gato en un pequeño apartamento de la calle Heller, al sudeste de la ciudad, en uno de los peores barrios de Elron. Su madre era friegaplatos en el Tarta Dorada, un restaurante del centro. Billy solía pasar las tardes encerrado en la cocina del restaurante, leyendo. Cuando no estaba allí metido, estaba en su cuarto, en aquel pequeño apartamento de la calle Heller, acariciando a Fox Mulder, su gato, y viendo la reposición de un capítulo de aquella serie de extraterrestres de tres cabezas que volvía loca a su madre, y a medio Elron.

Pero aquella tarde no iba a pasarla en la cocina del Tarta Dorada ni en su cuarto. Aquella tarde iba a seguir a Erin Fancher.

Puta Pelma Ellis. Cara de Papilla no habría hecho eso. Cara de Papilla no se habría atrevido. ¿Un examen sorpresa? Ni de coña. Puta Pelma Ellis. Erin Fancher no hacía más que darle vueltas al asunto del cero y medio en Lengua. Sabía que aquello iba a decepcionar a su madre y, mucho peor que eso, Erin Fancher creía que aquel maldito cero y medio tenía la culpa de que a Shirley le hubiera dado por hablar de chupar pollas. Mucho peor. De que a Shirley le hubiera dado por apostarse algo a que ELLA (sí, ella y no Shirley) podía chuparle la polla a Reeve cuando quisiera.

¿Y todo gracias a quién?

—No me des las gracias —le había dicho Shirley, enrollándose uno de aquellos mechones rubios oxigenados en el índice de la mano derecha mientras hacía estallar una pompa de chicle—. Me debes una.

—Ya —había dicho Erin, colgándose la mochila de un hombro y bajando con descuido las escaleras, sin ni siquiera despedirse de su amiga.

—¡Eh! —Ésa había sido Shirley, corriendo tras ella—. ¿Qué coño te pasa?

Erin no había contestado. Se había limitado a apresurar el paso escaleras abajo.

—Subnormal —oyó que susurraba Perenchio.

—Gilipollas —susurró ella.

Luego, ya en la calle, había descubierto a (esa PUTA de) Pelma Ellis en un coche y se había dedicado a patearle las ruedas traseras y a plantarse ante ella en la ventanilla, aunque una voz en su interior decía (SÓLO ES UN PUTO CERO Y MEDIO, NO JODAS TODA LA EVALUACIÓN) pero aquel asunto de Reeve (la *polla* de Reeve) la estaba volviendo loca. Al fin y al cabo, Cara de Papilla regresaría algún día. Ellis no era más que la profesora suplente. Y todo el mundo sabe que los profesores suplentes no se contratan para toda una evaluación.

¿O sí?

¿Y si Cara de Papilla no regresaba?

¿Y si había tenido suficiente con aquel episodio en los lavabos?

Leroy Kirby había sido expulsado un mes. Y un mes era el máximo que podía expulsarse a un alumno en el Robert Mitchum y en cualquier instituto público de Elron. ¿Qué demonios había pasado allí dentro?

—Puto Leroy Kirby —estaba diciendo Erin Fancher.

A menos de trescientos metros, Billy Servant se escondía tras una novela estúpida llamada *Excursión a Delmak-O*. Unos metros más allá, Fancher, encorvada, cargaba con su mochila negra.

Si levantaba la vista de la página, Servant alcanzaba a verle la nuca.

Erin Fancher se había hecho una coleta. Erin tenía el pelo largo y solía recogérselo cuando salía de clase. Cuando podía dejar de fingir que era la amiga descuidada de Shirley Perenchio. Erin también tenía el flequillo muy largo. Prácticamente le tapaba los ojos. Era castaña, tenía una nariz diminuta ligeramente recubierta de pecas y estaba extremadamente delgada.

Apenas medía un metro sesenta. Sí, podría decirse que su estatura la preocupaba, pero no en exceso.

A Erin nada la preocupaba en exceso.

Cuando no estaba en clase, Erin estaba en su cuarto, leyendo.

Con sus Doc Martens de puntas despellejadas sobre la mesa.

Su madre odiaba aquellas botas.

Pero su madre odiaba todo lo que a Erin le gustaba.

Erin dobló la esquina.

Servant también.

Fancher vivía a tres calles del instituto.

No era la primera vez que Servant la seguía.

A su manera, estaba asegurándose de que llegaba a casa sana y salva.

Como si pudiera no hacerlo.

Hasta los psicópatas huían de Elron.

Pero no era eso, ¿a que no?

¿Era eso, Billy?

No, por supuesto que no.

Lo único que hacía Billy era mirarla. Mirarla cuando no sabía que la miraban. Cuando no tenía que ser la mejor amiga de aquella estúpida de Perenchio. Cuando podía ser la chica que leía novelas de ciencia ficción en ediciones de bolsillo. ¿Acaso podía alguien leer en el Robert Mitchum sin convertirse en un tío raro? No, por supuesto que no. ¿Habría descubierto entonces Billy Servant que Erin Fancher leía a Robbie Stamp de camino a casa si no la hubiera seguido?

Oh, claro que no.

Con un nudo en la garganta, un nudo de rabia (OH, DIOS, ODIO A SHIRLEY, ODIO A PELMA ELLIS, ODIO AL PUTO BILLY SERVANT), Fancher tanteó el bolsillo pequeño de su mochila y sacó la novela que había estado leyendo.

Le gustaba leer mientras caminaba. Le gustaba leer en el ascensor, en su cuarto, tumbada en la cama, escuchando siempre el mismo disco de No Doubt. Aquella canción, «Don't Speak», sonaba en todas partes, pero ella prefería «Sixteen».

«Sixteen» era su canción favorita.

«Sixteen» era como su mejor amiga.

Nada que ver con Shirley No-Me-Des-Las-Gracias Perenchio.

La canción estaba siempre allí.

Dispuesta a gritarle que, qué demonios, tener dieciséis años es una mierda.

Erin se detuvo ante su portal, levantó la vista un segundo y vio pasar de largo, al final de la calle, a Billy Servant.

El puto Billy Servant.

Estuvo a punto de gritar:

—¡MUÉRETE, SERVANT!

Pero no lo hizo.

Se limitó a abrir la puerta, subir al ascensor e intentar deshacerse de aquel nudo que tenía en la garganta.

Pero el nudo no iba a irse a ningún sitio.

Iba a quedarse ahí, como un aspirante a pirata dispuesto a conservar su par de ojos. A ratos incluso le dolería. Para entonces ya no sería rabia. Tampoco sería pena. El nudo simplemente estaría *ahí*. Y Erin tendría la sensación de que estaba *creciendo*. Aquella cosa, cualquier cosa, allí dentro. Cada vez más *grande*.

—¿Estás bien, cariño? —le preguntaría su madre.

Y Erin se limitaría a murmurar:

—Me voy a la cama.

Y, ciertamente, se metería en la cama.

Leería un rato y luego se quedaría dormida.

Con aquella (PUAJ) cosa (GIGANTE) creciéndole (COMO UNA BOLA DE PELO GIGANTE) en la garganta (PUAJ).

2

No has probado la tarta, cariño

Erin tuvo la extraña sensación de que el mantel se reía de ella. El *mantel*. Al otro lado de la mesa, una versión semitransparente de su madre (un - HU - auténtico fantasma) estaba devorando un pedazo de tarta de lo que parecían gusanos.

Gusanos.

Erin miraba su plato y no acababa de decidirse. Después de todo, los gusanos *no* tenían mal aspecto, y eso era lo que más la sorprendía. Podría decirse que incluso los encontraba terriblemente *apetitosos*.

Pero todavía no había probado bocado.

Erin y la versión fantasma de su madre estaban en una cafetería, sonaba una canción estúpida y el camarero, que se había colgado un trapo del hombro, un trapo, por cierto, que parecía estar ensangrentado y en realidad *lo estaba*, llevaba puesta una máscara. Era la máscara del asesino de *Viernes 13*.

Estupendo, pensó Erin.

—No has probado la tarta, cariño —dijo su madre, levantando la vista del panfleto que había estado leyendo mientras le daba un sorbo a su taza de té Constant Comment—. Está deliciosa.

Erin miró su pedazo de tarta. Los gusanos no dejaban de moverse. Había uno tratando de saltar al mantel. Aquel mantel que, y ahora lo veía claramente, se estaba riendo de ella porque sabía lo que venía a continuación.

—Me hace salir granos, mamá —dijo Erin.

—¿Y qué más da? —preguntó su madre.

Uno de aquellos gusanos había escapado de su boca y se arrastraba por la mejilla izquierda de aquella versión fantasma de su madre.

—¿Mamá?

—Dime, cariño.

El gusano cruzó su ojo izquierdo. Ella ni siquiera parpadeó.

Erin se lanzó al vacío.

—Reeve me ha invitado al baile de fin de curso.

La madre detuvo el siguiente bocado a un centímetro de su boca ennegrecida y alargó los labios en una sonrisa malévola.

—Eso es estupendo, cariño —dijo.

El gusano estaba dejando atrás su frente. Empezó a enredársele en el pelo.

Erin cerró los ojos, aspiró con fuerza y lo soltó:

—Pero antes tengo que chuparle la polla.

El pequeño tenedor que había sostenido su madre hasta el momento se estrelló contra el plato con tal estrépito que Erin temió que hubiera despertado al, en apariencia, durmiente y peligroso camarero. Pero no lo había hecho. La cabeza del camarero, oculta tras aquella horrible máscara, seguía flotando sobre el charco de sangre de la barra.

—¿La-PO-lla? —dijeron los labios negros y resecos de aquella versión fantasma de su madre.

—Se lo he prometido a Shirley.

—¿A-SHIR-LEY?

De repente, su madre parecía un robot.

Algo en ella se había bloqueado. Parpadeaba sistemáticamente cada dos segundos. Había cierto deje metálico en su voz. Y el gusano que había escalado de su boca a su flequillo de repente se encendía y se apagaba como si en vez de un gusano fuese un piloto rojo de alarma.

Su madre parecía de repente alarmada.

¿Y todo por culpa de quién?

—No me des las gracias —dijo la voz de Shirley desde detrás de la máscara de la cabeza del camarero que, y ahora Erin podía verlo con claridad, estaba realmente flotando sobre aquel charco de sangre, porque no había un cuerpo que la sostuviera, sino que simplemente estaba ahí, como aquel nudo en la garganta que no hacía más que crecer y que, ¿qué demonios era en realidad?

—Come —dijo su madre, señalando el plato, la tarta, aquellos apetitosos gusanos, con uno de sus mecánicos parpadeos.

Y Erin hundió el pequeño tenedor en ella y apartó un bocado. Se lo llevó a la boca y cuando estaba a punto de (PUAJ) devorar con gusto uno de aquellos apetitosos gusanos, que, y aquello era lo extraño, habían dejado de parecerle apetitosos, sonó el despertador. Su gallina (COC-COC-COC-COC) despertador.

—Joder, qué asco —dijo Erin al despertar, echándose la mano a la boca, como si estuviera a tiempo de evitar que aquella cosa, aquella cosa horrible, explotara en su boca como un chicle Bubaloo. Notaba la garganta áspera, y la boca seca, como si llevara un millón de años sin probar el agua o tuviera la lengua cubierta de pelos—. Un puto gusano, joder. Qué asco.

Erin se estiró y le crujieron los huesos al hacerlo.

Notó un leve chasquido junto al codo derecho, como si algo se hubiera desprendido.

Ya. Y los elefantes vuelan, pensó.

Luego alargó el brazo hasta el despertador y lo colocó de manera que pudiera verlo. Las ocho y diez. Estupendo. El despertador había sonado al menos tres veces sin que ni siquiera lo oyera.

—Vas a llegar tarde —canturreó su madre, al otro lado de la puerta.

Erin se tapó la cabeza con el edredón.

—Voy —dijo, malhumorada, y su voz sonó cavernosa, como si no proviniera de debajo de una sábana (y un edredón rosa) sino de debajo del agua (GLOY).

—Ocho y diez —insistió la mujer, que hasta hacía sólo un minuto era la protagonista de un sueño macabro y había tenido un gusano parpadeante enredándosele en el pelo.

—Yaaaaaa... —bramó Erin—. Jo-der.

Había un calendario en la pared que quedaba por encima del escritorio, justo enfrente de la cama. Y en el calendario, aquel día estaba marcado en rojo. Lo había marcado ella misma, la noche anterior. En letras diminutas había escrito: Reeve.

La noche anterior había leído hasta tarde.

Lo dejó cuando empezó a dolerle la cabeza.

La cabeza le palpitaba como si fuera a estallarle.

En aquel preciso instante lo seguía haciendo.

Erin se llevó la mano a la cabeza y se masajeó las sienes. Cuando apartó la sábana para tratar de salir de la cama, encontró un mechón de pelo en su mano derecha. Levantó la cabeza y se quedó mirando fijamente la silla giratoria de su escritorio. Luego volvió a mirarse la mano.

Aquello no era una mano.

Al menos no era *su* mano.

No es que estuviera pálida, es que estaba *azul*.

Se la miró por delante y por detrás.

Le faltaba la uña del dedo meñique y le había salido un forúnculo del tamaño de un huevo en la palma. Había pelos enredados entre lo que parecía (y, sí, era) *sangre*. Erin se llevó la mano a la nariz y la olió.

Olía a mierda.

—PUAJ —dijo, y su boca crujió.

Erin se levantó la manga del pijama y vio que el color azul estaba por todas partes. Y aquellas llagas también. Supuraban. No exactamente sangre sino algo peor. Algo mucho peor. Algo que olía a

muerto

mierda. Erin se levantó de la cama, abrió la puerta del armario y se miró en el espejo adhesivo que había pegado a la puerta. Cuando se vio, abrió la boca para gritar, pero lo único que alcanzó a proferir fue un ahogado

aaahhh

susurro afónico. Acto seguido, se tapó la boca.

Tenía una de aquellas llagas supurantes en la frente. Y el pelo enredado y sucio. Tenía los ojos, sus ojos azules, hundidos en las cuencas, y rodeados de unas gigantescas ojeras parduzcas. Le colgaba un moco verde de la nariz. Lo tenía casi en la boca pero ni siquiera lo notaba. Sus labios resecos crujían cuando trataba de despegarlos.

Trató de gritar pero lo único que hizo fue

aaahhh

abrir la boca y (CHAS) escuchar aquel chasquido, un chasquido terrorífico, como si algo acabara de abrirse en (CHAS) canal, y luego

aaahhh

oyó aquel susurro afónico, y se fijó en su enredada melena y vio (SÍ, LO VIO) al gusano parpadeante surcarla, sólo que no parpadeaba, simplemente trataba de avanzar, como en una espesa jungla repleta de enemigos, con cuidado, alerta, pero también listo para el ataque.

El suyo era el único corazón que latía en aquella habitación.

Velma Ellis sonrió, y al hacerlo, se le formó un pequeño hoyito en la mejilla izquierda. Rigan Sanders lo encontró francamente encantador. Eran las ocho y diecisiete, Erin Fancher estaba metiéndose en la ducha, y el director del instituto y la profesora suplente estaban contemplando un par de humeantes tazas de café con leche y hablando de sus estúpidas colecciones en la cafetería.

—Llegué a tener treinta y seis —estaba diciendo el director Sanders.

—¿Treinta y seis?

—Ajá. —El director dio un sorbo a su taza—. En siete peceras.

—¡Dios mío! —La profesora suplente se rió.

El director sonrió. Su papada se extendió como una alfombra.

—¿Usted nunca ha coleccionado nada? —preguntó.

—Invitaciones —dijo ella, llevándose a los labios su propia taza.

—¿Invitaciones?

—Invitaciones de boda.

—Vaya. —El director Sanders desvió la vista un segundo hacia la mesa de al lado, donde un tipo con bigote, el metódico jefe de estudios, no conseguía recordar su nombre (es Chuck, Charles, Chad, se decía), charlaba con una jovencita. De repente se imaginó a sí mismo con bigote y se preguntó por qué nunca se había dejado bigote, luego añadió—: ¿Ha ido usted a muchas bodas?

—Bueno, supongo que sí —dijo la profesora suplente.

El director Sanders sonrió. Alzó su taza. Dijo:

—Por todas esas bodas.

—Oh. —La profesora Ellis alzó la suya. Brindaron. Luego se sonrieron. Y él pensó que sus ojos parecían un par de canicas azules.

Velma Ellis era pelirroja.

Y tenía un pequeño secreto.

—Me preguntaba si, eh, bueno, he estado pensando y, a lo mejor, le gustaría, no sé. —El director sorbió sonoramente por la nariz, luego se aclaró la garganta—. ¿Quiere que salgamos esta noche a tomar una copa?

—¿Una copa? —Las pelirrojas cejas de Velma Ellis se alzaron, sorprendidas.

—Cenar. —Rigan se tocó la papada—. Quise decir cenar.

—Oh —dijo Ellis, fijándose por primera vez en sus dedos.

Parecían salchichas peludas.

Rigan Sanders era lo que se dice un tipo francamente *gordo*.

Y Velma Ellis nunca había salido con un tipo tan gordo.

Trató de imaginárselo en la cama, un peludo oso calvo.

¿Cómo sería tenerlo encima?

Antes de responder, Velma Ellis pensó en todas las mujeres con las que el director se habría acostado y se preguntó si alguna habría temido morir aplastada.

De repente, Rigan Sanders le parecía *demasiado* gordo.

—¿Qué me dice? —insistió Sanders, alisándose la corbata, un ejemplar impolutamente negro, el mismo que usó para asistir al funeral de su tía Gertie.

—Uh, esto, ¿esta noche? —Velma trataba de ganar tiempo.

—¿Por qué no? —El director se encogió de hombros.

—Esta noche no puedo —dijo Ellis, recordando algo de repente y poniéndose francamente nerviosa. Se enrolló un rizo en el dedo índice, sin casi darse cuenta y se quedó absorta mirando la colilla que sostenía el tipo del bigote.

Chuck.

El jefe de estudios.

—Oh, entiendo —dijo el director, visiblemente decepcionado—. Tiene planes.

—Sí —dijo la profesora.

—Espero que no incluyan a un señor de mi tamaño —bromeó el director.

Velma fingió que era un chiste y trató de reírse.

Pero no lo consiguió.

Su sonrisa pareció un mohín de disgusto.

El director se miró el reloj, levantando aquella mano (ENORME Y PELUDA) y haciéndolo oscilar en su muñeca (ENORME Y PELUDA) y dijo:

—Es un poco tarde.

Velma volvió a comprobar que no había ni rastro de anillo de matrimonio ni de compromiso en ninguno de los dedos de Sanders y luego asintió, sonriendo, de manera que el hoyito de su mejilla volvió a aparecer y acabó de dar vida a la pequeña erección del director que, recordemos, sólo había tenido una novia, una vez, en el instituto, cuando no era más que un chaval repelente.

—Sí, tengo que preparar mi clase —dijo Ellis, bebiéndose de un trago el resto del café y poniéndose en pie—. Podemos comer juntos, si quiere.

Rigan Sanders arrugó su afeitado bigote y dijo:

—No sé. Hoy tengo un día complicado.

—Entiendo —dijo Velma.

Su labio superior tembló ligeramente cuando lo hizo.

—Muy bien —dijo el director, poniéndose en pie y despidiéndose—. Que tenga un buen día, señorita Ellis.

—Gracias, señor Sanders.

El director asintió, se dio media vuelta y se fue. Salió de la cafetería con lo que Velma creyó que eran los hombros caídos (el director sólo había olvidado ponerse las hombreras aquella mañana, porque sí, Rigan Sanders *llevaba* hombreras) y sí, imaginó, lágrimas en los ojos.

Le has roto el corazón, se dijo.

Estúpida, se dijo.
No vas a casarte nunca, se dijo.

—Tía, tienes que venir.
Erin se había encerrado en el cuarto de baño. Estaba hablando por teléfono con Shirley y mirándose en el espejo. Tenía un aspecto horrible. Las llagas no dejaban de supurar. Había conseguido neutralizar el efecto azulado de la piel gracias al maquillaje en polvo de su madre y el pintalabios había devuelto a sus labios algo de vida y, sobre todo, *elasticidad*, y parecía que el desodorante estaba haciendo un buen trabajo, pero la llaga de la frente no dejaba de supurar y a menos que la cubriese con lo que quedaba de su flequillo y una gorra (¡UNA GORRA!), no podía salir de casa.
—¿Has visto la hora que es? —le preguntó Shirley.
—No. —Erin estaba a punto de romper a llorar.
—¿Qué te pasa?
—Tía.
—¿Qué?
Erin sollozaba. Acababa de arrancarse un pedazo de labio sin quitarse ojo de encima y sin sentir nada más que el chasquido de la carne al despegarse.
—Mierda —dijo.
—¿Qué?
—¿Has oído eso? —preguntó Fancher.
—Pero ¿qué coño te pasa?
—Tía, creo que estoy muerta.
—¿Qué?
—¿No me has oído?
—Jo-der, Fancher. Te estás rajando.
—Acabo de arrancarme un trozo de labio, Shirl.
—Ya. Y los elefantes vuelan —dijo Shirley—. ¿Dónde estás?
—A lo mejor estoy soñando.

—¿Erin?
—Tía, en serio. Tienes que venir.
—¿Adónde? ¿Dónde coño estás?
—En casa.

La nueva Erin Fancher estaba llorando, pero sus lágrimas no resbalaban mejillas abajo con la habitual facilidad, sino que sorteaban obstáculos.

Bultos.

Pellejos.

—Flipas.

Erin suspiró, sin quitarse ojo de encima.

—Vete a la mierda, Shirl —dijo, y colgó.

Cerró los ojos, los abrió.

El monstruo seguía ahí.

Y aquel olor

a mierda

nauseabundo, también.

—Jo-der —se dijo.

Luego abrió el armarito del lavabo y sacó la última gasa del único paquete de gasas que había. Se la plantó en la frente, se retiró parte del maquillaje con el que había cubierto la llaga, y la pegó con esparadrapo.

—Espero que aguante —se dijo.

Erin hipaba y sorbía mocos.

Se estaba mirando en el espejo.

Aquella enorme gasa en la frente. Su camisa a cuadros abotonada hasta la base del cuello. La gorra. Su melena para nada perfecta. La gorra.

La.

Gorra.

A Shirley no iba a gustarle.

Pero que le dieran a Shirley.

Shirley no estaba muerta.

Shirley estaba en el lavabo del segundo piso fumándose un cigarrillo a medias con Carla. Carla había sido la mejor amiga de Shirley hasta que su dentista decidió que había llegado el momento de corregir sus dientes de conejo.

—Como se raje la mato —dijo Shirley.

Carla se chupó un dedo y se recorrió la ceja izquierda con él.

—Fancher no es de las que se rajan —dijo Carla.

—Pues flipa con lo que me ha dicho. —Shirley aplastó la colilla con su tacón derecho y sacó otro cigarrillo del bolsillo pequeño de su mochila—. Flipa.

—¿Qué te ha dicho?

Lo encendió, sin prisa.

—Que está muerta.

Carla arrugó las cejas.

—Qué original.

—Tía. Estaba llorando.

—Normal.

—No jodas —dijo.

Luego le pasó el cigarrillo a Carla.

—Ya. Bueno. No sé. —Carla le devolvió el cigarrillo—. ¿Vamos?

Shirley se miró el reloj. Las nueve y dos. El timbre estaba a punto de sonar y Fancher seguía sin aparecer.

Cuando uno tiene dieciséis años está acostumbrado a vérselas a diario con monstruos del tamaño de elefantes. Monstruos como un cero y medio en Lengua, Wanda Olmos en el vestuario o tu diario en el cajón de los calcetines, monstruos como el chico que te gusta enamorado de tu mejor amiga, aparatos en los dientes durante los próximos veinte años, como soñar que te tiras a Billy Servant y te gusta, como que en realidad no entiendes por qué haces lo que haces pero lo haces de todas formas.

Ese tipo de monstruos.

En un mundo así, despertarse una mañana y descubrir que estás

muerta

cubierta de llagas gigantes equivale a hacerlo con la frente llena de granos, un herpes labial, una sola ceja o la talla 46.

Sólo que todo junto.

Así que Erin Fancher se enjugó las lágrimas y abrió la puerta del cuarto de baño. Pero un vértigo tremendo le impidió salir.

Estaba muerta.

Muerta.

¿Y tenía que chuparle la polla a Reeve?

¿Cómo demonios se chupaba una polla?

¿Cómo demonios se chupaba una polla cuando estabas *muerta*?

—¡ERIN! —gritó su madre, desde la cocina.

—Puta mierda —le dijo Erin a su monstruoso reflejo.

Luego cruzó los dedos, apagó la luz y salió.

Cojeó hasta la puerta de la cocina. Prácticamente podría decirse que se *arrastró* hasta la puerta de la cocina. Su madre estaba de pie, junto al mármol, mordisqueando una tostada. Se dio media vuelta cuando la oyó entrar.

—Vas a llegar tarde —dijo, mirando la gorra.

—No me encuentro muy bien.

—¿A qué huele? —La mujer olisqueó el aire alrededor de su hija—. ¡Dios santo, Erin! ¿Cuánto perfume te has puesto?

—Olía mal.

—¿No te has duchado? —La mujer frunció el ceño.

—Olía mal igualmente.

—¿Tienes una cita?

Erin abrió la nevera. De repente sintió náuseas. Sintió náuseas al *mirar* el cartón de leche. No le apetecía en absoluto.

—No —dijo.

—Ya. —La madre empujó la puerta de la nevera y dijo—: Ven aquí.

Erin se arrastró hasta su madre.

La madre le quitó la gorra y descubrió el parche en la frente.

—¿Qué te ha pasado? —preguntó, asustada.

—Un grano —dijo la chica.

La mujer hizo ademán de retirarle la gasa y Erin se lo impidió.

—No lo toques —dijo.

—¿Y vas a ir así al instituto? —preguntó, extrañada, Carmen Fancher.

Erin se dio media vuelta y volvió a abrir la nevera. Las náuseas regresaron, pero al menos podía darle la espalda a su madre.

—Ajá —dijo, y volvió a calarse la gorra.

Su madre suspiró.

Y no dijo nada más.

Se limitó a acabar su tostada mientras Erin se preparaba un tazón de leche que sabía que no iba a beberse.

—¿De dónde has sacado esos pantalones? —preguntó luego.

—Son míos —dijo Erin, vertiendo la leche caliente en la taza, a la vez que reprimía una arcada y notaba por primera vez aquella mañana de nuevo el ENORME y PELUDO nudo en la garganta.

—Ya, pero son viejos.

—He engordado —dijo Erin.

—¿En una noche? —preguntó, incrédula, la madre.

A lo que Erin debería haber contestado:

¿Qué coño te pasa, mamá?

¿Es que no lo ves?

¿Es que no ves que me estoy *pudriendo*?
Pero lo que hizo fue farfullar:
—Ajá.
—Ya —dijo la madre.

Y como si su hija no estuviera *muerta*, como si no hubiera una chica *zombie* en su cocina, Carmen Fancher colocó su taza en el fregadero, se retocó los labios en la puerta acristalada de uno de los armarios de la cocina y dijo:
—Me voy.
Nada de:
¿Por qué te falta un pedazo de labio?
Ni:
¿Qué le ha pasado a tu pelo?
Ni siquiera un:
¿No estás un poco pálida, cariño?
Sólo un:
—Me voy.

Erin Fancher se miró en el oscuro cristal de la puerta del armario de la cocina en el que su madre acababa de retocarse los labios y descubrió un nuevo bulto supurante junto a su ceja izquierda. Aquel líquido del demonio le chorreaba mejilla abajo y ni siquiera lo notaba. Pero el olor era insoportable. En aquella ocasión, mientras su madre cerraba de un portazo, fue incapaz de reprimir la arcada y vomitó en el suelo de la cocina un montón de lo que parecía bilis amarillenta.

El pequeño Fox Mulder se había pasado la noche maullando y Billy Servant había dado un millón de vueltas en la cama hasta que había decidido levantarse y ponerse a escribir un relato sobre una pareja de desconocidos que comparten habitación en un motel de carretera. A Billy Servant le gustaban los moteles de carretera tanto como los chalecos de lana, sólo que no había ido nunca a ninguno. No se atrevía a ir. Su padre había trabajado en uno de ellos hasta que (FLUP) desapareció. En secreto, Servant siempre había creído que fueron los extraterrestres. Si no regresó a casa aquella mañana fue porque los extraterrestres se lo llevaron a algún otro planeta, donde seguramente a aquellas alturas ya se había convertido en carne de restaurante alienígena. Eso era precisamente lo que les había pasado a los protagonistas del relato que había escrito aquella noche. Se habían convertido en carne de restaurante alienígena. Y en la causa de las ojeras del bueno de Billy Servant.

El tío raro.

—Llegas tarde —le dijo a Erin cuando pasó junto a él, arrastrando los pies y emitiendo su recién estrenado (RRRRRR) al respirar.

Parecía una cortacésped desempleada.

Servant se dio impulso y se dejó caer. Había estado subido a una especie de muro bajo que había a las puertas del instituto.

—Largo —le dijo Fancher.

—¿De qué vas ahora, de rapera? —preguntó Servant, señalando la gorra.

—Que te largues —insistió Fancher.

Cruzaron juntos el umbral del instituto.

Eran las nueve y diez.

El timbre había sonado hacía exactamente siete minutos.

Servant solía llegar tarde a todas las clases.

Era su *otra* manera de ser.

—¿A qué demonios huele? —preguntó Servant, arrugando la nariz junto a la melena enredada de Fancher.

—¿Quieres dejarme? —Ésa era Fancher, alzando su mano derecha y deteniéndose un segundo a preguntarse si (TAL VEZ) podía *contárselo* a Servant (SÓLO TAL VEZ) y llegando a la conclusión de que (NI EN UN MILLÓN DE AÑOS) no.

—Joder, un parche. —Servant había visto el parche en la frente.

—Que me dejes, tío.

Fancher echó a andar, Servant la siguió.

—Tía, estás rara de cojones —dijo Servant.

—El raro eres tú, tío —dijo Fancher.

Habían llegado al primer piso y recorrían el pasillo. Mientras caminaban, Servant dibujaba una línea invisible en las paredes de ladrillo y Fancher trataba de dejar de pensar en

carnecarnecarne

la polla de Reeve. Y en su *muerte*. Sí, en su *muerte*. Porque cada vez lo tenía más claro. Estaba *muerta*. Pero seguía caminando. Seguía respirando. Sí, lo hacía de aquella desagradable (RRRRRR) manera, pero respiraba.

—Tienes algo en el pelo —le dijo Servant.

—No toques —dijo Fancher, y se detuvo en seco.

Servant también se detuvo.

Y se quedó mirándola.

Fancher empezó a ponerse nerviosa.

—¿Dónde? —preguntó al fin.

—Ahí —dijo Servant, señalando algún punto entre su oreja izquierda y el extremo lateral de la gorra, con lo que a Fancher le pareció una auténtica Cara de Asco.

—No toques —repitió, y alzó la mano en busca de lo que fuera que hubiera allí.

—¿Qué coño es? —preguntó Servant, acercándose.

Fancher no tardó en dar con el esponjoso y ya no tan apetecible gusano. Lo examinó durante un segundo antes de tirarlo al suelo y convertirlo en (CHOF) papilla de gusano de un pisotón.

—¿Qué coño era? —preguntó Servant.

—Un puto gusano, ¿no lo has visto?

—¿Un gusano? —Servant se rió—. No jodas.

—Vete a la mierda, subnormal —dijo Fancher, y echó a andar aprisa hacia clase, todo lo aprisa que su arrastrar de botas le permitía, seguida por Servant, que se reía, Erin podía escucharle, se estaba *riendo*, el muy estúpido, cabrón, tú no estás muerto, PUTO BILLY SERVANT, habría querido decirle, pero en cambio, abrió la puerta de la clase y agachó la cabeza, dispuesta a encajar el discurso del profesor de Literatura, un tipo aburrido que iba de un lado a otro con una mochila agujereada.

En su despacho, Rigan Sanders le daba vueltas a su *asunto* con Velma Ellis. Se miraba sus manos infladas y peludas y se aclaraba la garganta, como si estuviera a punto de pronunciar un discurso. Su silla giratoria y terriblemente mala chirriaba mientras lo hacía. Ella le había preguntado si estaba casado, ¿y si sólo salía con hombres casados? Podía ser una de esas chifladas.

Pero ¿quién había dicho que Velma Ellis fuese una chiflada?
Ella misma. Lo dijo.
Dijo:
—Colecciono invitaciones de boda.
No lo dijo exactamente así, pero lo dijo.
¿Y qué quería decir eso?
—Que le gustan los hombres casados —se dijo el director.
No exactamente, Rigan, no exactamente.

Reeve escuchó su nombre (SEÑORITA FANCHER) y a continuación un: Llega usted tarde, y se hundió en su silla verde, concentrándose en sus pulgares, sus pulgares sobre la mesa, entrelazándose frente al poema de la foca adicta al cloroformo que el profesor de Literatura pretendía que descifraran.

Notó que Eliot se revolvía a su lado.

—Eh —le dijo.

—Ya —dijo Reeve, acodándose en la mesa y concentrándose en el texto.

—¿Qué hora es? —preguntó Eliot.

—No sé —dijo Reeve.

—Jeje.

Puto Eliot, pensó Reeve.

Reeve no había pegado ojo.

Pero ¿por qué?

¿Acaso no quería que Fancher se la chupara?

No.

¿No?

No.

¿Y eso?

Digamos que Reeve De Marco era un chico tímido.

O digamos más bien que a Reeve De Marco le gustaba Erin Fancher.

Y no quería *joderla* en su primera cita.

La ley no escrita del lavabo de chicos de la primera planta decía que si te dejabas hacer algo allí por alguien, las cosas con ese alguien jamás funcionarían. Porque aquello no era más que un matadero de sentimientos.

Sí, un *matadero*.

Pero digamos que era demasiado tarde para echarse atrás.

Por eso Reeve no había pegado ojo.

Pero ¿por qué iba a ser demasiado tarde? ¿Acaso lo habían hecho?

No, por supuesto que no.

Pero también había una ley no escrita sobre no dejarse hacer las cosas que las chicas proponían en el lavabo de chicos de la primera planta. Y esa ley decía que quien osara negarse a lo que fuera que una chica quisiera hacerle sería considerado desde aquel momento y hasta el fin de sus días un nenaza.

Y Reeve no quería ser un nenaza.
Porque sabía lo que les pasaba a los nenazas.
Acababan acumulando polvo en algún rincón del patio.
¡Eh, tú, Nenaza!
¿Sí?
¡Chúpamela!
Mierda, pensó.
Un puto callejón sin salida.
Y allí estaban sus pulgares, y aquel poema de la foca adicta al cloroformo, y no tenían ni puta idea. Nadie tenía ni puta idea. Así que se aclaró la garganta, se irguió en el asiento y miró desafiante a la chica. Luego se limpió las comisuras de los labios y miró a su amigo, sentado a su lado.

—¿Qué coño lleva en la frente? —le preguntó.
—Una gorra.
—No, joder, en la puta frente.
Eliot la miró. Se encogió de hombros.
—No sé.
—¿Y si me pega algo, tío? —dijo Reeve.
El otro se rió.
—Jeje.
El profesor subió un zapato embarrado a la mesa y preguntó:
—Y bien, ¿alguien puede decirme de qué va el poema?

Necesitaba una barrita de chocolate. Así que se levantó de la silla, una de aquellas sillas verdes y, a menudo, cojas, de la sala de profesores, pidió disculpas a la señorita Tempelton, la rubia y fibrosa profesora de Historia, y salió. De camino al bar del instituto pasó junto al despacho del director Sanders y titubeó. Velma creía haberlo echado todo a perder. Sabía que a él no le había sentado nada bien el que ella dijera que tenía planes. Sabía que él había entendido que lo que en realidad pasaba era que a ella no le gustaba. Y como lo que a él no le gustaba era perder, se había retirado a tiempo. Con un simple:

—Tengo un día complicado.

—Complicado. Ya —se dijo Velma cuando pasó junto a la puerta, después de titubear un segundo, detenerse, dar un paso ridículo, y luego otro, sin perder de vista la puerta, esperando que se abriera en

undostres undostres

cualquier momento.

Pero la puerta no se abrió.

Y Velma pasó de largo.

Caminó hasta el bar, pidió una barrita de chocolate y salió.

Una vez en el pasillo, de regreso a la sala de profesores, le pasaron dos cosas:

1) Mientras retiraba el envoltorio de la barrita de chocolate, tuvo que reprimir un repentino y absurdo sollozo de colegiala.

2) Se cruzó con Billy Servant y no pudo evitar detenerse a preguntarle por qué no estaba en clase. A lo que el chico respondió:

—He llegado tarde. Y el señor Blandit no me ha dejado entrar.

—Oh —dijo Velma, fijándose en su chaleco de lana y en aquellas gafas Patilla de Elefante, aquellas gafas que tanto le recordaban a las que una vez había llevado su hermana, su hermana que vivía a miles de kilómetros, que había huido al otro extremo del mundo ¿después de qué? Después de intentar suicidarse atándose una bolsa de plástico a la cabeza.

—¿Y usted? —preguntó Servant.

—¿Yo?

—¿No tiene clase?

—Uh. —Velma miró la barrita de chocolate, Servant miró la barrita de chocolate, a medio abrir, mordisqueada, y dijo—: No. Es, bueno...

—Una barrita de chocolate —dijo Servant.

—No. —Velma se rió (jeje)—. No me refería a (jeje), pero sí, es una barrita.

¿Estaba (por Dios santo) coqueteando? ¿*Coqueteando*? ¿Con un alumno? ¿Con *ese* alumno? ¿Billy Servant? ¿Billy Soy El Tío Más Raro Del Mundo Servant? ¿Billy Soy Un Demonio Servant?

¿Qué?

¿No es un hombre?

Oh, claro que sí, aunque yo más bien diría que es un *proyecto* de hombre.

¿Y? ¿No es un proyecto de hombre *soltero*?

Oh, por Dios santo, Velma.

El chico se encogió de hombros.

Como diciendo:

—¿Y ahora qué?

A lo que Velma replicó:

—Tengo que volver.

¿Volver? ¿Adónde? ¿Y acaso le pides permiso? ¿A un alumno? ¿A *ese* alumno?

—Claro —dijo Billy, se subió las gafas (aquellas gafas de gigante) nariz arriba, y se alejó por el pasillo.

¿Tenía un lunar en la frente?, se preguntó la profesora, dando otro mordisco a la barrita de chocolate y encaminándose a su despacho. En su cabeza brillaba un letrero de neón, bajo la entrada del cine al que solía ir de niña, en el que una única palabra

soltero(soltero)soltero(soltero)

se encendía y se apagaba, se encendía y se apagaba.

Shirley se sacó del bolsillo de la chaqueta el envoltorio del último chicle que se había metido en la boca, lo abrió y rescató aquel pedazo de goma de mascar gigante. Se la metió en la boca a la vez que apoyaba la espalda en los ladrillos repletos de nombres, insultos, órdenes sexuales y estúpidos pareados infantiles. Luego dijo:

—Te has pintado un huevo.

—¿Es que no me ves? —Erin se levantó la manga derecha, dejando al descubierto su azulado antebrazo.

—¿Qué? ¿Tu puto brazo?

—¿Es que no lo ves? —Erin se examinó el brazo de cerca. Era de color azul. Había dos llagas entre la muñeca y el codo. Una prácticamente le rodeaba toda la muñeca y la otra se hundía a escasos centímetros del fin de su antebrazo—. ¿No ves toda esta mierda?

—¿Qué mierda? ¿Dos putos granos? —Shirley mascaba con fuerza el chicle. De vez en cuando hacía una pompa. Se miraba las uñas. Miraba la puerta de la clase. No parecía en absoluto preocupada por aquellas enormes *llagas* supurantes.

—¡Dos putos granos dice! ¿Es que no ves cómo huele? Joder, ¿es que no ves cómo *supura* mierda? ¡Soy un puto zombie, Shirl!

Shirley suspiró (FUUUF).

Luego dijo:

—Escucha, si no quieres hacerlo, dilo, pero no inventes, ¿vale? —Shirley extendió su dedo índice, como una madre acostumbrada a dictar sentencia con un único movimiento dactilar y repitió—: No inventes.

—¿Quién está inventando?

—Carla dice que es normal.

—¿El qué?

—Que estés cagada.

—¿Cagada?

—¿No estás cagada? —Shirley había bajado la voz—. Si no estás cagada dime por qué te has puesto esos pantalones y esa mierda de gorra.

—No me escuchas.

—¿Quieres que Reeve salga corriendo? ¿En qué te vas a convertir, en la bollera del instituto? ¿Por qué no te sientas con Wanda?

Erin suspiró.

Tenía ganas de *morderle*, sí *(ñam ñam)*, la *cabeza*.

Arrancársela.

Hacerla *delicioso* picadillo *(MmMm)*.

Pero lo único que hizo fue patear su mochila, la suya propia, que estaba en el suelo, junto a sus botas desanudadas, sus pies putrefactos.

Entonces sonó el timbre.

Hora de regresar a clase.

Erin se colgó la mochila del hombro y miró a Shirley con recelo.

—Ni se te ocurra entrar —dijo la otra.

—¿De qué vas, tía? —dijo Erin.

—Ni se te ocurra —repitió Shirley, antes de despegar su espalda de la pared y entrar en clase, mientras Erin apretaba los labios y reprimía un sonoro (ZORRA) que retumbó en su cabeza, en aquel supurante pedazo de carne muerta, mientras, como en un estúpido videojuego, *completaba* el camino al lavabo de chicos de la primera planta.

Había llegado el momento.

Mientras la robusta señorita Tempelton daba una lección descaradamente parcial de Historia, sus rizos como horcos agitándose a cada nueva y airada aseveración, Reeve se preguntaba qué pasaría *después*. Porque Reeve estaba a dos minutos de dejar de ser el Reeve de siempre. Estaba a dos minutos de convertirse en otra cosa. Una cosa mucho *mayor*. ¿Puede una mamada convertir a alguien en *algo* mucho *mayor*?

Reeve creía que sí.

Eliot lo miró por encima del hombro.

En dos minutos, Reeve levantaría la mano y preguntaría si podía ir a mear.

Y la señorita Tempelton, para quien las clases de Historia eran clases de feminismo encubierto (¿Acaso creéis, pequeños, que no hubo sargentos MUJER?), le diría, sin pestañear, visiblemente molesta por la interrupción:

—No tardes.

Pero ¿cuánto iba a tardar? ¿Cinco minutos? ¿Diez? ¿Y si se ponía nervioso y no conseguía *correrse*? ¿Y si se ponía nervioso y ni siquiera conseguía que se le *levantara*? ¿Y si Erin le contaba a todo el mundo que Reeve De Marco era un *nenaza*?

Un minuto.

Eliot volvió a mirarlo.

Sonrió.

Reeve pensó que daría cualquier cosa (CUALQUIER COSA) por ser Eliot Brante en aquel preciso instante. Sintió una punzada en el pecho. Le faltó el aliento durante uno, dos, tres segundos, cerró los ojos, se masajeó la zona y

hazlohazlohazlo

levantó la mano.

Sí, lo hizo.

Levantó la mano, preguntó si podía ir al baño (si podía ir a mear) y se fue.

Antes tuvo que responder a la estúpida pregunta de la señorita Tempelton:

—¿No puedes aguantar?

Jeje.

—No —dijo Reeve.

Y la mujer accedió.

—Muy bien. Pero no tardes.

Ahí lo tienes: No tardes.

Pero ¿cuánto iba a tardar?

Reeve salió de clase.

Murmullos a sus espaldas.

Reeve en el pasillo (BUMbumBUMbumBUMbum), metiéndose las manos en los bolsillos, ascendiendo por los raíles de una montaña rusa desierta (BUMbum), sintiendo el frío del metal de la barra protectora sobre sus rodillas desnudas (BUMbum) y algo amargo en la boca, seca (BUMbum).

Bien, esto es lo que haremos.

Entraremos ahí y diremos:

—¿Fancher?

Y luego dejaremos que ella haga todo el trabajo.

Cerraremos los ojos y dejaremos que sea *ella* quien *lo* haga.

Eso es lo que haremos.

Todavía con las manos en los bolsillos, Reeve entró en el lavabo de chicos de la primera planta. Como el resto de lavabos del Robert Mitchum, el célebre lavabo de chicos de la primera planta era un estercolero. Había charcos de no se sabía qué en el suelo, las paredes estaban llenas de todas aquellas OBRAS MAESTRAS del rotulador, buena parte de ellas firmadas por Billy Servant, alias Patilla de Elefante, alias Tío Raro, alias Puto Psicópata, y el aire estaba viciado, el olor a pis, al pis estancado del que olvida tirar de la cadena, se mezclaba con el de los cigarrillos y el de los porros y el omnipresente olor a sudor adolescente.

Pero aquel día había algo más. Reeve arrugó la nariz, sobresaltado por aquel olor, que no era exactamente desagradable sino exageradamente *fuerte*, parecía perfume, un perfume de mierda, por cierto.

—Joder —dijo. Y—: Qué asco.

En el lavabo de chicos de la primera planta había tres retretes y dos de aquellos meaderos de pared. Tres retretes, un, dos, tres, y dos únicas puertas abiertas, un, dos, así que Fancher estaba en el tercer retrete, el único que permanecía cerrado.

—¿Fancher? —preguntó Reeve, metido en su papel de tipo duro, manos en los bolsillos, ceja izquierda alzada, piernas separadas—. ¿Estás?

La puerta del tercer retrete se entreabrió.

—Hola —dijo alguien del otro lado.

—¿Eres tú? —Reeve se acercó, empujó con cuidado la puerta y se topó con

¿qué era aquello?

ella. No conseguía verle la cara. Tenía la gorra calada y el pelo revuelto formando una especie de casco alrededor de la cabeza. Todavía tenía aquella

cosa

tirita enorme en la frente. Reeve sintió un escalofrío. Su corazón (bumBUMbumBUM) seguía golpeando contra su pecho como un experto boxeador.

—Si no quieres no tienes que... —Se le escapó a Reeve, deseoso de volver a clase, de que aquello acabara, de que su vida, que se había detenido la tarde del día anterior, cuando aquella zorra de Perenchio le había dicho a Brante que (OH, SÍ, TÍO, PARA FLIPAR) Erin Fancher quería chuparle la polla, continuara.

Pero ella asintió. Dijo:

—Hagámoslo.

Y con un nudo en la garganta, aquel PELUDO y GIGANTESCO nudo que no dejaba de crecer, que amenazaba con *tragársela* (GLUM) entera, Erin reculó y se arrodilló junto a la taza del váter, asegurándose de que dejaba espacio al chico, y de que éste podía cerrar la puerta a sus espaldas y

ñam ñam

bajarse la bragueta de una maldita vez.

El chico hizo lo que debía, y cuando cerró la puerta, le quitó la gorra. Erin levantó la vista y se encontró con sus ojos. Parecían asustados, pero a la vez resueltos a acabar con todo aquello de una vez.

—¿Lo has hecho antes? —le preguntó.

Ella dijo que sí.

Porque se suponía que era lo que tenía que decir.

Todo el mundo lo había hecho ya.

O eso decía todo el mundo.

—¿Y tú? —preguntó Erin.

Reeve se limitó a asentir y a señalar su bragueta abierta.

Ella metió la mano y la cogió. Al tacto era esponjosa. La estrujó con cuidado. Reeve tragó saliva y posó su mano derecha sobre la cabeza de la chica. Lo había visto hacer en una película. Con la izquierda, la ayudó a sacarla del calzoncillo y se estuvo tocando, con los ojos cerrados, fuertemente cerrados, tal vez pensando en lo que le habría gustado hacer con ella, imaginando su cuerpo desnudo, sus piernas, sus piernas abiertas (FLAPFLAPFLAP), hasta que se le puso dura, y entonces empujó la cabeza de Fancher contra ella, sintiendo que algo no iba bien, que aquello no le gustaba, que era ella quien le gustaba, pero haciéndolo de todas formas.

Fancher abrió la boca y se dejó llevar.

Reeve guiaba con cuidado su cabeza (DENTROfueraDENTROfuera) como había visto hacer en aquella película y Fancher sólo pensaba en su pelo. Notaba cómo se le caía un mechón enredado a cada nueva sacudida. Y sólo dejaba que él la guiara, abría mucho la boca y luego la cerraba, como si dejara entrar y salir (DENTROfueraDENTROfuera) un pedazo de carne que podía, si quería, morder y, por un instante, la idea le resultó fascinante, podía morderle, morderle (ÑAMÑAM), en cualquier momento, podía hacerlo, su polla entraba y salía, la notaba en la garganta (FLAPflapFLAP), sentía náuseas y quería morder, morder, morderle, porque, ¿qué hacemos aquí?

Morder, morder, morder. Quería, oOoh, joder, se la estoy chupando, y ahora las cosas no irán bien, no irán nada bien, puta Shirley, joder, ¿y si le muerdo? ¿Y si le muerdo y se convierte en *esto*? Si se convierte en *esto* no tendrá otro remedio. Tendrá que salir conmigo. Y no envejeceremos juntos. Nos pudriremos juntos. Iremos al cine y la sala (DENTROfueraDENTROfuera) apestará. ¿Por qué no? Voy a hacerlo (DENTROfueraDENTROfuera), voy a morderle (DENTROfueraDENTROñam). Cuando finalmente Fancher lo hizo, Reeve (OHsíOHsíOoohSÍÍÍ) gimió y se apartó, golpeando con su espalda la puerta y corriéndose. Corriéndose en la mejilla izquierda de Fancher.

—Oooh, jo-der —murmuró el chico, dejándose caer, hasta quedar sentado, con la espalda apoyada en la puerta y la polla apuntando a su ombligo.

Ni rastro del mordisco.

—Ya está —dijo Reeve, aliviado.

Fancher se tocó la cara.

—Jo-der, tío —dijo, y sus labios, resecos, *muertos*, crujieron.

Reeve sonrió, orgulloso de su hazaña.

Eh, ahí va el tipo que se corrió en la cara de Erin Fancher, pensó. Y: No es un nenaza, se corrió en su puta cara, tío.

Reeve se rió.

Se rió y dijo:

—Cuando quieras, repetimos.

Y al instante pensó: Bocazas.

Pensó: Bocazas de mierda.

Pero ¿no era eso acaso lo que todos esperaban que dijera? ¿No era eso acaso lo que *ella* esperaba que dijera? ¿No había sido *ella* quien había empezado?

Erin no respondió.

Le había mordido y no había servido de nada.

Mierda de películas.

¿No se suponía que tenía que estar *muerto*?

¡Le he mordido, joder!

Sí, de cualquier manera.

¿Cómo que de cualquier manera?

Jo-der.

Erin se caló la gorra, reprimió uno de aquellos ronquidos de *zombie* al descubrir en el suelo, junto a sus botas desanudadas, un mechón de pelo GIGANTE, y dijo:

—Déjame salir.

—¿Estás enfadada? —preguntó Reeve.

—Déjame salir —insistió la chica.

—¿No era lo que querías?

Erin lo miró, airada. Reeve abrió la puerta, todavía de espaldas. Erin pasó junto a él, y aquel olor

a perfume, perfume de mierda

taponó sus fosas nasales durante un par de segundos, y ahí estaba de nuevo aquella mueca de asco y esta vez algo más, una sensación de vacío, un vacío INMENSO, sin principio ni fin, devoró su estómago y no tuvo más remedio que darle la razón a todo el mundo, a la ley no escrita del lavabo de chicos de la primera planta, aquella que decía que si te dejabas hacer algo allí por alguien las cosas con ese alguien jamás funcionarían. Porque el lavabo de chicos de la primera planta era, y ahora lo sabía, un *matadero*.

Billy Servant abrió la puerta del lavabo de chicas y miró a uno y otro lado, esperando encontrarse (¡OH, SORPRESA!) con aquella mole de Wanda Olmos.

Pero el lavabo estaba desierto. Estupendo, pensó. Luego se descolgó la mochila y sacó el rotulador.

Un momento.

¿A qué huele?

Servant se detuvo a inspeccionar las letrinas. Dos de ellas estaban abiertas, la otra lo estaba a medias. Le pareció oír a alguien gimotear en su interior. Oh, oh, se dijo, Será mejor que salgamos de aquí. Con las prisas (¿Y si era aquella MOLE y le rompía, esta vez sí, un brazo?), Servant pisó uno de aquellos charcos inmundos y alertó a quien quiera que gimotease en aquella cabina (¿Acaso Wanda Olmos gimotea como un bebé? ¿Acaso quieres averiguarlo? ¿Quieres ser el primero en averiguarlo? ¡Corre, estúpido!), y quien quiera que estuviese usando aquella desagradable puerta como hombro dijo:

—¿Reeve?

No era Olmos, pero ¿quién era? Su voz era francamente desagradable. Era la voz de alguien que tenía un moco GIGANTE en la garganta y era incapaz de tragárselo. O la de alguien que no hubiera dormido en días. O que hubiera dormido *demasiado*. Imagina cómo sonaría tu voz si hubieras pasado tres días y tres noches gritando en un ataúd, estaba pensando Servant cuando quien quiera que fuese repitió:

—¿Reeve? ¿Eres tú?

—Si fuera Reeve tendría cara de gilipollas —dijo Servant.

—¿Servant?

—Me has pillado. Me gusta mear en el lavabo de tías. Está —Servant sonrió, observando su zapato mojado— un poco más limpio.

La puerta se abrió.

Y allí estaba.

Era ella.

—¡Fancher! —Servant sonrió. Se alegraba de verla—. Antes me has dejado con la palabra en la boca. Estábamos hablando de gusanos.

—Vete a la mierda, Servant. —Fancher volvió a cerrar la puerta.

—¡Eh! ¿Otra vez? —Billy se acercó a la puerta, la golpeó, pidió permiso para entrar y, aunque ella se lo denegó, la empujó de todas formas.

No hubo manera.

Fancher la tenía bien sujeta.

—Para —dijo la chica.

—Abre.

—Me vas a joder la mano, para.

—Como quieras. Pero no soy yo el que tiene gusanos en el pelo —dijo el chico.

—Gilipollas —dijo la chica.

Servant se metió las manos en los bolsillos. Se miró en el espejo. Descubrió aquel lunar en la frente. ¿Un lunar? ¿Desde cuándo tenía un lunar en la frente? ¿De dónde había salido? ¿De dónde salían los lunares? Servant se imaginó, con una sonrisa estúpida en el rostro, que existía un País de los Lunares y que los lunares vivían en comunas y se mudaban a la Tierra, a la cara de algún estúpido. Eh, tú, tu turno. Ahí está todo el mundo. ¿Con quién te quedas? ¿El tío raro? ¿Por qué? ¿Por qué, por todos los dioses lunáticos, te quedas con el tío raro si puedes quedarte con cualquier otro? Servant imaginó que el lunar, aquel lunar que había escogido su frente entre millones y millones de otras frentes, contestaba:

—Si quieres saberlo, págame un psiquiatra.

Jeje.

Servant se inspeccionó con renovado interés en el espejo, retirándose el mugriento flequillo, y decidió que aquello no era un lunar.

Oh, demonios, puede que exista un País de los Lunares, pero está claro que ningún lunar ha elegido mi frente para pasar el resto de sus días.

Aquello eran los restos de su batalla con Wanda Olmos.

Casi lo había olvidado.

—¿Qué haces? —preguntó Fancher.

Había abierto la puerta.

—¿Y tú? —Servant se dio media vuelta, se ajustó las gafas, entrecerró los ojos, la miró con la desconfianza de un payaso—. ¿Quién eres y qué has hecho con Fancher?

—Vete —insistió la chica.

—No, en serio, ¿qué pasa con Reeve?

—¿Qué pasa con Reeve?

—Creías que era Reeve.

—No —dijo Fancher.

—Ya. Por eso me has llamado Reeve.

Erin se tomó su tiempo. Luego confesó:

—Nos hemos liado.

—No jodas. —Servant no pudo evitar sonreír, pero esta vez era una sonrisa de disgusto. Todo el mundo tiene una—. PUAJ.

El chico se limpió la boca con la manga de la camisa. Parecía estar dentro de un aparato de televisión, interpretando un viejo número circense: El Payaso de los Zapatos de Charol en *Increíbles Aventuras en el Lavabo de Chicas*.

—No, en serio, es repugnante —dijo después de escupir en el charco que había pisado hacía un momento—. Las tías..., bah, no, en serio, no os entiendo... Joder, ¿Reeve? ¿Y por qué no yo?

Erin era una cortacésped desempleada, su aliento seguía sonando (RRRRRR) como lo haría una de ellas. Le picaba la cabeza. Se rascó sin reparo. Sintió que parte de su cuero cabelludo cedía al hacerlo.

—Mierda —susurró, mirándose la mano.

—¿Qué? ¿Otro gusano? —preguntó, divertido, Servant.

—No, es un... —¿Qué? ¿Qué iba a decirle? ¿Un pedazo de cabeza?

¿Por qué no? ¡Estás hablando con el puto Billy Servant! Billy no tiene un solo amigo, así que si tienes un secreto, cuéntaselo a Servant, porque si con alguien puede estar a salvo es con el puto Billy Servant.

—¿Un qué? —preguntó Servant.

—¿Has visto alguna vez carne muerta? —preguntó Fancher.

—Claro, *como* carne muerta —dijo Servant.

Erin extendió su mano. Servant se acercó a ella.

—No esa carne, estúpido, *esta* carne.

Servant se fijó en lo que le mostraba. Parecía un montón de mugre. Mugre negra, de la que se cuela bajo las uñas. Le dijo:

—¿Eso es carne muerta?

Muy bien, allá vamos, pensó Erin Fancher, y dijo:

—*Yo* estoy muerta.

—Jeje. —Servant la miró, incrédulo, con aquellos ojos gigantescos. Estaba tan cerca que *notaba* su aliento estrellarse contra su piel muerta—. Ya. Y los elefantes...

¿vuelan?

¿Qué demonios está haciendo?

¿Eso es un pedazo de labio*?*

—¿Cómo has...? —Servant reprimió una arcada.

—No siento nada —dijo Erin, examinando el trozo de labio que acababa de *despegar* de su reseca y *crujiente* boca—. Nada.

3

Señorita, le concedo tres deseos
(Un Genio Socialmente Aislado)

Weebey Ripley se rascó la ceja izquierda con un complicado movimiento de su mano derecha. Oh-hoho, se dijo. Mucho mejor. *Muchísimo* mejor. Acababa de pasar frente a un espejo y de (DEMONIOS) *vislumbrar* las intenciones de esa jodida ceja rebelde. Esa ceja rebelde quería joderlo todo. Esa ceja rebelde no tenía ni idea. Weebey Ripley no había acumulado polvo durante (¿Cuántos? ¿Doscientos años? ¿Seis millones?) para que aquella maldita ceja lo jodiera todo.

Así que se rascó y se *recolocó*, si algo así era posible, la ceja izquierda, sonrió orgulloso, ocultando al hacerlo con su papada parte de su pajarita roja, y dijo:

—Señorita, le concedo tres deseos.

—¿Cómo?

Weebey, que había tenido, decididamente, la infancia más feliz de cuantas había en aquella sala, se sacó el puro de la boca y repitió:

—Señorita, le concedo tres deseos.

La pelirroja Velma Ellis, profesora suplente de Lengua en el Robert Mitchum y hermana de una monitora de esquí afincada en Vancouver, abrió la boca sorprendida y luego la cerró. ¿Cómo había llamado Francine al nuevo?

—Un Genio Socialmente Aislado.

Sí, eso era. Un Genio Socialmente Aislado.

Parecía el título de uno de esos libros de autoayuda que Roberta Tempelton y la callada profesora de Música se dejaban la una a la otra constantemente.

Pero era un tipo. Un tipo con una horrenda pajarita roja y un reloj de bolsillo encadenado a un chaleco negro.

Parecía un mago. O un payaso. Cualquier cosa menos lo que decía ser. Pero ¿qué decía ser? ¿Un genio? ¿El genio de la lámpara?

No me hagas reír.

Velma escuchó la voz de su hermana en su cabeza.

Su hermana decía:

—No me hagas reír.

Velma a menudo charlaba con su hermana sin que ella estuviera presente, sin ni siquiera levantar el auricular del teléfono. Desde que su hermana se había mudado a Vancouver, Velma había inaugurado un nuevo rincón en su cerebro: el Café Ellis. Consistía en imaginarse una charla con su hermana en un café decorado con muñecas (rubias, perfectas, estúpidas). Lo que Velma no sabía era que su hermana lo hacía desde niña. Lo que Velma no sabía era que antes de atarse la bolsa de plástico a la cabeza y tratar de suicidarse, su hermana había hablado con ella. Le había dicho:

—Tener dieciséis años es una mierda, Vel.

Y, sin esperar su respuesta, había añadido:

—Me largo.

Pero no se había largado.

Y ahora aquel tipo le estaba concediendo tres deseos.

—¿Señor Ripley? —Ésa era Francine, psicóloga a cargo de aquella reunión semanal de pacientes crónicos del doctor Droster—. Me temo que no se ha presentado, señor. Éstos son sus compañeros.

Weebey miró alrededor. Además de la pelirroja, y aquella mujer de pelo rizado que respondía al nombre de Francine y al parecer era la *líder* del grupo, había otras tres personas en la sala. También había una mesa blanca y seis sillas amarillas. En el suelo, junto a una de aquellas personas, una mujer delgada de mirada extremadamente vacía, había un charco de agua y un cubo lleno de truchas.

—Éste de aquí es Rodney Gubber —dijo Francine. Un hombre con un sombrero vaquero se adelantó. Era alto, tenía la nariz del tamaño de una patata Wise (auténtico sabor americano) y los dientes de un verde cloaca francamente repugnante—. Rodney es un empresario de éxito, señor Ripley. Es dueño de la Compañía de Tabacos Sunrise.

—Encantado —dijo Rodney.

Ripley le estrechó la mano.

El tal señor Gubber vestía como un vagabundo.

¿Desde cuándo los vagabundos eran dueños de tabacaleras?, pensó Weebey.

—Y esta señorita es —Francine se estaba refiriendo a la mujer que había junto al cubo de truchas— la encantadora Rita Rodríguez.

La tal Rita sonrió. Estaba masticando una de aquellas truchas.

La trucha estaba *cruda*, por supuesto.

Weebey le tendió la mano y la mujer emitió un gritito semejante al de un delfín. Parecía feliz. He aquí una mujer que no me necesita, se dijo Weebey. Y a continuación estrechó la resbaladiza y apestosa mano que la mujer le tendía, asintiendo en silencio.

—Creo que ya conoce a la señorita Ellis —dijo Francine, señalándole a Velma, la profesora suplente de Lengua—. La señorita Ellis es nuestra soltera de oro, señor Ripley.

Weebey sonrió.

—¿Soltera? —preguntó, mientras sus manos se fundían en un breve apretón.

Velma se ruborizó. Su labio superior tembló ligeramente.

—Y éste es el señor Namond, señor Ripley —prosiguió Francine—. El más afortunado de todos nosotros.

—Tengo que rescatar a la princesa —dijo el señor Namond, cuyo nombre era Ralph.

¿Rescatar a la princesa?

—La princesa puede esperar, señor Namond —dijo, y en su mirada se formó una nueva arruga. Ésta, a diferencia de las anteriores, era de puro aburrimiento—. ¿Por qué no toman asiento? No quiero que se nos eche el tiempo encima.

—No puede esperar —le dijo, al oído, el señor Namond, antes de sentarse en una de aquellas sillas amarillas.

Francine asintió.

Claro que no puede esperar, Namond, se dijo.

Chiflado.

—¿Tiene ya listo su primer deseo? —le preguntó Weebey a Velma, mientras se sentaban, casualmente, uno al lado del otro, *flanqueados*, en cualquier caso, por la mujer del cubo de truchas y el tipo del sombrero vaquero. El tal Namond se había apresurado a ocupar la silla contigua a Francine.

—¿Qué...? ¿A qué se refiere?

—Usted me trajo aquí —dijo, solícito, el señor Ripley.

Weebey Ripley olía a armario atiborrado de antipolillas. Tenía el mentón ligeramente churreteado (bolas negras del tamaño de canicas entre los pliegues de la papada), el bigote tristemente dibujado (alguien, con toda seguridad el propio Ripley, había aplicado rotulador en los extremos, de manera que parecieran retorcerse en una especie de ridículo caracolillo) y una vacía mirada de sapo.

—¿Yo?

A su lado, Velma Ellis, con sus rizos pelirrojos, su esbelta figura y su siempre inquieta mirada azul, parecía sacada de la portada de una revista.

—¿No se acuerda? —Weebey se rió. Tosió—. ¿No recuerda la lámpara?

Velma Ellis negó con la cabeza.

—¿La lámpara? —preguntó.

—El señor Ripley —intervino Francine— es el genio de la lámpara.

Velma Ellis había acudido a la consulta del doctor Droster hacía exactamente un año, tres meses y veintiséis días. La sensación, cuando apagaba la luz, metida en la cama, era la de olas que rompían en su cabeza. Cuando apagaba la luz, Velma se veía a sí misma compartiendo cama con un vestido de novia. Un delicioso vestido de novia que *nunca* iba a ponerse. Trataba de abrazarlo, pero el vestido no se dejaba. Se *movía*, se arrinconaba en la cama como un amante avergonzado, desplazándose con cuidado, por tal de evitar cualquier doblez innecesaria. ¿Qué era lo peor que podía pasarle a un vestido perfecto? Podía arrugarse, y entonces estaría perdido. Porque dejaría de ser *perfecto*.

Porque no estaría listo.

¿Y qué ocurriría si, en aquel preciso instante, uno de los príncipes abría la puerta del dormitorio de Velma, extendía su musculoso brazo, le mostraba el contenido de su mano derecha y, OH, DIOS SANTO, resultaba ser un anillo?

¿Y si tenía que casarse y el vestido no estaba *listo*?

—¿Recuerdas al doctor Droster? —le había soltado su hermana en uno de aquellos Dulces Periodos, en realidad meros encuentros telefónicos de periodicidad mensual—. Él me sacó de ahí. Tengo su teléfono en algún sitio, espera un segundo.

Y Velma había esperado, tratando de alejar de su mente la imagen del príncipe, con sus medias azul marino y su mechón rubio en la cara, su espada y su culito prieto, sus manos poderosas y su cicatriz en el costado.

—¿Mel?

—Un segundo —dijo su hermana—. ¿Roy? ¿Puedes sujetar a Barb un momento? Estoy hablando con Vel.

—Claro, cariño. —Velma escuchó a su cuñado, de fondo, y sintió que una gigantesca zarza le rodeaba el corazón, se lo estrujaba y lo convertía en una pelota de tenis ensangrentada.

Sí, puede que el doctor Droster sea la solución, se dijo.

Así que anotó el número.

Y lo llamó al día siguiente.

La secretaria del doctor Droster era por aquel entonces Francine Delgado, la misma Francine que acabaría dirigiendo las sesiones de terapia conjunta para pacientes crónicos del doctor Droster. Le dijo que podía pasarse la tarde del viernes. Y durante las siguientes tres noches, Velma *sintió* que el vestido se arrinconaba aún más en la cama que compartían, como si se sintiera francamente traicionado. Lo hago por nosotros, había llegado a susurrarle. ¿No quieres que nos casemos?

—Así no —le había oído musitar.

Oh, a la mierda, había pensado Velma.

Y, por supuesto, había acudido a su cita con el doctor Droster.

Y se había enamorado perdidamente de él.

El doctor Droster también era pelirrojo. Lucía una perpetua barba de tres días y tenía el aspecto de uno de aquellos muñecos con los que las muñecas se *casaban*. Todos se llamaban Clark y todos tenían un perfecto perfil griego que más que moldeado en goma parecía tallado a conciencia para poblar los sueños de niñas que algún día serían adolescentes solitarias y, algún otro día, mujeres cansadas de esperar a que uno de ellos cobrara vida y se la llevara al mundo de las Citas A Todas Horas.

Excitada por la visión de sus brazos y la espalda que dibujaba su americana, la profesora suplente apenas logró pronunciar monosílabos durante la primera sesión. Lo mismo ocurrió en la segunda. Consiguió mencionar el vestido en la tercera. Y en la cuarta era el propio doctor Droster quien le pedía una cita.

Terapia de choque, dijo.

Aquella noche, Velma Ellis no durmió, pero no fue por culpa del vestido.

Fueron los nervios.

La noche siguiente la pasó en una parada de autobús, preguntándose por qué el perfecto doctor Droster se la había follado despiadadamente en una cama sin somier, apenas un colchón tirado en el centro de una habitación forrada de un ridículo papel pintado a rayas, para luego pedirle que se fuera. Creo que deberías irte, había dicho.

—¿Cómo?

Acurrucada bajo las sábanas, Velma Ellis vio materializarse aquel maldito vestido, un vestido blanco de cola interminable, a los pies de la cama, sobre aquel fondo rayado.

—Creo que deberías...

—Ya te he oído. Pero no te entiendo. Creí que...

—Terapia de choque —se limitó a decir el doctor Droster, alargando la mano hasta el paquete de pañuelos, y retirándose con un sonoro (CHAP) el condón.

—¿QUÉ? —Velma se incorporó, dejando sus caídos pechos al descubierto.

—Lo que ha oído, señorita Ellis.

—¿Ya no te gusto?

—Nunca me ha gustado, señorita Ellis —dijo, resuelto, el doctor Droster—. Se lo dije, esto no era más que un experimento.

—Pero hemos...

—Lo sé. —El doctor Droster encendió un cigarrillo—. Hemos hecho el amor, señorita Ellis. Y ha sido estupendo. Pero ahora debe volver a casa y no debe contarle a nadie lo que hemos hecho.

—Oh, no —susurró la profesora suplente de Lengua antes de romper a llorar. Cuando lo hizo, cuando rompió a llorar, el doctor Droster abandonó el colchón y se refugió en el salón, cerrando la puerta de la habitación al salir.

Cuando Velma logró recomponerse, vestirse y salir, se lo encontró sentado a la mesa, leyendo un libro de Schopenhauer. En aquel preciso instante el doctor Droster deslizaba el dedo índice de su mano derecha sobre la siguiente frase: *La mujer salda su deuda con la vida no mediante la acción, sino mediante el sufrimiento.* Y sonreía para sí, orgulloso del trabajo bien hecho.

Lo único que se dignó a decirle fue:

—La espero el próximo viernes en la consulta.

Pero Velma, que pasó aquella noche en la parada del autobús, incapaz de volver a casa, incapaz de reencontrarse con aquel *perfecto* vestido de novia en su confortable cama con somier y cabecera, no regresó a la consulta.

Al menos, no *aquel* viernes.

Estaba dolida.

Habían hecho el amor.

Y él le había dicho: Me casaré con usted.

Le había susurrado.

Me casaré con usted.

Y Velma Ellis le había creído.

Porque él sabía que lo único en lo que Velma pensaba a todas horas era en casarse. En encontrar a alguien que le dijera aquel tipo de cosas y luego (PLOP) apareciera un día con una minúscula caja aterciopelada que contuviera un anillo. Un anillo de compromiso.

Sólo entonces conseguiría romper el hechizo.

Alejar para siempre aquel vestido de su cama.

Repasando sus notas, aquel viernes por la tarde en el que Velma se ausentó, el doctor Droster llegó a la conclusión de que la madre de Velma tenía la culpa de su problema. Desde pequeña la había sometido sistemáticamente al visionado de comedias románticas. De hecho, si la paciente decía la verdad, había tenido una infancia francamente triste. Apenas había pisado la calle. Vivían en el centro de lo que Ellis había descrito como «una ciudad muy peligrosa» y lo más seguro era quedarse en casa, viendo la televisión.

—Y como la televisión era aburrida, íbamos al videoclub —había dicho la señorita Ellis. Especificando un segundo después que era su madre quien iba. Y era su madre quien escogía las películas.

—¿Y su padre? —había preguntado el doctor Droster en aquella sesión.

—No teníamos padre —había dicho Ellis.

«Madre soltera que se refugia en cuentos de hadas», escribió Droster en su cuaderno. Luego dijo:

—Siga.

—¿Con qué?

—Con eso.

—Veíamos las películas.

—¿Y luego?

—Luego veíamos más películas.

«Monstruoso», anotó Droster en su cuaderno.

—¿Siempre eran comedias románticas? —preguntó el psiquiatra.

—Casi siempre —dijo Velma.

—¿En todas había bodas?

Velma puso los ojos en blanco.

—¿Cómo quiere que lo recuerde? —preguntó.

Por entonces todavía se mostraba algo escéptica respecto a sus sesiones de hora y media una vez por semana. Después de aquella noche, después de que se hubieran acostado, las cosas habían cambiado. Velma entraba en la consulta en silencio, se tumbaba en el diván y le contaba lo que había hecho durante la semana. La mayor parte de las veces, había corregido exámenes, había visto media docena de películas y había sumado un par de nuevas invitaciones de boda a su colección.

Lo curioso es que no había vuelto a mencionar el vestido.

De la misma forma que Rita Rodríguez había dejado de referirse al vello que cubría todo su cuerpo como «pelo de nutria».

Es decir, se había convertido en lo que Droster llamaba «un paciente crónico».

Así que cuando Francine acabó la carrera y el doctor decidió inaugurar una sesión de grupo, la inscribió. Velma estuvo de acuerdo. El doctor Droster tenía razón. Había dejado de importarle. Se había acostumbrado a compartir cama con El Vestido. Había *asumido* que nunca nunca nunca se casaría.

—¿Lo tiene ya? —preguntó el tipo de la pajarita. Se masajeaba aquel bigote pintado con rotulador. Francamente, parecía encantado de haberse conocido.

—¿Perdone? —Ésa era Velma.

—Su primer deseo. ¿Lo tiene?

—No le entiendo.

—¿No ha oído a la señorita Delgado? Soy un genio. Y usted —le señaló con uno de sus peludos dedos— me trajo aquí.

—¿Yo?

—Usted frotó la lámpara.

—Yo no he frotado ninguna lámpara.

Velma Ellis había alquilado una película la noche anterior y se había quedado dormida en el sofá cuando la protagonista se había bajado del tren en lo que parecía la estación de un pequeño pueblecito repleto de arpías.

—Por supuesto que sí.

La profesora suplente de Lengua sabía por qué el señor Ripley era un paciente crónico. De la misma manera que sabía por qué Rita Rodríguez se empeñaba en devorar truchas crudas y en cargar con aquel cubo pestilente durante todo el día.

Todos ellos habían cogido un desvío.

Quizá un día, un día cualquiera, mientras rasgaban el sobre de azúcar ante una taza de café habían, simplemente (PLOF), desaparecido. Habían dejado de ser tipos aburridos y chicas tristes para ser ¿qué? El propietario de una tabacalera. Una cariñosa nutria. El genio de la lámpara. ¿Y eso les hacía más felices? Sí. ¿Por qué? Porque ponía el contador a cero. ¿Acaso no tenían algo que envidiar todas las absurdas contables de las compañías aseguradoras del mundo a las apacibles y en apariencia nada rencorosas nutrias? ¿Su despreocupación, quizá? Cuando eras una nutria lo único que te preocupaba era tener una trucha a mano.

¿Y qué era lo único que te preocupaba si eras un genio de la lámpara?

¿Qué era lo *único* que podías hacer cuando eras un genio de la lámpara?

Conceder deseos.

No tenías que pagar facturas.

No tenías que llevar a los niños al colegio.

No tenías que fingir que seguías queriendo a tu mujer.

Sólo tenías que conceder deseos.

—Dígame, ¿qué quiere? —insistió el presunto genio.

—Un marido —dijo Velma, como por acto reflejo.

—¿Qué marido? —preguntó el genio.

—¿Cómo que qué marido? Uno —dijo Velma.

—Tiene que darme un nombre.

Velma lo pensó. ¿Por qué no? Quizá después de todo aquel tipo era un Genio. No recordaba haber frotado una lámpara pero sí haber pasado junto a una tienda de antigüedades hacía un par de días. ¿Y recordaba haber entrado? No. Pero tal vez lo había hecho. Sí, puede que hubiese entrado y hubiese frotado sin querer una lámpara maravillosa.

—Rigan Sanders —dijo, al fin.

—Un momento —dijo el Genio, echándose la mano al único bolsillo de su chaleco, que no era un bolsillo en absoluto, apenas un intento de hendidura cosida al cuerpo de la pieza—. ¿Puede anotármelo en algún sitio? Creí que llevaba papel encima.

—Claro —dijo Velma. Sacó una pequeña libreta de direcciones de su bolso y escribió el nombre del director Sanders. Luego lo dobló un par de veces y se lo pasó al señor Ripley.

—Señorita Ellis, señor Ripley, ¿hay algo que quieran contarnos? —Ésa era Francine.

—Acabo de pedir mi primer deseo —dijo Velma, dispuesta a continuar con el juego—. El señor Ripley es el genio de la lámpara.

Los demás la miraron como si no hubiera una mujer mascando trucha en aquella sala. Como si no hubiera en la sala un tipo que por el mero hecho de llevar un sombrero vaquero creyera que era el dueño de una tabacalera.

El señor Ripley emitió un profundo suspiro, se aclaró la garganta y dijo:

—Deseo concedido.

Francine puso los ojos en blanco.

—¿Un deseo? —preguntó Ralph Namond, el tipo que tenía que rescatar a la princesa, y dirigiéndose a Francine, añadió—: ¿Ese tío concede deseos?

—Los genios no existen —dijo el presunto propietario de Tabacos Sunrise.

—Ella frotó la lámpara —dijo, casi excusándose, el señor Ripley.

—Claro, señor Ripley, ¿y cuántos años llevaba usted dormido? —preguntó, aburrida, Francine.

—Nunca duermo —dijo Weebey Ripley.

—Ya me entiende —se apresuró a añadir la psicóloga recién titulada.

—Oh, eso. —Ripley le quitó importancia—. Medio siglo.

—¿QUÉ? —Ése era el cáustico señor Namond.

—No pienso seguir escuchando esto —dijo el tipo del sombrero vaquero, poniéndose en pie. Recogió su maletín y se dispuso a salir por la puerta, ante la atenta mirada de Francine, que rezaba para que todos aquellos chiflados pudieran leerle la mente en aquel instante. En aquel instante su mente estaba gritando: SEGUIDLO TODOS LOS DEMÁS. SEGUIDLO, ESTÚPIDOS.

Pero la de leer mentes no era una capacidad propia de ninguno de los pacientes crónicos del doctor Droster.

Oh, maldito Dudd.

Francine todavía podía escucharlo, lo oía en su cabeza a todas horas, el doctor Droster decía: Te divertirás. Te divertirás. Oh, claro, me divertiré, Dudd, y luego querré comprarme un arma, una automática, y ponerme a (BANG BANG) disparar. Les dispararé a todos y no me encerrarán, ¿y sabes por qué? Porque el mundo no necesita a tus locos, Droster, el mundo necesita a tipos que se deshagan de ellos.

Como sea.

Francine Delgado era bastante dada a las filípicas interiores.

Oyó salir al señor Gubber y pensó: Uno menos.

—Muy bien. No hemos hablado de cómo nos sentimos hoy. ¿Cómo nos sentimos hoy? —Sí, ciertamente, Francine actuaba a menudo como una profesora de preescolar—. ¿Está disfrutando de esa trucha, señorita Rodríguez?

La tal Rita Rodríguez asintió de forma vehemente.

Seguía mascando. De vez en cuando se metía la mano en la boca, con los dedos encogidos, formando una especie de pezuña, y rescataba un puñado de incómodas espinas. Francine deseaba, realmente lo *deseaba*, que se ahogara con una de ellas. Soñaba con recibir una llamada del doctor Droster que se limitara a darle una buena noticia. En un día como aquél, una llamada en la que Dudd simplemente soltara, Borre a la nutria de su lista, podía ensancharle la sonrisa hasta hacerle explotar la cara.

—Y usted, señor Namond... ¿cómo se siente hoy?

—Ya le he dicho que no siento nada.

Ralph Namond creía que era Super Mario, un tipo que tenía que recoger setas en un mundo repleto de tuberías verdes gigantes para poder rescatar a la princesa. Se empeñaba en golpear las sillas, las puertas y hasta el techo. Decía que tenía que destruir los ladrillos para conseguir una vida extra.

Una vida extra.

Ja.

Ralph Namond creía que era el protagonista de un videojuego de principios de los ochenta. Se veía a sí mismo pixelado en el espejo. Se había dejado bigote, vestía un mono de fontanero y estaba tratando de engordar.

Ralph Namond tenía treinta y cuatro años y nunca había salido con una chica.

Ése era uno de los motivos de su desvío.

Francine lo descubrió casi de casualidad, un día que le preguntó por la princesa. Le preguntó si tenía idea de lo que haría con la princesa después de rescatarla.

—No lo sé —dijo él—. Nunca he salido con una chica.

—Invítala a cenar —dijo Francine.

Luego intentó hacerle creer que la princesa era Velma Ellis.

Pero no funcionó.

—No es ella —dijo Namond.

—¿Cómo lo sabes?

—Sólo estoy en el tercer nivel —dijo, convencido, el joven del frondoso bigote.

Estupendo, pensó Francine.

Francine no iba a preguntarle a Velma Ellis cómo se sentía. Velma y el nuevo parecían estar hechos el uno para el otro. Al menos, de momento. Así que no iba a interrumpirles. Trató de charlar con La Nutria y El Chico Pixelado hasta que se le secó la boca. No sirvió de nada. Les decía:

—Bien. Todo esto es un juego. La vida es un juego. La calle es el tablero, el escenario, lo que prefieran. Sé que lo saben. Pero también sé que saben que no son ustedes quienes escriben el guion. El guion está escrito y cada uno tiene el papel que debe tener. En serio, es divertido. Es divertido ser quienes son. Yo me divierto. —Francine fingió sonreír y amagó un: Ya. Luego repitió—: Yo me divierto.

La Nutria seguía mirando su cubo de truchas y El Chico Pixelado golpeaba la mesa por uno y otro lado, con firmeza pero con cuidado. Velma y Weebey la miraban entusiasmados.

—No parece que se divierta —dijo El Genio.

Francine suspiró. Su suspiro fue profundo, fue un suspiro de aburrimiento. Francine se sentó, se cogió la cara con ambas manos y se dijo que quizá no era tan mala idea coger uno de esos desvíos y no tener que ser tú nunca más.

¿Qué quieres ser?

Uhm.

Deja que lo piense.

¿Cualquier otra *cosa*?

Uhm.

Deja que lo piense.

SEGUNDA PARTE

MISS CHALECO DE LANA

No quiero una amiga muerta.

Susan Snell

4

¿Quién, Servant?

Querida Susan Snell,
Es de noche. Está oscuro. Creo que sigo estando muerta. Y Shirley no deja de llamarme. Y yo no quiero hablar con ella. Porque sé por qué me está llamando. No me llama porque esté preocupada por mí. Ni siquiera se ha dado cuenta de que apesto. No ha visto las llagas. Oh, bueno, las ha llamado granos. Ha dicho: ¿Te refieres a esos granos? ¿Granos? ¿Desde cuándo los granos son cráteres de carne muerta que supuran MIERDA? ¿Desde CUÁNDO? La odio. OH, DIOS, SALLY, LA ODIO.
LA ODIO.

(El bolígrafo con el que Erin Fancher estaba escribiendo todo esto en su diario estaba empapado de la *mierda* de la que hablaba y era cuestión de segundos que mojara la página).

No sabes lo que es esto. Apesto, Su. Apesto. No importa lo que haga. Apesto. Me pregunto cuánto tardarán en empezar a llamarme La Apestosa. Puede que ya lo estén haciendo. Puede que Shirley ya me llame La Apestosa. Fijo que sabe lo de Reeve. Fijo que Reeve se lo ha contado a todo el mundo. Y ahora qué. Ahora nada. La he cagado. Por culpa de Shirl. Zorra de mierda.

LA ODIO. LA ODIO. LAODIOLAODIOLAODI

—¿Qué coño es...? —musitó la chica, y se detuvo. Acababa de descubrir una mancha de
mierda
pus en la hoja. Se miró la mano, descubrió una nueva llaga, dejó el bolígrafo y la taponó con un puñado de algodón impregnado en agua oxigenada. El algodón se hundió hasta que se topó con algo *duro* (DIOS SANTO, ¿ESO ERA HUESO?) y fue rápidamente cubierto con esparadrapo.

Aquella era la llaga número veintitrés que Fancher exterminaba aquel día.

Fancher, cubierta de esparadrapos, parecía una momia. Una momia que escribía en su diario al filo de la medianoche.

Fancher le dio la vuelta a la página y siguió escribiendo.

Después de lo de Reeve... No quiero hablar de Reeve. Le he mordido y ahora a lo mejor se está muriendo. Por eso no quiero hablar de Reeve. Pero si se lo ha contado a todo el mundo a lo mejor se lo merece. A lo mejor se merece que le haya mordido y que se esté muriendo. Pero da igual, porque no quiero hablar de Reeve. El caso es que después de lo de Reeve estaba en el lavabo de chicas y ha entrado Servant. Y yo ahí, llorando como una estúpida. Ya, se supone que no debería llorar. ¿Lloran los muertos? Primera noticia. En fin. El caso es que tenía un gusano en el pelo. Él no, yo, claro. Y lo ha visto. Él, lo ha visto.
LO HA VISTO.
Y luego ha visto las llagas.
LAS HA VISTO.

Puto Billy Servant, pensó.
Siempre tiene que joderlo todo.

—¿Cómo has...? —le había preguntado Servant aquella mañana, un segundo después de que ella se arrancara un pedazo de labio, emitiendo, al hacerlo, un chasquido repugnante.

—No siento nada —había dicho ella, y mirando el trozo

de labio que sostenía entre los dedos, aquellos dedos putrefactos, había repetido—: Nada.

—No jodas —había dicho Servant, examinando de cerca *aquello*, apenas un pedazo de músculo del tamaño y la forma de una chapa de circunferencia imperfecta—. ¿Eso es tu...? ¿Eso es...?

—Sí —había dicho ella y señalándose la boca había añadido—: Mi labio.

Servant dio un paso atrás. Se restregó la nariz. La miró, luego miró alrededor, olisqueando, y dio otro paso atrás.

—¿Qué eres...? ¿Un puto vampiro? —preguntó, y no esperó a oír la respuesta, se dio media vuelta y la vio en el espejo.

—No —susurró Fancher—. Pero estoy muerta.

—Me largo, tía —dijo Servant, ajustándose la mochila a la espalda y caminando hacia atrás, en dirección a la puerta, sin perderla de vista.

—¿Las ves? —preguntó Fancher, señalándose las llagas.

Y un segundo antes de que abriera la puerta a sus espaldas, de que abriera definitivamente la puerta y se largara, Servant la miró y las *vio*. Las *vio*. Fancher lo pudo ver escudriñar, en la pequeña distancia que los separaba, su rostro, y descubrir aquí, allá, y un poco más allá, las llagas. Una y otra y otra más. Las llagas. Las putas llagas. Estaban por todas partes. Y no eran granos. Eran llagas. Supuraban. Y olían a mierda. Los gusanos *salían* de ellas. De las putas llagas. Y ahora él las ha visto, pensó Fancher, las ha *visto*, así que esto no es una pesadilla, está *pasando*, estoy *muerta*.

¿Y por qué entonces, por todos los dioses de mierda, sigo *viva*?

Porque eres una jodida chica zombie.

Esas cosas no existen.

¿Ah, no?

No.

Pero Servant las ha visto.

Ha visto las llagas.

¿Quién, Servant?
¿Un chiflado?
Habló la chica zombie.
Oh, cállate.
Así que es eso, pensó, estoy loca.
Como Billy Servant.
A un paso de las gafas Patilla de Elefante y de los zapatos de charol.
A un paso de esos horrendos chalecos de lana.
Loca.
Escribió:
Por cierto, he sacado un cero y medio en Lengua.
Puta Pelma Ellis.

En pijama, Billy Servant no parecía un tío raro. En pijama, Billy Servant sólo era un chico con gafas Patilla de Elefante. Y lo más parecido a un chaleco de lana que llevaba encima era un par de horrendas zapatillas de fieltro a cuadros que, en aquel momento, descansaban junto a la cama que compartía con su gato. Aquella noche, el pequeño Fox Mulder, harto de que Servant le propinara un codazo tras otro, se había refugiado en el montón de ropa que había en el suelo, junto a la puerta.

Mierda, joder, ¿de veras está *muerta*?
Se arrancó el labio, tío.
Lo vi.
Lo vi. Tío. Vi cómo lo hizo. Y vi, oh, por Dios santo, lo que había *debajo*. El *hueso*. El puto *hueso*, joder. Sus encías no eran más que jirones de goma de mascar *rosa*. Trizas de carne muerta y *rosa*. De un rosa blancuzco, baboso, vomitivo. ¿Y qué había justo *debajo*? El *hueso*. El puto *hueso*, joder.
Entonces ¿está muerta? ¿Fancher está *muerta*? ¿Y por qué cojones sigue *viva*?

—Me toma el pelo —se dijo—. Me está tomando el puto pelo.

Pero lo había visto.

¿Acaso podía uno fingir que se arrancaba el labio?

¿Fingir y que pareciera tan *real*?

—No —se dijo—. Claro que no.

Billy estaba hablando en voz alta.

Eran casi las tres de la mañana.

No conseguía pegar ojo.

Después de su conversación con Fancher en el lavabo de chicas de la primera planta, Billy se había acodado en una de las mesas del bar del instituto y, con la cabeza entre las manos, se había puesto a tararear «Stay», de Lisa Loeb.

Lisa Loeb era una chica con gafas que no había tenido demasiada suerte con los chicos. Había ido sola al baile de fin de curso de su promoción y, en un momento dado, mientras el resto de chicas dejaba que sus tacones golpearan con delicadeza el suelo del gimnasio, mientras se deslizaban por la pista agarradas de los hombros del chico en cuestión, Lisa se había encerrado en el cuarto de baño y había susurrado:

—Os odio a todos.

Lisa había llegado a creer que podía convertirse en Carrie White. Que podía simplemente pensar en

hacerlesdañohacerlesdaño

sangre de cerdo derramándose sobre sus cabezas y hacer que esa sangre de cerdo *apareciera*, como por arte de magia, y acabara con la fiesta.

Pero ni siquiera Carrie White había podido hacer *aparecer* sangre de cerdo. La sangre de cerdo estaba allí porque *otros* la habían puesto y lo único que había hecho era derramarse sobre su único vestido.

—Eh, tú, psicópata.

Servant levantó la vista.

—¿Qué mariconada es ésa?

Era Leroy Kirby.

El puto Leroy Kirby.

El estúpido y ridículamente musculoso Leroy Kirby.

—Se ha pintado un lunar en la frente, tío —le dijo Kirby al chaval que lo acompañaba. El chaval que lo acompañaba era Eliot Brante.

—Jeje. —Eliot se rió, sin atreverse a mirarle directamente.

—Déjame en paz, Kirby —dijo Servant, los codos sobre la mesa y el dedo corazón de su mano derecha extendido.

—Psicópata de mierda —dijo Kirby, pasando de largo y propinándole un manotazo en la cabeza—. Maricón.

—Gilipollas —musitó Billy, poniéndose en pie con rabia, arrastrando la silla y mirando desafiante a la pareja. Los chicos tomaron asiento en la mesa contigua. Kirby encendió un cigarrillo. Brante lo imitó. Servant se colgó la mochila de la espalda.

—¿Te piras? —le preguntó Kirby.

Servant no respondió.

—Yo de ti me quedaría, psicópata. Reeve está a punto de llegar.

¿Reeve?

—Paso de mariconadas —dijo Servant.

—Jaja. —Kirby se rió—. Mariconadas, dice. Escucha, rarito, el único maricón que hay aquí eres tú. TÚ, puto psicópata. ¿Sabes lo que acaba de hacer De Marco, gilipollas? Acaba de correrse en la puta cara de Erin Fancher.

¿Ha dicho CORRERSE?

Servant lo miró con los ojos como platos, mientras el incontrolable y desagradable hedor de una arcada le golpeaba el paladar.

¿Ha dicho *correrse*?

—No es verdad —dijo Servant.

—Pregúntaselo tú mismo —respondió Kirby, señalando la

puerta acristalada de aquella clase subterránea convertida en bar—. Ahí viene.

—¡Reeve! —llamó Brante.

—Ya nos ha visto, joder —susurró Kirby.

Servant tenía el estómago revuelto. De repente, se sentía mareado. Las paredes se movían. Parecían acercarse y alejarse, acercarse y alejarse.

—Tíos —saludó Reeve, dejando la mochila sobre la mesa, con aquella sonrisa de dientes torcidos colgándole del rostro como un estúpido apéndice de muñeco de goma articulado.

Kirby le palmeó la espalda.

Ése es mi chico, decía la palma de su mano ridículamente *enorme*.

Brante se limitó a propinarle un puñetazo juguetón en el pecho.

Eh, tío, decía su puño acneico.

—Tío, cuéntale al rarito lo que has hecho. —Ése era Kirby. El tipo que tenía la cabeza más grande del mundo. Una cabeza repleta de mierda y cubierta con abundante pelo negro.

—Jeje —rió Brante.

Reeve se dio media vuelta y descubrió al pálido Servant de pie ante su mesa, la mochila colgando de un hombro, aquel lunar falso en la frente.

—Fancher me ha hecho una mamada —informó.

—Qué bien —dijo Servant, con cara de pocos amigos. Luego se aplastó el puente de las gafas contra la nariz y dio el primer paso hacia la puerta.

Tenía que darse prisa en llegar al baño o vomitaría allí mismo.

—Será maricón —oyó que decía Kirby mientras la puerta del bar se cerraba a sus espaldas—, el puto psicópata de mierda.

Cuando salió del bar, las paredes dejaron de moverse, pero el hueso *reapareció*. El hueso que había bajo la *pálida* encía con aspecto de goma mascada de Fancher. Ahí lo tienes. Le ha chupado la polla a Reeve y luego se ha arrancado un pedazo de labio y, oh, por Dios santo, ¿eso era el *hueso*? ¿De veras había visto parte de la mandíbula de Fancher? Servant se cubrió la boca con las dos manos y entró apresuradamente en el lavabo de chicas. Abrió la puerta de uno de los retretes, se arrodilló y vomitó.

Servant dio otra vuelta en la cama.
Miró el reloj despertador.
Eran las cuatro.
Seguía sin poder pegar ojo.
¿De veras está…, oh, no jodas, de veras estás *muerta*?

Rigan Sanders se examinó en el espejo del cuarto de baño. Bajo la nariz, se extendía una ridícula sombra negra que no parecía tener demasiado interés en convertirse en un frondoso y, ciertamente, por qué no, atractivo bigote. Su hombro derecho seguía hundido, mientras el izquierdo se jactaba de ser el Hombro Afortunado de la Familia, lo que le daba un aspecto realmente torcido que la ausencia de cuello incrementaba. Porque el cuello de Rigan Sanders…, bien, digamos que el bueno de Rigan había dejado de preocuparse por él hacía mucho mucho tiempo. Su cuello era básicamente cosa de su papada. Si ella quería y sólo si ella quería, él podía volver. Y ella no parecía dispuesta a cederle ni una pizca del protagonismo que le habían otorgado todas aquellas magdalenas. No, ni una pizca. Así que ahí estaba: Miss Papada hacía las veces de Cuello Ciertamente Bien Alimentado. Uno de aquellos auténticos Cuellos Neumáticos de los que hablaban las novelas de Keith Whitehead. Keith Whitehead había sido un escritor tan gordo tan gordo tan gordo que se había empeñado en convertir su destartalado y ciertamente complicado encaje en el mundo (no existía un lugar al que Keith pudiera entrar sin tener que pedir que tiraran la puerta abajo, pues su tamaño era ligeramente superior al ancho de todas las puertas, por lo que dudosamente podía haber visitado algún otro lugar que no tuviera un par de maravillosas puertas batientes, por supuesto, contiguas) en material literario. Y había escrito cientos, miles de páginas sobre tipos gordos tratando de salir de casa, tipos gordos tratando de subir a un autobús, tipos gordos tratando de ligar con chicas, tipos gordos yendo al colegio y siendo llamados gordos de mierda por sus compañeros de clase, tipos gordos comiendo, tipos gordos tratando de adelgazar, tipos gordos tratando de entrar en una agencia de viajes, tipos gordos en bañador, tipos gordos siendo devorados por tiburones demasiado delgados, tipos gordos tratando de subirse a un avión, tipos gordos que tenían lo que Whitehead llamaba Cuellos Neumáticos, y esto era, cuellos que habían dejado de ser cuellos para convertirse en papadas de campeonato. Papadas de padre y muy señor mío. Papadas que podían sentarse a la mesa si alguien las invitaba.

—Ugh —graznó el director Sanders, al advertir que el tamaño de sus pechos también podía ser objeto de burla para los personajes *delgados* de cualquiera de las novelas de Whitehead. Los tipos delgados eran siempre muy malos en las novelas de Whitehead. Uno no podía fiarse de un tipo delgado si era un personaje de una de las novelas de Keith Whitehead.

El director Sanders tomó uno de sus pechos entre las manos. Estaba cubierto de pelos negros y blancos. Era ciertamente ridículo. Un pecho peludo y tan grande como una pelota de rugby. ¿De dónde demonios había salido?

—¿De dónde sales tú? —le preguntó al reflejo del pecho en el espejo.

Y, por supuesto, el pecho permaneció callado.

Así que lo soltó.

Y luego se miró la barriga.

Era del tamaño de una familia de melones. Una familia numerosa. Estaban papá y mamá y sus siete pequeños. Anidaban en las profundidades, al otro lado de aquel montón de hirsuto vello masculino y pellejo. Una familia de melones, sí, que esperaba tal vez la llegada de otro de aquellos pequeños monstruos.

Rigan Sanders se preguntó si los planes de la señorita Ellis tenían algo que ver con su pequeña familia de melones, su Cuello Neumático y su ridículo bigote. Y se dijo que era lo más probable. ¿Acaso había llegado a creerse que aquella maravillosa mujer, que aquella mujer maravillosa, podía estar interesada en una mole fofa como él? ¿Por qué? ¿Sólo porque era director? ¿Director de instituto? ¿Director del instituto en el que ella, oh, aquella mujer (pelirroja y) maravillosa, no era más que una profesora suplente de Lengua? ¿Quién demonios te has creído que eres, Rig?

—Planes —le dijo a su reflejo, las manos unidas en la cima de aquel monte o familia de melones que todo el mundo conocía como barriga—. Ya. Planes. Claro.

Eso había dicho ella. Tengo planes. ¿Qué significaba exactamente tener planes? Quería decir, ¿qué significaba cuando no tenía nada que ver con familias de melones que anidaban en barrigas de directores de instituto? Por ejemplo, una visita a la biblioteca municipal de Elron. ¿Por qué no? Por lo que él sabía, la señorita Ellis bien podría estar acabando su tesis. ¿Una tesis sobre qué, si puede saberse? Sobre el diario y su valor literario. El título podía ser el siguiente: *El diario íntimo, género literario de formato histórico sentimental*.

—Ya —se dijo Sanders.
—Seguro —se añadió.
¿Por qué no?
Porque no.
Tener planes significaba, a todas luces, una cita.
Otra cita.
Con otro hombre.

Un hombre casado.

Por eso era *complicado*.

¿Había dicho ella que era *complicado*?

A Rigan le parecía que sí.

—A su mujer a lo mejor no le gusta —susurró el director, recordando lo que le había dicho la señorita Ellis aquella otra mañana, cuando él le propuso ir a tomar un café—. ¿Qué mujer?

Ella había creído que él estaba casado.

Y, cuando descubrió que no lo estaba, decidió que tenía un día *complicado*.

¿Había dicho ella que tenía un día complicado?

Oh, no, claro que no, eso lo había dicho él, Rigan Sanders, pero, en su enfebrecido estado de aquella mañana, y mientras sujetaba uno de sus tristes y gordos pechos, el director creía que la señorita Ellis había utilizado su excusa.

Porque a Velma Ellis le gustaban los hombres casados.

Y él no estaba casado.

—Bien —dijo, retirándose el albornoz y alargando la mano hasta alcanzar uno de sus calcetines fucsia—. Pues tendremos que casarnos, Rig. Tendremos que.

Casarnos, pensó.

Hampton Fancher, el padre de Erin Fancher, estaba en casa aquella mañana. Acababa de preparar una cafetera y se mesaba la barba con gesto ausente, ante los fogones, mientras hojeaba una historieta que Zak Sally había publicado en la revista *Your Flesh*. Hampton Fancher había tenido una banda, hacía un millón de años, llamada precisamente Your Flesh, razón por la que había dado con aquella revista, hacía apenas un par de meses. Además de un macabro dibujante, Zak Sally era el bajista de Low. Low era una banda de Duluth. La formaban una chica de pelo rizado y su chico. Luego se les sumó Sally. Hacían canciones tristes y retorcidas. El caso es que Zak había nacido en Minneapolis y, como Hampton Fancher, estaba preparando una cafetera en aquel preciso instante. Sólo que lo estaba haciendo en el otro extremo del mundo.

—¿Papá? —Ésa era Erin Fancher, que, ciertamente, no había pasado una buena noche. Había soñado con Susan Snell. Susan Snell era su amiga invisible. Erin había soñado que Susan la dejaba para siempre. Susan decía:

—No quiero una amiga muerta.
—¿Tú también?
—¿Qué? ¿Crees que porque soy invisible tengo que tragar con todo?
—¿Tragar con todo?
—Apestas.
—No puedo creérmelo.
—Pues créetelo, apestas.
—¡No existes! ¡Yo te creé!
—¡QUÉ! Oh, por Dios santo, Erin, ¿cómo puedes ser tan estúpida?
—Jaja.
—¿Qué?
—Jajaja.
—Me largo.
—¡No! ¡Espera!

Demasiado tarde. Susan había desaparecido.

—Buenos días —dijo Hampton Fancher, y su saludo apartó el recuerdo de aquella ridícula pesadilla de la mente moribunda de su hija.

Hampton dejó a un lado la revista, advirtiendo que la cafetera estaba lista.

—¿Café? —preguntó.

Erin asintió, aunque no le apetecía en absoluto.

Estaba de pie, sobre sus pies hinchados, los brazos caían,

muertos, a uno y otro lado del cuerpo, como un par de cascadas de apestosa agua estancada.

Hampton sirvió el café en un par de tazas amarillas y le pasó una a su hija. Luego tomó asiento, con el número de *Your Flesh* abierto por la página en la que acababa la historieta de Zak Sally, y le dio el primer sorbo a su café.

—¿No te sientas?

Erin arrastró sus molestos pies hasta la silla, la retiró y se sentó. Hampton la miró con curiosidad.

—¿Qué es todo ese esparadrapo? —preguntó.

—Granos —dijo la chica.

—¿Granos?

—Sí.

—Vaya. Pues son muchos.

—Sí. —Fancher se llevó la taza a los labios, bebió un sorbo de café y (PUAJ) a punto estuvo de escupirlo—. Papá, he sacado cero y medio en Lengua.

—¿Cero y medio? —Hampton bebía su café con calma, pasándose la lengua por los labios a cada nuevo viaje que la taza completaba, de la mesa a su boca, disfrutando de cada gota de aquel dulce brebaje casero.

—Pelma me tiene manía.

—¿Pelma?

—La profesora suplente.

—¿Se llama Pelma?

—Sí —dijo Fancher.

—Joder. No debió tener una infancia feliz.

—No —dijo la chica, y, por primera vez desde que había despertado cubierta de llagas, sonrió. Con su padre siempre era así de sencillo.

—¿Y eso quiere decir que estás... jodida? —Hampton no había sido un gran estudiante. Hampton había utilizado el instituto para montar una banda.

—Más o menos.

—Vaya —dijo Hampton—. Pues mejor no se lo digas a mamá.

—Mejor no —dijo la chica, y volvió a alzar su taza, la alzó y se la quedó mirando, estaba allí, despedía un aroma intenso y *repugnante*, casi tan repugnante como el gusano que reptaba por su hombro derecho. Erin se preguntó si debía decirle a su padre que creía que estaba

muerta

pudriéndose.

—¿Papá?

—Dime, cariño.

Erin contó hasta tres. Luego dijo:

—Quiero ir al psiquiatra.

—¿Por un cero y medio? —Hampton había encajado bien el golpe. Hampton sabía lo que era un psiquiatra. Su madre había sido adicta al psicoanálisis desde los dieciséis años y él la había acompañado cientos de veces a la consulta de Brettel Droster.

De hecho, fue allí donde conoció a su hijo, Dudd, que primero se convertiría en bajista de su banda y luego heredaría el siniestro interés de su madre por los cerebros de los demás y acabaría ocupando su lugar frente al diván.

—No —dijo Fancher—. Es por Shirley.

—¿Tu amiga Shirley?

—Sí.

—¿Qué le pasa?

—Cree que le gustan las chicas —mintió Erin, divertida.

—No jodas. —Fue entonces cuando Hampton Fancher cerró de un manotazo la revista y se dispuso a lanzarse sobre el hueso que su hija acababa de dejar sobre la mesa de la cocina. Hampton Fancher adoraba cotillear—. ¿Por eso no quisiste ponerte anoche al teléfono cuando te llamó?

—Sí.

—¿Y quién le gusta? —Hampton Fancher se frotaba mentalmente las manos. Podía ver a Granta Perenchio, aquel engreído del demonio, padre, por cierto, de Shirley, tratando de abrirse la cabeza contra el espejo del cuarto de baño.

—Papá, yo también quiero ir al psiquiatra —contraatacó Erin.

—¿Tú? —Hampton tragó saliva con un sonoro (GLUM). No es que le preocupara que a su hija le gustaran las chicas, lo que le preocupaba es que pudiera gustarle Shirley Perenchio. No quería acompañarla a un altar en el que pudiera estar esperando Granta, el Superhombre. No, mejor, Granta, el Hombre Perfecto que se abrió la cabeza contra el espejo del cuarto de baño después de descubrir que su única hija era (EJEM) lesbiana.

—No me mires así —dijo Erin.

—Dime que no te gusta Shirley —imploró Hampton.

—No me gusta Shirley, papá, sólo es que quiero ir.

—¿Ir al psiquiatra? —Hampton, tratando de fingirse relajado, sonrió—. ¿Qué tiene de emocionante ir al psiquiatra?

—No lo sé —dijo Erin, llevándose la taza de café a la boca y reprimiendo una náusea—. Pero no quiero ser la última en averiguarlo.

—A ver si lo estoy entendiendo, cariño. Quieres ir al psiquiatra sólo porque Shirley va al psiquiatra.

—Shirley y todas las demás —mintió Erin.

—Ajá. —Hampton se recostó en la silla de la cocina, cogió la revista y la abrió al azar. Sin mirarla, añadió—: Se ha puesto de moda.

—Más o menos. —Erin se mantenía firme. Le había dado un par de sorbos al café y, sorprendentemente, no estaba saliendo despedido de su estómago. Después de todo, su sistema digestivo seguía llevándose bien con su carne putrefacta.

—Está bien —accedió Hampton, fijándose ahora sí en la

primera de las viñetas que había dibujado un tal Brandy Newman Jr.—. Llamaré a Dudd.

—¿Dudd?

Dudd Droster era demasiado guapo para ser psiquiatra. Ésa era la conclusión a la que había llegado Velma Ellis aquella mañana, mientras esperaba a que el semáforo de la calle Heller pasara de rojo a verde. Luego, en los pasillos del Robert Mitchum, y mientras esquivaba las airadas miradas de sus alumnos, pensó en Weebey Ripley, el genio socialmente aislado, y en el deseo que, supuestamente, le había concedido: un marido. Y no uno cualquiera, sino uno gordo y calvo. Uno llamado Rigan Sanders. ¿Significaba eso que aquella noche regresarían juntos a casa, que harían las maletas y se irían de luna de miel, que despertaría al día siguiente con un anillo dorado ceñido a su dedo anular? Oh, bueno, tal vez. ¿Tal vez? ¿Acaso Velma estaba considerando *seriamente* la posibilidad de que Weebey Ripley hubiera salido de una lámpara maravillosa? Lo cierto era que sí. ¿Y por qué lo estaba haciendo? Muy sencillo, porque el vestido, aquel estúpido y engreído vestido de novia con el que compartía cama desde hacía un año, había desaparecido.

Sí, lo había hecho.

Se había esfumado.

Puede que para siempre.

Con una enorme sonrisa, Velma Ellis entró en la sala de profesores.

—¡Velma! —Ésa era la señorita Tempelton, siempre lista para lanzarle un piropo a una de *sus* chicas.

—Buenos días, Roberta —respondió la profesora suplente de Lengua.

Trillian Jacobson, la anoréxica profesora de Música, también conocida como Espíritu del Más Allá, fulminó a Ellis con la mirada.

—Buenos días, señorita Ellis —dijo Él.

Estaba de pie en un rincón de la sala, con una magdalena en una mano y una taza en la otra. Tenía restos de magdalena en la barbilla y en las comisuras de los labios y estaba tratando de sonreír. Ahora lo dirá, pensó Velma. Ahora les dirá a todos que vamos a casarnos. Pero ¿y si ya se había obrado el milagro y había conseguido cambiarlo todo? ¿Y si todos *ya* lo sabían? ¿Y si creían que había sido así siempre?

Velma se miró las manos en busca del anillo.

No lo encontró, pero le devolvió la sonrisa de todas formas.

Era una sonrisa que decía: Sé lo que estás pensando, cariño.

El director se ruborizó.

¿Qué había sido aquello?

—He oído hablar de su examen sorpresa. —Ése era Chuck, el jefe de estudios.

Rigan se fijó en su bigote y se rascó el suyo propio.

—Oh, sí, bueno. Supongo que no fue una buena idea —dijo Velma.

—Debería haberme avisado —musitó Chuck, que ordenaba metódicamente sus cosas sobre la mesa: aquí la libreta de evaluación, allá su estilográfica, un poco más allá un sacapuntas, un lápiz y una goma de borrar. Junto a la esquina superior izquierda de la libreta, un vaso de plástico lleno de agua.

—Lo siento —se disculpó Velma.

La profesora se había detenido junto a la puerta, con la barbilla apoyada en su carpeta. Rigan no pudo evitar sentir un doloroso acceso de ternura. Le estalló en el pecho como una bomba.

—Los chicos no están muy contentos —prosiguió Chuck, mirando a Velma con reprobación a la vez que invertía el orden de los objetos sobre la mesa, de manera que el sacapuntas ocupaba ahora el lugar de la goma de borrar y el vaso de agua reposaba junto a la esquina superior derecha de la libreta de evaluación.

—Los chicos nunca están contentos, Chuck —atajó Rigan, pasándose la manga por la boca y descubriendo que estaba sujetando una de aquellas horribles magdalenas responsables de que en su barriga anidara una familia numerosa de melones.

—A los chicos no les gustan los exámenes sorpresa, señor Sanders. —Chuck insistía en llamar a Rigan señor Sanders, pese a que el director lo animaba constantemente a que empezara a tutearlo. De hecho, aquélla había sido una de las razones de que nombrara a Chuck jefe de estudios. Su manera de colocar las cosas sobre la mesa, semejante a la de un metódico asesino en serie acostumbrado a no dejar rastro, había sido la otra.

—He dicho que lo siento, Chuck. —Ésa era Velma, en su papel de colegiala, todavía junto a la puerta.

—Cariño, ven aquí —interrumpió Roberta Tempelton, señalando una silla, junto a ella—. Y no hagas caso a Chuck. Se toma este trabajo demasiado en serio.

—Mi trabajo es serio —dijo Chuck, y le dio un sorbo a su vaso de agua—. Y espero que el director Sanders opine lo mismo que yo.

—¿Advirtió alguien a la señorita Ellis respecto a los exámenes sorpresa? —preguntó, de pronto, Rigan, que había dejado caer la magdalena en una papelera, de camino a la mesa que presidía la sala y en torno a la cual se reunían la señorita Tempelton, la señorita Jacobson, Chuck y Velma, que ya se había sentado, junto a Roberta, en realidad, entre Roberta y su inseparable Trillian, que en aquel momento emitió un suspiro semejante a un gorjeo.

Los tres profesores se miraron. En realidad, Roberta y Chuck se miraron. Lo que hizo Trillian fue mirar a Roberta Tempelton y suspirar.

—No —dijo Roberta—. Yo no.

Chuck no dijo nada. Procedió a cambiar de orden sus cosas sobre la mesa.

—¿Responde eso a tu petición, Chuck? —preguntó Rigan Sanders y, sin esperar a que el jefe de estudios contestara, añadió—: Porque sí, opino que nuestro trabajo es serio pero también opino que tú no estás siendo justo con la señorita Ellis.

¿Qué ha sido eso?

Velma se ruborizó hasta lo indecible.

Su labio superior tembló ligeramente.

Él, oh, Él, había vuelto a mirarla de *aquella* manera.

¿Y si, oh, y si después de todo, y si, oh, Dios, y si estaban *casados*?

Velma volvió a buscarse el anillo en el anular de su mano izquierda.

No estaba.

Se echó un vistazo a la derecha, por si acaso.

Tampoco estaba.

A lo mejor no queremos que los demás lo sepan, pensó.

A lo mejor no se lo hemos contado a nadie, pensó.

Ya.

Y los elefantes vuelan.

—No importa, señor Sanders —dijo Velma, y le sonrió.

El hoyito que se formaba en su mejilla izquierda cuando lo hacía estuvo a punto de desarmar a Rigan, pero el director se sobrepuso y, consultando su reloj de pulsera, adujo que era el momento de hacer sonar el timbre.

—El día empieza, chicos —añadió.

Chuck se levantó, apuró su vaso de agua y lo arrojó con rabia a la papelera, al pasar junto al director, sin haberse disculpado con Velma y sin despedirse. Roberta lo siguió, dándole un juguetón tirón de pelo a la señorita Ellis y entrelazando sus dedos en torno a los de la señorita Jacobson, que estuvo a punto de derretirse de placer al sentirse obligada a seguirla, porque ella, oh, sí, ELLA, la estaba *tocando*, por fin.

Así que Roberta Tempelton salió de la sala de profesores, sus rizos como horcos despidiéndose por ella de todos los presentes, y Trillian Jacobson la siguió, dejando a Velma Ellis y el director Sanders a solas.

—Gracias —dijo Velma, sin poder evitar volver a sonreír.

El director enrojeció. Se rascó el bigote.

—Señorita Ellis, yo...

Velma sintió que estallaba de emoción, como una bolsa de supermercado a la que un puñado de aire había convertido en una bomba de papel marrón.

—¿Sí?

—¿Salió usted ayer con otro hombre? —preguntó Rigan Sanders, las manos cruzadas sobre su numerosa familia de melones, ocultando el extremo inferior de su corbata roja.

—¡Oh, no! —Velma se rió. Se tapó la boca con una mano y se rió. Por primera vez en mucho tiempo era feliz. Feliz. Así que, después de todo, había frotado la lámpara, había liberado al genio y el genio le había conseguido un (TACHÁN) marido.

—¿No?

—No, claro que no. —Velma estaba *coqueteando*—. Ayer salí con mi hermana.

Había mentido, sí, pero ¿qué podía decirle? ¿Ayer salí con una pandilla de chiflados? ¿En realidad yo también estoy chiflada y creo que duermo con un vestido de novia que dice que por mi culpa nunca va a casarse?

—¿Su... hermana?

—Está en Vancouver.

—¿En Vancouver?

—Quiero decir, vive allí. Ayer estaba aquí. Salimos. La acompañé al aeropuerto. —A Velma Ellis nunca se le había dado demasiado bien mentir.

—¿Y qué hace allí? —preguntó el director, al que le sudaban las manos, sus manos peludas y feas, porque estaba a punto de decir algo importante, estaba a punto de mover ficha. Bien, veo que ha movido usted un peón, muy atractivo, por cierto, pero ahora es mi turno y voy a mover al rey, se dijo.

—Es monitora de esquí —repuso Velma.

Los profesores, en sus clases, esperaban a que el timbre sonara para que los alumnos entraran. Eran las nueve y siete minutos. Creyendo que el director había olvidado hacerlo, Bess Stark, la chica para todo del Robert Mitchum, se acercó hasta su despacho y oprimió el botón.

—Yo salí con una (RIIIIIIIING). —La voz de Rigan Sanders quedó ahogada por el sonido del timbre, lo que obligó a Velma Ellis a fruncir el ceño y recoger sus cosas, porque, aunque fuera su marido, o su futuro (jiji) marido, era también el director del instituto y no podía permitir que creyera que porque estaban a punto de (jiji) casarse, ella había empezado a *relajarse*, sí, *relajarse*, a relajarse y a esperar que ello solucionara todo, como ocurriría siempre, como había ocurrido siempre en todas las películas que su madre alquilaba en el videoclub y emitía, sin descanso, el vídeo de casa. ¿Qué era un marido sino una especie de padre encubierto? Tranquila, pequeña, yo me ocupo, decían todos los maridos de todas aquellas películas.

Pero, oh, demonios, ¿acaso era Rigan Sanders su marido?

Me temo que sí, señorita Ellis, oh, quise decir..., señorita Sanders.

Y, obviando la frase que el director había dejado a medias, Velma trató de despedirse con un:

—Tengo que irme, director.

Pero Rigan no estaba dispuesto a dejarla marchar.

No sin que oyera lo que tenía que decirle.

Así que tomó de la mano a la pelirroja profesora suplente

de Lengua, realmente esbelta y pecosa, y (OH, DIOS, ¿va a pedírmelo ahora? ¿AHORA?) repitió:

—Ayer salí con una mujer, Velma.

¿QUÉ?

Una lágrima dio un salto en su ojo derecho y se dejó caer mejilla abajo, sin que Velma fuera apenas consciente del gigantesco bulto que había *aparecido* en su garganta.

—¿Se encuentra bien? —El director Sanders trataba de consolarla, preocupado, aunque entreviendo lo que aquello significaba.

Está moviendo ficha, se dijo.

De veras lo está haciendo.

—No, eh, no se (SURUP) preocupe —contestó Velma, sorbiéndose los mocos, restregándose los ojos, incapaz de entender qué demonios estaba pasando.

¿Qué es lo que ha hecho ese maldito Weebey Ripley?

—Voy a casarme, señorita Ellis —sentenció el director, con la duda pendiente sobre su deforme figura, instalándose entre sus cejas, pero sin atreverse a dar un paso al frente, dejando actuar al estúpido instinto, dejándole seguir su ridícula teoría. Le gustan los hombres casados, le gustan los hombres casados, le gustan los hombres casados, se repetía, como un mantra, el director, que había dejado escapar su mano, la mano de la chica, la chica boquiabierta.

—¿Con quién? —preguntó Velma. Su labio inferior temblaba descontroladamente.

—Con... —Sanders titubeó— una mujer.

Puesto que su pelirrojo entrecejo permanecía fruncido, aunque su mirada era triste, tan triste que podría haber apagado la luz, no la de aquella sala de profesores sino la de todo el colegio, la de toda Elron, la de todo el mundo (Para qué. ¿Luz? Bah. ¿Quién la necesita? Para qué. Bah), Rigan Sanders se sintió obligado a añadir:

—Se llama Lucy.
¿Lucy?
¿LU-CY?
¡Maldito Weebey Ripley!
¡Genio del demonio!
¡Te dije que quería un marido, pero no uno cualquiera!
¡Te dije que quería un marido para *mí*!

Shirley la miró parpadeando, resistiéndose a creer lo que había oído. Estaban en el vestuario de chicas, una alargada estancia con forma de garra, formada por tres pasillos (el de las duchas, el de las taquillas y el de los bancos) y una especie de inmaculado recibidor que incluía un par de retretes. La clase de Gimnasia estaba a punto de empezar. Don Glendin, el profesor, hacía flexiones en el gimnasio desierto mientras sus alumnos apagaban cigarrillos en los vestuarios y charlaban sobre cualquier cosa mientras fingían necesitar todo el tiempo del mundo para ponerse un chándal.

—No es verdad —dijo Shirley.
—Es lo que dicen —contestó la otra.
—¿Quién?
—Lero y los chicos —dijo la otra.

La otra era Carla Rodríguez, por supuesto. Fanny Dundee las miraba con interés desde un rincón del vestuario, mientras metía sus cosas (su falda plisada, su jersey de cuello alto, sus zapatos de monja) en la mochila.

Shirley bajó la voz:
—¿En su cara?
Carla asintió.
—Es lo que dicen —dijo.

Shirley parecía indignada. Fancher no había contestado a sus llamadas. A ninguna de sus llamadas. Se había pasado la

noche del día anterior llamándola a casa y lo único que había conseguido era hablar con su padre. Y su padre le había dicho:
—No quiere ponerse. —Y—: Cosas de chicas.

A la mañana siguiente, cuando Erin le contara a su padre que Shirley estaba yendo al psiquiatra porque creía que le gustaban las chicas, Hampton lo entendería todo. Mejor dicho, creería entenderlo todo.

Cosas de chicas, pensó Shirley entonces.

Ya, pensó a continuación.

—No me lo creo —insistió.

Una cosa era chuparle la polla a Reeve y otra muy distinta era *aquello*.

Dejar que se corriera en su cara.

No. Ni pensarlo. No.

—Que no —insistió Shirley.

—Pues es lo que dicen —repitió, encogiéndose de hombros, Carla.

No, a ver.

Fancher no es *tan* zorra, pensó Shirley.

O sea, no.

—Que no, joder —dijo al fin.

—Vale, pues no —dijo Carla, para quien aquello no era más que un cotilleo, no el fin del mundo, no, al menos, el fin de *su* mundo—. Oye, ¿y si vamos tirando?

Y como si despertara de una convulsa noche de sueño, de una convulsa noche de *pesadilla*, como si abriera los ojos y estuviera, de repente, en otro mundo, Shirley repuso:

—Sí, sí. Vamos.

Erin pensaba saltarse la clase de Gimnasia. No quería que se le descolgara un brazo tratando de lanzar una pelota de dos kilos, ni perder una mano intentando trepar por una cuerda hasta el techo del gimnasio. Tampoco quería partirse el cuello haciendo una voltereta y que todos descubrieran que, oh, sorpresa, aun con el cuello roto, seguía *viva*. Resollando como una cortacésped sin césped a la vista (RRRRRR).

—Eh, Fancher —oyó que la llamaban, a sus espaldas.

Se dio media vuelta.

Era el puto Billy Servant.

—Largo —dijo.

Servant se aclaró la garganta.

—Tenemos que hablar.

—No tenemos que hablar.

—Ya. Y ahora es cuando me dices que no pasa nada —dijo Servant, apuntando a una de sus manos, sus manos cubiertas de *tiritas*.

—¿Qué? Se me ha acabado el esparadrapo.

—Jeje.

—¿Qué? ¿Te parece divertido, puto psicópata?

—No. Ya. Je. Y ahora es cuando me dices que no he pegado ojo en toda la noche porque una estúpida me está tomando el pelo. —Estaba frunciendo el ceño. No parecía cabreado, sólo sorprendido. Ciertamente, lo estaba—. Va, dime que me estás tomando el pelo. Dime que ayer no te arrancaste un pedazo de labio sin pestañear.

—¿No has pegado ojo? —preguntó Fancher, y sus ojos bajaron la guardia. Bajaron definitivamente la guardia. No eran unos ojos que dijeran, Ten cuidado, no, eran unos ojos que decían: Eh, tío, ¿de veras no has pegado ojo por *mí*?

Servant asintió.

Erin sonrió.

Su labio superior emitió un desagradable chasquido.

—¿Qué ha sido eso? —preguntó Servant.

—¿Lo has oído? —Los ojos de Fancher se abrieron *demasiado*.

—Claro que lo he oído.

—No.
—Qué.
—¿Entonces no estoy loca?
—¿QUÉ?
—¿Entonces estoy muerta?
—No puedes estar muerta, Fancher —sentenció Servant.

Ésa era la frase que había estado deseando pronunciar en su presencia desde que la vio arrancarse el pedazo de labio. Creía que, una vez pronunciada, el hechizo se rompería. Y Fancher volvería a ser la mejor amiga de Shirley Perenchio, presuntuosa, engreída y dolorosamente vulnerable.

—Ah, ¿no? —Fancher echó mano de la tirita que cubría la parte del labio que Servant había visto desaparecer—. ¿Quieres volver a verlo?

—No —se apresuró a contestar Servant.

El pasillo estaba desierto. Como una letanía, la voz de Roberta Tempelton, la profesora de Historia, quebraba una y otra vez el silencio, extendiendo su murmullo, semejante al de un niño recitando su canción favorita bajo el agua, por todo el pasillo. Fancher se sorbió los mocos, que en realidad no eran mocos, sino algo más de aquel líquido parduzco, a ratos verdoso, que manaba de todas sus llagas, y Servant aprovechó para acercarse un poco más a ella y preguntar, en un susurro:

—¿Duele?
—No.
—¿No?
—Huele. Huele muy mal —respondió Fancher, refiriéndose a aquella cosa viscosa. No creía que pudiera acostumbrarse a ella. El vértigo la hizo tambalearse al imaginarse viviendo *el resto* de su vida así, *supurando*.

Supurando

mierda

sin parar.

—Esta mañana he acabado el desodorante de mi padre.
—¿El desodorante de tu padre? —preguntó Servant, que no podía dejar de pensar en *muertemuertemuerte*, Fancher está *muertamuertamuerta*.
—Me lo pongo por todas partes.
—No.
—Sí —dijo Fancher, y se tocó un ojo. La piel de alrededor parecía de plástico. Lo tenía hundido en un mar de rímel—. Y si no me pintara, te cagarías. Si no llevara estas putas tiritas te cagarías. Tengo llagas por todas partes. No dejan de supurar. Es una puta mierda, tío. Los gusanos son una puta mierda, tío.
—Jo-der. —Servant se plantó el dedo índice en el puente de sus gafas Patilla de Elefante y las hizo ascender. Empezó a respirar por la boca. El olor era insoportable. Vio a uno de aquellos gusanos asomar por el cuello del jersey. Lo señaló. Ella lo cogió entre los dedos y lo aplastó sin piedad. Luego le dio las gracias. Dijo:
—Gracias.
—No, en serio, es muy fuerte —dijo Servant.
—Ya.
—¿Es...? ¿Cómo es?
—¿Cómo es qué?
—Estar muerta.
—No estoy muerta.
—*Ya*.
—Bueno, no es como estar muerta.
—¿Cómo sabes lo que es estar muerta?
—No lo sé, pero mi abuela está muerta y no la he visto.
—¿Y si cogió un tren? ¿Y si se fue a otro sitio?
—¿Por qué iba a irse?
—¿Y si no morimos?
—Servant.
—¿Qué?

—No estoy muerta, soy un puto zombie.

—Shhh, baja la voz —ordenó Servant.

Fancher se fijó en el lunar de su frente.

—¿Tienes un lunar?

Servant se lo tocó.

—No es un lunar.

Fancher se miró el reloj. Era un milagro que aún no se hubiera parado. Notaba algo húmedo extenderse bajo la esfera. Soy como un jodido chicle con relleno, pensó. Luego dijo: Me voy al bar. Y:

—No pienso ir a clase *así*.

Servant no dijo nada. Se limitó a empujar (una vez más) sus gafas nariz arriba y a ajustarse la mochila a su espalda. De repente, no se atrevía a mirarla a la cara. Estaba asustado. No quería que Erin se comiera su cerebro.

—No se lo digas a nadie, ¿vale? —dijo Fancher, y él asintió, porque, ¿qué otra cosa podía hacer? ¿Decirle que aquello no era ningún secreto, que iba a estrenar su nuevo rotulador escribiendo algo parecido a: FANCHER ES UN PUTO ZOMBIE en el lavabo de chicos de la primera planta? ¿Sí, no? ¿Y luego qué? ¿Luego iba a sentarse a esperar a que Fancher le *rebañara* el cerebro?

Porque eso era lo que hacían los zombies.

Rebañaban cerebros.

—Mierda —se dijo Servant, mientras veía a Fancher *arrastrarse* por el pasillo en dirección al bar del instituto—. Mierda, tío. Jo-der.

El cartel frente al que tuvo lugar la siguiente escena había sido colgado aquella misma mañana. Lo había colgado Bess Stark, la chica para todo del Robert Mitchum. Bess era la encargada de las fotocopias (NECESITO DIEZ COPIAS MÁS, BES-

SIE, GRACIAS), la encargada de tocar el timbre cuando el director Sanders olvidaba hacerlo, la encargada de abrir la puerta por la mañana, de apagar las luces al salir, de colgar el menú del comedor. Bess era quien se aseguraba de que Chuck, el escrupuloso jefe de estudios, tuviese siempre a mano una goma de borrar de color amarillo. Chuck podía ponerse realmente *violento* si no encontraba su goma amarilla. Chuck tenía un ligero trastorno obsesivo compulsivo. Pero eso le traía sin cuidado a la chica que acababa de detenerse frente al cartel. La chica que acababa de detenerse frente al cartel del Baile de los Monstruos sólo quería saber una cosa.

Quería saber si era verdad lo que decían.

¿Y qué decían?

Oh, ya sabes, *eso*.

—¿El qué? —preguntó el chico.

El chico era Reeve De Marco. Llevaba una camiseta de los Elron Hawks y un pantalón corto rojo. Tenía las piernas cubiertas de vello rubio. Estaba tratando de recuperar el aliento. Acababa de dejar de correr. Estaba ligeramente inclinado, de manera que sus manos tapaban sus rodillas, y tenía que apartarse el flequillo para verla. Sabía que todos los tíos le estaban mirando. Todos los tíos sabían lo de Fancher. Todos le habían felicitado en los vestuarios. Por eso Lero estaba pasándolo realmente mal tratando de superarlo en aquella maldita prueba de resistencia. Ya lo había conseguido. Reeve había abandonado. Pero Lero no quería parecer un puto nenaza. No quería abandonar un segundo después de que él lo hiciera. Eso habría sido demasiado fácil. Y Lero quería parecer el puto Superman.

—Lo de Fancher —dijo Shirley, que se había recogido el pelo y llevaba una camiseta muy ajustada que hacía que sus pechos exigieran *toda* la atención del chico—. En el lavabo.

Reeve sacudió la cabeza, todavía con las manos en las rodillas, como si pudiera librarse del esfuerzo que acababa de hacer como se libran los perros demasiado peludos del agua. Luego dijo, interrumpiéndose para recuperar el aliento:

—¿Por qué (UH) no se lo (HA) preguntas (UH) a ella?

—Porque no está, imbécil —dijo Shirley.

—Eh. —Reeve levantó la mano en señal de: No Te Pases—. Que no es para tanto.

—*¿Qué?* —Ésa era Perenchio, mirándole francamente *mal*.

Ahora va a decirme que soy un cerdo, pensó De Marco.

Ahora va a decirme que la he cagado, pensó a continuación.

Y tendrá razón.

Porque soy un cerdo.

Porque la he cagado.

Pero yo no quería hacerlo.

Fuiste tú. Tú me obligaste.

Tú y ese estúpido de Brante.

Jodido Brante.

—¿Qué, te jode?

—Subnormal —dijo Perenchio.

—Eh, ¿qué me has llamado? —Reeve se incorporó, se sopló el flequillo, que dio un salto y cayó sobre su frente sudada, y se encaró con la chica.

—SUBNORMAL —repitió Perenchio, plantándole cara.

A continuación, Reeve cometió un trágico error. Reeve olvidó lo que todos los demás estaban haciendo en aquel preciso instante (oh, sí, MIRARLE), formó un puño con su mano derecha y fingió querer lanzarlo contra la

perfecta

nariz de Perenchio.

Y entonces alguien murmuró

eh(eh)eh(eh)

y llamó la atención de Leroy. Leroy aún estaba corriendo. Se estaba mirando las puntas de sus viejas Patrick Ewing, estaba concentrándose en

puedopuedopuedo
su respiración, pero entonces alguien murmuró
eh(eh)eh(eh)
y Leroy levantó la vista y vio a Reeve, sí, y vio el puño de Reeve (¡EH!) y vio a Perenchio (¡EH!) y gritó (¡EH, TÚ!), y Reeve se volvió a tiempo de ver cómo Leroy se lanzaba *literalmente* encima de él. De ver cómo volaba como un puto avión de pasajeros en pantalón corto en su dirección.

Don Glendin, que había estado observando cómo se contraía su bíceps al levantar la pequeña pesa fucsia que siempre llevaba encima, la pequeña pesa fucsia que le daba sentido a todo el tiempo perdido de su vida, hizo sonar su silbato y gritó:

—¡EH! ¡CHICOS! —Luego se puso en pie, con calma, y, mientras se dirigía hacia ellos, tratando de no perder la sonrisa, porque Don Glendin no era *nadie* sin su sonrisa, gritó—: ¿QUÉ *DEMONIOS* CREÉIS QUE ESTÁIS HACIENDO?

Y lo que estaban haciendo era lo siguiente:

Kirby estaba resoplando (UH HA) encima de Reeve (UH HA) y mirándole como si pudiera empuñar un cuchillo con la mirada y (AUUUH) clavárselo entre los ojos.

—Si la tocas te arranco la cabeza —susurraría Kirby, entre dientes.

—Tú me arrancas una mierda —susurraría De Marco, como toda respuesta.

Y entonces Kirby le cogería la cabeza con las dos manos y se la estrellaría contra el suelo y (¡EH!) Glendin gritaría (¡EH, TÚ!) y Kirby soltaría a De Marco y alzaría las manos, todavía resollando (UH HA) por el esfuerzo de la carrera (HA UH) y sonreiría. Y su sonrisa diría: NO ES NADA, TÍO.

No es.
Nada.
Tío.

5

Kenny no tenía cara de rinoceronte

El día en que Erin Fancher perdió al pequeño Kenny, un pez amarillo descolorido, se preguntó adónde habían ido a parar todas las veces que intentó servirle una taza de café y todas las que intentó enseñarle a saltar por el aro (un aro plateado que era en realidad un pendiente de plata de su madre), creyendo que se haría rica y famosa por ser la primera niña del mundo que conseguía hacer saltar a un (estúpido) pez de colores.

—A lo mejor ahora es un rinoceronte —le había dicho Shirley, al día siguiente, en clase, cuando ella le contó lo que había pasado.

Tenían nueve años.

El pequeño Kenny ni siquiera había llegado a cumplir uno.

Y ya estaba bajo tierra.

Muerto.

—¿Un rinoceronte? —preguntó Fancher niña.

—Si eres bueno, cuando te mueres te conviertes en otra cosa —contestó Shirley.

—¿Y si eres malo?

—Si eres malo vas al infierno. Y te quemas.

—Kenny no era malo.

—Entonces ahora será un rinoceronte.

—¿Y por qué un rinoceronte?

—Porque tenía cara de rinoceronte.

Erin lo pensó un segundo. Kenny no tenía cara de rinoceronte.

—¿Y se acordará de todo lo que hicimos juntos?

—Claro. —Shirley hablaba con tal seguridad que Fancher no dudaba de ninguna de sus palabras—. Yo me acuerdo.

—¿De qué te acuerdas?

—De cuando fui princesa.

—¿Fuiste princesa?

—Sí, pero me porté mal y por eso ahora soy una niña.

—¿Qué hiciste?

—Engañé a los enanitos. Les hice creer que el león era vegetariano y los encerré en la jaula. Y el león se los comió a todos.

—Oh, Shirl, los enanitos son buenos, ¿por qué lo hiciste?

—No me gustaban. Eran feos.

Pero Kenny no era feo. Y había muerto de todas formas. Aunque, ¿qué importaba morir si podías ser un rinoceronte? Quizá ya nunca más podría jugar con ella a que tomaba una taza de café ni a que se convertía en el primer pez de colores del mundo que saltaba por el aro (y tenía su propio espectáculo), pero podría correr por la selva y casarse con una bonita rinoceronta.

Ésa era más o menos la idea que Erin Fancher había tenido de la muerte hasta que Olivia Ruffalo, la profesora de Ciencias Naturales, había dicho que todo lo que veíamos era obra de nuestro cerebro y que cuando nuestro cerebro dejaba de funcionar, nosotros dejábamos de existir.

Para siempre.

—¿Y el rinoceronte? —le había preguntado Erin a Shirley, en voz baja.

—¿Qué rinoceronte?

—¿No te convertías en otra cosa si habías sido bueno?

—Eso viene después, primero te pudres.

—¿Te pudres?

—Te pudres.

Eso precisamente estaba diciendo la señorita Ruffalo en aquel momento. Que cuando tu corazón dejaba de funcionar y la sangre dejaba de circular por tu cuerpo (lo que provocaba la muerte del cerebro y tu desaparición *mental*), empezabas a pudrirte y se te comían los gusanos.

—¿Y si te pudres cómo es que luego eres otra cosa? —le preguntó Fancher a Perenchio entonces.

—Porque lo que se pudre es tu cuerpo, no tu alma.

Así fue como Erin Fancher descubrió que existía un alma.

Y aquello la hizo sentirse un poco más segura.

Pero al mes siguiente, Suzie Moron, una compañera de clase que creía en lo que ella llamaba el Más Allá, organizó una sesión de espiritismo durante el recreo y Fancher descubrió que no todo eran rinocerontes.

—Cuando te mueres te conviertes en un espíritu y puedes hacer lo que quieras —decía Suzie—. Mi madre, por ejemplo, se ha quedado en casa, con nosotros, y a veces me hace la cena.

Por supuesto, quien hacía la cena no era la madre de Suzie, que había muerto en un accidente de avión cuando la niña tenía siete años, sino su padre, que intentaba por todos los medios evitar el sufrimiento de su hija haciéndola creer que su madre seguía con ellos, que los acompañaba en todo momento.

—¿En serio? —Ésa era Erin Fancher, preocupada por su próxima vida, que había imaginado en una casa más grande, con piscina y un futuro novio famoso y guapo, casi tan guapo como Billy Brendan, el actor.

—Sí —había contestado Suzie.

—¿Y no puedes convertirte en otra cosa?

—No, porque eres cristiana y los cristianos son espíritus.

—Los espíritus molan —había dicho Perenchio.

Pero a Fancher no le había parecido que molaran.

Ser espíritu era como ser Fanny Dundee. Estabas allí pero

nadie podía verte. No, no era en absoluto divertido. Lo divertido era pensar que serías otra persona, más guapa, más rica, más famosa, y que saldrías con Billy Brendan.

Así que no, no era divertido.

Por eso Erin se negó a participar en aquella sesión.

Dos años después, cuando cumplió los catorce, su abuela murió. Y como no había sido demasiado buena, Erin pensó que se convertiría en un hombre calvo y feo, y que trabajaría de oficinista y no tendría un solo amigo.

Y se lo dijo a su padre.

Su padre sonrió.

—Bueno, a lo mejor sí. Pero creo que no —dijo su padre.

—¿En qué se convertirá entonces?

Su padre, Hampton Fancher, sentado a la mesa de la cocina, con barba y un tupé ridículo, le dijo que no se convertiría en nada, que, simplemente, como había dicho la señorita Ruffalo hacía un millón de años, dejaría de existir.

—¿Y cómo es eso? —le preguntó Fancher.

—Como antes de nacer, cariño.

—¿Antes de nacer?

—Antes de nacer no eras nada. Y luego tampoco.

—¿Y cómo es no ser nada?

—No lo sé. —Hampton se encogió de hombros—. No me acuerdo.

—Pues Shirley se acuerda. Dice que fue una princesa.

Hampton sonrió. Se rascó la barba.

—Bueno, cariño, hay gente que cree en cosas. Unos creen que van al Cielo porque han sido buenos y otros que se reencarnarán en un ser superior o inferior en función del comportamiento que tuvieron en vida. Eso es la religión. Nadie sabe de dónde venimos ni lo que somos y se han inventado cosas para explicárselo.

—¿Nadie sabe de dónde venimos?

Hampton Fancher negó con la cabeza.

—No —dijo.

Mierda, pensó Fancher.

Ya no voy a ser rica, ni famosa, ni voy a casarme con Billy Brendan, pensó.

Pero nunca quiso creerlo.

Algún día se moriría, sí, pero cuando eso ocurriera, iría a una especie de sala de espera y esperaría a que la llamaran, como se espera en la consulta de un médico o como se espera en los aeropuertos, para indicarle su próximo destino.

Su próximo otro yo.

Pero se había equivocado. Y todos los demás también. No sabía qué había hecho la abuela, si fingir que no podía moverse y respirar, si a aquel resuello angustioso podía llamársele *respirar*, hasta después del entierro, para empezar otra vida, en cualquier otro lugar, tratando de no arruinarse comprando litros y litros de perfume barato y maquillaje en cantidades industriales, o si simplemente se había quedado allí dentro, y se estaba preguntando en aquel preciso instante si a todos los demás también les había ocurrido, si todos esos muertos en el cementerio no eran más que hombres y mujeres que no se acababan de creer que seguían vivos, aunque se estaban pudriendo y los gusanos se los estaban *comiendo*.

En cualquier caso, todos se equivocaban.

Estar muerto no era muy distinto de estar vivo.

Olías peor, sí, pero ahí estabas.

Podías ir al cine y escuchar música, sólo que tenías que asegurarte de que tus dos orejas siguieran en su sitio.

Quizá hubiera tiendas para No Muertos en algún lugar del mundo. Y quizá incluso hubiera médicos para No Muertos, que consiguieran eliminar el maldito olor a

mierda

muerto. Sí, seguro que existían. Porque ella no podía ser la única. Aquello tenía que ser lo que había después de la muerte. Nada. Porque no había muerte.

¿Quería aquello decir que Kenny seguía vivo?

Puede.

Seguramente.

Erin se moría de ganas de contarle aquello a Shirley. De decirle que era imposible que ella hubiera sido una princesa en otra vida, porque no existía otra vida, sólo aquélla, y que cuando muriera, algún día, se convertiría en Shirley La Apestosa y se le hincharían los pies y se la comerían los gusanos, pero podría seguir yendo a la peluquería y leyendo su horóscopo.

Pero no lo haría nunca si no era capaz de levantar el auricular del teléfono. Erin había pasado el sábado encerrada en su habitación, escuchando una y otra vez

Tragic Kingdom

aquel disco de No Doubt, mientras leía una novela de Robbie Stamp, su escritora favorita. En la novela, la protagonista descubría un buen día que su horno estaba habitado por una extraña familia de extraterrestres diminutos, ¿y qué hacía? Empezaba a tratarlos como si fueran sus inquilinos. Les cobraba un pequeño alquiler y les ayudaba a encontrar el mobiliario adecuado. ¿Y de dónde sacaba la familia de extraterrestres el dinero para pagar el alquiler y los muebles? Oh, muy sencillo. Todos ellos realizaban pequeñas tareas domésticas en casa de la protagonista que, a cambio, les pagaba un sueldo. Sí, la clase de libro del que Shirley opinaría: ¿EN SERIO?

—No es una nave espacial, cariño, sólo es un teléfono —dijo Hampton Fancher, deteniéndose un momento junto a la chica y notando, al hacerlo, que un olor nauseabundo (PUAJ) inundaba sus fosas nasales—. ¿A qué demonios huele?

—Creo que soy yo —dijo la chica, calándose la gorra. Era extraño verla detenida en mitad del pasillo, en pijama y con aquella vieja gorra.

—¿Qué clase de colonia te has puesto? —preguntó el padre, restregándose la nariz—. Es realmente (PUAJ) *horrible*.

Erin se encogió de hombros. Su boca emitió un ligero chasquido cuando dijo:

—No sé. Una de mamá.

Padre e hija estaban justo delante del teléfono. El teléfono era rojo y colgaba de la pared. Era un teléfono antiguo. Tenía una rueda y números que no podían apretarse porque no eran botones.

—Dios santo. —Hampton se tapó la nariz—. ¿Estás mejor al menos?

—No —contestó Erin.

Erin no quería salir de casa así que se había inventado que le dolía la cabeza, que le dolía la garganta, que no se encontraba *nada* bien. Y, aunque su madre había fruncido el ceño y había tratado (¡OH, NO, NO LO HAGAS!) de ponerle una mano en la frente y casi había descubierto que no es que no estuviera caliente sino que estaba

muerta

helada, su padre, creyendo que lo que ocurría tenía más que ver con el *extraño* momento que estaba atravesando su amiga (¡CREE QUE LE GUSTAN LAS CHICAS, POR DIOS SANTO!), había tratado de convencer a su mujer de que lo que en realidad pasaba es que necesitaba estar sola.

—¿Sola? ¿Por qué iba a necesitar estar sola? —había querido saber Carmen.

Hampton se había encogido de hombros.

—¿Cosas de chicas?

—Oh —había dicho Carmen. Luego había vuelto a fruncir el ceño y había añadido—: ¿Tú crees?

Y Hampton había vuelto a encogerse de hombros.

Eso había sido el sábado. Ahora era domingo. Domingo por la tarde. Y padre e hija estaban en mitad del pasillo, justo delante del teléfono.

—Ese cero y medio no tiene nada que ver, ¿verdad?

Erin negó con la cabeza. Su cuello crujió cuando lo hizo, pero su padre no pudo oírlo. Erin se había acostumbrado a que sus padres no oyeran ese tipo de cosas. Lo único que hacían sus padres era mirarla de forma extraña cuando comía (oh, sus dientes eran *tan* débiles y su apetito *tan* carnívoro), cuando fingía *rascarse* bajo una tirita (y en realidad estaba librándose de un gusano) y cuando arrastraba los pies como si sus Doc Martens no fuesen un par de botas sino dos centros comerciales un sábado por la tarde.

—Es Shirley —dijo Fancher, con su voz cavernosa y (RRR-RRR) renqueante.

—¿Vas a llamarla? —preguntó Hampton que, aunque se había destapado la nariz, seguía arrugándola, como si haciéndolo pudiera evitar aquel olor del demonio.

—Creo que sí —contestó la chica.

—Estupendo —dijo el padre—. Se alegrará de oírte.

—¿Tú crees? —preguntó Erin, y luego (SURUP) se sorbió los mocos.

—Claro. Dile que mañana tú también irás a Ya Sabes Dónde. Seguro que se siente un poco menos... —¿Qué, Hampton? ¿*Loca?*—. Sola.

Erin asintió. Descolgó el auricular. Marcó el número de Shirley.

Hampton le deseó suerte en un susurro y desapareció.

Erin se arrancó un gusano de la nariz (sí, había salido *reptando* de allí *dentro*) y esperó. Un tono, dos, tres, cuatro.

—¿Sí?

Era la voz de Shirley.

—Shirl —dijo Erin.

—¿Quién eres? —preguntó la chica.

—Soy yo, Erin. —No era su voz, era la voz de un tiburón que primero hubiese aprendido a hablar y luego hubiese muerto y luego hubiese vuelto de entre los muertos decidido a hablar con Shirley Perenchio.

—¿Y qué coño te pasa? ¿Estás *llorando*?

—No —dijo Erin, y se sorbió (SURUP) los mocos una vez más.

—¿Seguro? —preguntó Shirley.

—Estoy *muerta*, Shirl —dijo Erin. En realidad no lo dijo, lo susurró. En especial, bajó la voz cuando llegó el momento de pronunciar la palabra

muerta

mágica.

—Ya. Claro. Y los elefantes vuelan, ¿no? —dijo Shirley y, a continuación, añadió, en un susurro, porque el teléfono, en casa de los Perenchio, estaba en la cocina, y muy probablemente su madre estuviera cerca—: *Sé* lo de Reeve.

—El qué.

—¿Es que te has vuelto *loca*? —susurró Perenchio—. ¿Sabes cómo van a llamarte? Zorra, Fancher. Zooo-rra.

La palabra retumbó en los oídos enfermos de Fancher. Desde que había despertado *muerta* todo lo que oía parecía provenir de debajo del mar. Erin sospechaba que aquella cosa viscosa tenía la culpa.

—¿Por qué? —quiso saber Fancher.

—¿Tú qué crees? Lo sabe todo el mundo —dijo Perenchio.

—¿El qué? ¿Qué sabe todo el mundo?

Shirley suspiró. Tapó el auricular del teléfono y dijo:

—Mamá, ¿puedes dejarme sola un minuto? —A continuación, la madre dijo algo que Erin no oyó y Shirley destapó el auricular—. Cree que eres un chico. Y la verdad es que lo pareces. ¿Qué coño te ha pasado en la voz?

—Te lo he dicho antes.

—Qué.

—Estoy muerta, Shirl.

—No, lo que estás es jodida, Fancher.
—No puedo creérmelo —dijo Erin.
—La que no se lo puede creer soy yo, Erin —dijo Perenchio.
—¿El qué?
—Que dejaras que Reeve se corriera en tu cara.
Fancher no dijo nada durante un millón de años.
—¿Erin? —Ésa era Perenchio—. Dime que no le dejaste.
—No le dejé, Shirl —dijo Fancher, y cuando pareció que Perenchio podía respirar tranquila, añadió—: Pasó.
—¿QUÉ? —le gritó Shirley a su teléfono, a su teléfono con botones, blanco y negro, ligeramente más moderno que el que estaba sosteniendo Erin Fancher en el pasillo.
—Fue un accidente —dijo Fancher.
—¿Un accidente? —Shirley parecía fuera de sí—. ¿Un *accidente*, Fancher?
—Un accidente, sí.
—¿Y QUÉ SE SUPONE QUE TENGO QUE HACER YO AHORA?
—¿Tú, Shirley? ¿Acaso van a llamarte *zorra* a ti, Shirley?
—Fancher, Reeve estuvo a punto de *pegarme* el viernes.
—¿En serio?
—Sí.
—¿Y por qué?
—Porque cree que me jode que se haya corrido en tu cara y no en la mía.
Erin no dijo nada. ¿Qué podía decirle? ¿Que le traía sin cuidado? ¿Que nada le parecía tan importante como estar muerta en aquel preciso instante? ¿Que en realidad la había llamado para decirle que podía olvidarse de reencarnarse en una princesa porque iba a ser Shirley Perenchio hasta que el planeta explotara?
—¿Crees que me jode? —preguntó Perenchio.
—Tú me metiste en esto, Shirl.

—¿Te pedí *yo* que dejaras que Reeve se corriera en tu cara?
—Yo no quería chupársela —susurró Fancher.
—Nooo, claro. Era yo. Era *yo* quien quería chupársela al subnormal de De Marco, ¿no? —Shirley parecía fuera de sí—. ¿Se te ha ido la puta olla, Fancher?
—Vete a la mierda, Shirl —dijo Fancher.
Y colgó.

Aquella mañana, la mañana del lunes de la semana en que debía celebrarse el Baile de los Monstruos, Velma Ellis no había podido abrir el armario. En su interior guardaba un viejo vestido blanco que, después de noches como la que acababa de pasar, no le apetecía en absoluto ver. Después de noches como la que acababa de pasar, Velma estaba convencida de que aquel viejo vestido era la encarnación en tela *real* del Vestido que por las noches temía arrugarse y no estar listo para el Gran Día que jamás llegaría. Un día que jamás llegaría por culpa de aquella tal Lucy. Y del maldito Weebey Ripley. Weebey Soy Un Genio Ripley. El muy estúpido. El muy estúpido la había hecho creer que podía, oh, sí, concederle un deseo, que podía, claro, ¿por qué no?, conseguirle un marido, y lo que había hecho era conseguírselo a *otra*. Pero tú no especificaste, no especificaste, estúpida, le había dicho el Vestido, y ahora él va a casarse con otra.

—A menos que puedas evitarlo —le había dicho luego.

Velma estaba sentada en la cama, las olas rompían en su cabeza.

—No puedo evitarlo.
—Estúpida —había dicho el Vestido.
—¿Por qué me llamas estúpida? No soy estúpida.
—Ah, ¿no? ¿Y tampoco tienes más deseos?
—Los deseos no funcionan —había dicho Velma.
—¿Acaso no le han conseguido un marido a esa tal Lucy?

—Oh, cállate, ¿quieres? —había concluido Velma.

Pero luego había estado pensando. Y había pensado que quizá el Vestido tenía razón. Quizá tenía que llamar a Weebey Ripley y pedir un segundo deseo. Por eso, en vez de abrir el armario aquella mañana, había ido al tendedero, había descolgado una camisa y una falda, se las había puesto, y, con ellas puestas, había llamado al señor Ripley. Él mismo le había facilitado su teléfono la otra tarde, la tarde en que se habían conocido. Velma había evitado preguntarle cómo demonios podía sonar un teléfono dentro de una lámpara, se había limitado a anotarlo en su libreta de direcciones.

En cualquier caso, le había llamado.

—¿Señor Ripley?

—¿Sí? —La voz sonaba lejana.

—Señor Ripley, soy la señorita Ellis.

—Oh —dijo el señor Ripley—. Sí.

—¿Podemos vernos esta tarde?

El señor Ripley se aclaró la garganta y dijo:

—Por supuesto, señorita.

Velma se lo imaginó enrollado en una alfombra egipcia, con un teléfono dorado en la mano y aquel ridículo bigote emborronado.

—¿Qué le parece la cafetería Pip Van Der Velden? Es la que está justo enfrente de la consulta del doctor Droster —propuso Velma.

—Mmm —Weebey se relamió—. Deliciosa elección, señorita Ellis. ¿Ha probado usted sus galletitas de chocolate blanco?

—Creí que vivía usted en una lámpara, señor Ripley —repuso Velma.

—Oh, no es exactamente una lámpara, señorita —dijo Weebey.

Y Velma volvió a imaginárselo *dentro* de aquella alfombra egipcia. En su cabeza, el señor Ripley era como un caracol *en-*

vuelto en un caparazón enmoquetado. Dijo: Oh, entiendo. Y: Nos vemos esta tarde entonces. Y, cuando colgó, oyó al Vestido murmurar: Espero que no la fastidies esta vez, Vel.

—Oh, ¿quieres hacer el favor de callarte?

Eliot Brante estaba a punto de convertirse en el Plato de Lentejas oficial del Robert Mitchum. Para ser el Plato de Lentejas oficial del Robert Mitchum sólo tenías que tener un montón de granos. Y Eliot los tenía. Tenía granos por todas partes. En especial, en la espalda. Pero ésos nadie los veía. Los que veía todo el mundo estaban en la cara. Eran tan rojos y tenían tan mal aspecto que muchos habían empezado a llamarle Cara Cráter. Leroy Kirby se encontraba entre ellos, pero eso a Eliot no parecía importarle. A Eliot lo único que le importaba en aquel momento era el grano que acababa de salirle en mitad de la frente. Trataba de disimularlo con un mechón de pelo grasiento mientras hablaba con Reeve, camino del instituto.

—Estoy harto de sus mierdas, tío —estaba diciendo Reeve. La mochila le colgaba del hombro derecho. Olía bien. A la clase de colonia que la madre de Eliot no compraría jamás. La clase de colonia que se ponían los tíos que *molaban* a las tías.

—Ya —respondió Brante, encogiéndose de hombros y palpándose el bolsillo trasero de sus pantalones, en busca del paquete de cigarrillos—. Pero es Lero, tío.

Reeve y Eliot no eran exactamente vecinos, pero sí vivían lo suficientemente lejos del Robert Mitchum como para compartir buena parte del trayecto de ida y vuelta. En cierto sentido, aquel trayecto era el culpable de su amistad. De no haber sido por él, puede que los chicos se hubiesen limitado a intercambiar un:

—Eh, tío. —De vez en cuando.

Y punto.

¿Qué hubiera hecho en ese caso Reeve?

Porque, y Reeve no lo dudaba, Eliot Brante hubiese sido el mismo sin él.

Un soldado más de Leroy Kirby, el tipo duro.

Pero ¿qué hubiera sido de él?

Reeve sabía que podía permitirse permanecer al margen de la Dictadura del Tipo Duro porque Eliot existía.

Porque no estaba *solo*. Pero aquel asunto con Perenchio podía joderlo todo. ¿Por qué demonios le había dicho

Tú me arrancas una mierda

aquello a Kirby?

Eliot le ofreció el paquete de cigarrillos. Reeve tomó uno. Lo encendió. Le pasó su mechero a Brante. Brante encendió el suyo imitando a Kirby, y esto era, tapándose la boca con la mano derecha abombada y accionando el encendedor con la izquierda.

—No sé, tío —dijo Brante, cuando exhaló el humo de la primera calada—. A lo mejor no pasa nada.

Reeve dio tres caladas seguidas, mirándose las zapatillas, la mano derecha colgando del bolsillo, la izquierda apartando el cigarrillo de los labios el tiempo justo para expulsar el humo.

—Claro que pasa —dijo.

—Nah —dijo Eliot—. ¿Tú crees?

—A Kirby le mola Perenchio.

—Ya —dijo Brante—. A Kirby y a mí.

—Me llamó subnormal, tío.

Brante asintió, con el cigarrillo en los labios, y Reeve remató:

—¿Qué querías que hiciera? ¿Reírle las putas gracias?

—No, tío, claro —dijo Brante.

Reeve dio otras tres caladas a su cigarrillo, aceleró el paso, con el ceño fruncido y la mirada clavada en algún punto del horizonte. Muy muy serio.

—NO, TÍO. —De repente, se detuvo en seco.

Y dijo:

—Es que estoy hasta aquí —De Marco se señaló la ceja izquierda— del puto Lero, Eliot. Hasta aquí.

—Eh. —Brante se detuvo con él—. Tío.

Reeve le miró como miraría un gato enjaulado a un pájaro que pudiera maullar.

—Que no va a pasar nada, tío —repitió Brante—. De verdad.

Reeve le dio una última calada a su cigarrillo y dijo:

—¿Sabes qué? —Y luego—: Da igual.

Pero no era cierto.

No le daba igual.

Porque le había dicho

Tú me arrancas una mierda

aquello a Kirby, y ahora Kirby se la tenía jurada.

Y Kirby no era capaz de romperte un brazo como Wanda Olmos si la jodías y te cruzabas en su camino. Kirby era capaz de algo mucho peor.

Kirby podía *arrancarte* la cabeza.

Bess Stark, la chica para todo del Robert Mitchum, alta, rubia, de piel extremadamente blanca, a la que, siendo una niña, todos sus compañeros de clase habían llamado Bessie La Sueca, por su parecido con, sí, los suecos, Bessie, decíamos, abrió mucho la boca, su boca neumática, perfectamente dibujada en carmín castaño, y luego la cerró. Sentado ante la vieja y desordenada mesa de su despacho, el director, Rigan Sanders, era una bola *roja* y gigante, embutida en un traje barato.

No podía estar hablando en serio, pensó la chica.

—No puede estar hablando en serio —dijo, cuando cerró la boca.

—¿Por qué no? —El director, su frente perlada, sus mejillas rojas, a punto de estallar, de la vergüenza, una vergüenza horrible, como no había sentido desde que era un niño y fingía que sabía atarse los cordones de los zapatos enterrando las puntas de los mismos bajo las plantillas.

—¿Usted y yo?

—Te doy lo que quieras. —Rigan echó mano de su calendario—. Días de fiesta. Una semana más de vacaciones. Lo que quieras.

—¿Por qué no la invita a una copa?

El director Sanders negó con la cabeza.

—¿Cree que dirá que no? —preguntó la chica.

—Ya lo ha hecho —admitió Sanders.

—¿Ya lo ha hecho? —preguntó Bess.

El director Sanders asintió. Los labios neumáticos de Bess, la chica para todo del Robert Mitchum, se arrugaron en un tierno mohín de comprensión.

—Me temo que le gustan los hombres casados —dijo el director.

El estómago de Bess salió despedido, literalmente despedido, hacia las alturas, y cayó al instante, provocándole una muy desagradable sensación de vértigo.

—No estará insinuando que usted y yo... —empezó a decir la chica.

El director se rió.

Tenía una risa estúpida.

Sonaba así: JAI JAI JAI JAI.

Bess se cruzó de brazos.

Estaba esperando a que el director dejara de reír.

Cuando lo hizo, preguntó:

—¿Se puede saber qué le hace tanta gracia?

Seguía de brazos cruzados, ante la ridícula biblioteca del director Sanders.

Su cabeza estaba situada, por cierto, entre un librito titulado *Matemos todos a Constance* y una copia en VHS de *Jurassic Park*.

—No voy a pedirte que te cases conmigo, Bess —dijo al fin el director.

—Ya —dijo la chica.

—Lo único que quiero es que le digas que estás saliendo conmigo. —Rigan la vio cambiar de cara, fruncir el ceño, abrir la boca, aquella boca neumática, perfectamente dibujada, y se apresuró a añadir—: Te daré lo que me pidas.

—Ya, y se supone que va a creerse que usted y yo estamos liados, ¿no? —Bess miraba al director como miraría a una oruga gigante.

—Lo único que tienes que hacer es seguirme el juego —ordenó el director Sanders—. No creo que sea tan difícil.

—Claro —dijo Bess—. No es *tan* difícil.

—Yo correré con los gastos.

—¿Gastos? ¿Qué gastos?

—Puede que necesites una peluca.

—¿Una peluca?

—Lucy es pelirroja.

—¿Quién es Lucy?

—*Tú* eres Lucy.

Shirley Perenchio encendió un cigarrillo y le lanzó el humo a la cara. Fanny Dundee se apartó un poco, aunque no demasiado, por miedo a que

la Gran Shirley Perenchio

creyera que estar allí con ella y no en clase, analizando por enésima vez el poema de la foca adicta al cloroformo, no era lo que ella, Fanny Dundee, quería, sino una *mala* idea, la peor de todas, un puntapié en la espinilla de su futura y prometedora carrera universitaria. Fanny podía imaginar el titular de aquella extraña cita: *La célebre paleontóloga Fanny Dundee desperdicia una valiosa mañana de estudio.* Y el subtítulo: *La pasa con*

Shirley Perenchio, la desalmada compañera de clase responsable de que Dundee fuese conocida como La Póster de Dinosaurio.

—¿Qué coño le pasa? —Shirley expulsó otra bocanada de humo—. ¿Es que se ha vuelto loca?

Cuando Shirley había llegado al Robert Mitchum aquella mañana no le apetecía en absoluto ir a clase. Lo que le apetecía era contarle a alguien que Fancher

por fin

la había llamado. Y que no la había llamado para contarle lo que había pasado en el Matadero, sino que la había llamado para mandarla a la mierda. ¿Y por qué? ¿Acaso no había intentado *ayudarla*? ¿Acaso no la había intentado advertir de lo que todo el mundo, *todo-el-mundo*, decía de ella?

—Puta desagradecida —se había murmurado Shirley, mientras cerraba su taquilla, situada misteriosamente cerca de la de Fanny Dundee.

Shirley había planeado saltarse la primera clase y pasar un rato con Carla en el bar del instituto, pero había cambiado de idea al ver a Carla *morrearse* con Rufald en mitad del puto pasillo de la primera planta.

—Joder, no te jode —había dicho entonces.

Luego había hecho estrellar su espalda contra su taquilla y (OH, LO SIENTO, ¿ESTABAS AHÍ?) se había topado con Dundee.

Así que digamos que Dundee estaba en el sitio equivocado en el momento menos oportuno. Y digamos también que ésa, la de su desafortunada oportunidad, era una de las dos razones de que estuviese compartiendo mesa con

La Gran

Shirley Perenchio en el bar del instituto.

La otra era que el timbre había sonado antes de que a Shirley se le ocurriera alguien mejor a quien contarle que Erin la había mandado a la mierda.

—No sé —respondió Dundee—. A lo mejor está enfadada.

—¿Qué? ¿Enfadada? ¿Ella? ¿Y *yo*? ¿No debería estar *yo* enfadada?

—No sé —dijo Dundee, su par de trenzas negras colgándole a un lado y otro de la cara, una cara, por cierto, pecosa y triste, cejijunta, de ojos desproporcionadamente grandes y nariz igualmente imperfecta, cubierta de espinillas contra las que Fanny era incapaz de luchar, pues cuando recordaba que las tenía, sí, que allí estaban, era siempre demasiado tarde y estaban duras como estacas y era imposible extraerlas, por más que *presionara*, y lo hacía, con todas sus fuerzas.

Shirley frunció el ceño, su rubio y perfecto ceño.

—Y luego está ese rollo de estar muerta —dijo.

—¿Muerta?

Shirley echó un vistazo a la punta del cigarrillo y luego a la botella de Coca-Cola que había sobre la mesa. Le había arrancado la etiqueta y luego la había hecho arder, en el cenicero, provocando un pequeño incendio que Fanny se había apresurado a sofocar, con el vertido de parte de su pulposo zumo de piña.

—Dice que está muerta.

—¿Cómo va a estar muerta? —Ésa era Dundee—. ¿Muerta de qué? ¿De miedo?

Shirley exhaló otra nube de humo y la miró, esbozando una de sus sonrisas perfectas. Fanny sintió un cosquilleo en la boca del estómago semejante al que provocaría una mariposa de expedición en un cuerpo humano.

—Muerta de miedo, sí —dijo, y añadió—: Me gusta, Dundee.

Dundee sonrió.

No tenía una sonrisa bonita.

Tenía los dientes demasiado grandes. Tan grandes que, si quería cerrar la boca, tenía que proponérselo y esforzarse para conseguirlo. Digamos que Fanny Dundee era todo lo que

Shirley Perenchio jamás sería, a menos que alguien triturara su belleza a conciencia, y que Shirley Perenchio era todo lo que Fanny Dundee soñaba con ser y nunca sería, a menos que estuviera dispuesta a renunciar a su inminente y exitosa carrera como paleontóloga a cambio de un puñado de operaciones estéticas y tres horas diarias de gimnasio.

—Shirley. —Dundee acababa de pronunciar su nombre, y ella, oh, sí, la Gran Shirley Perenchio, había levantado la vista, y su par de ojos azules, del azul del cielo en un día despejado y maravilloso, la estaban mirando. Pero ¿cómo era posible? ¿Qué hacía ella, Fanny Dundee, La Chica Monja, tomando un zumo de piña con Shirley, La Chica Perfecta, Perenchio?

Averigüémoslo, se dijo.

Así que pronunció su nombre.

Y Shirley la miró y dijo:

—Qué.

—¿Por qué estoy aquí? —preguntó Dundee—. ¿Por qué me lo cuentas a *mí*?

Shirley le dio una larga calada a su cigarrillo y volvió a *escupir* una nube de humo a la cara de Dundee.

—¿No quieres estar aquí?

Dundee se armó de valor y dijo:

—Te ríes de mí.

—¿Qué? —Shirley adoptó su adorable pose No-Sé-De-Qué-Me Hablas.

—En clase, te ríes de mí. —Fanny estaba haciendo un verdadero esfuerzo por no llorar. Se sentía arder las mejillas.

—Pero ¿de qué coño vas? —La adorable pose No-Sé-De-Qué-Me-Hablas dio paso a la mucho menos adorable Yo-De-Ti-No-Seguiría-Por-Ahí.

Así que Fanny desistió, temiéndose lo peor.

De hecho, bajo la mesa, Shirley estaba intentando encontrar uno de sus pies para pisarlo. Y aquello podía ser sólo el principio.

Fanny no quería cruzar la línea.

Porque existía una línea.

Y en aquel momento estaba sobre la mesa, entre las dos, en aquel bar vacío, sin testigos, a excepción de la mujer de pelo rizado que había tras la barra, una mujer que fumaba sin parar, como Shirley, pero que nunca había sido guapa aunque sí había tenido una amiga tan guapa como Shirley y estaría dispuesta a cualquier cosa con tal de recuperarla, con tal de sentirse como entonces, tan fuerte, tan *invencible*. Por eso, si Fanny cruzaba la línea y Shirley se atrevía a arrancarle un mechón de pelo, a tirarla al suelo y patearle el estómago, aquella mujer, la mujer que había tras la barra, la mujer del pelo rizado que echaba de menos a su mejor amiga, no diría nada, no abriría el pico. Se limitaría a sonreír y a recordar, a sonreír y a recordar.

—No tiene ni puta idea —espetó Shirley, y la línea desapareció, porque Dundee había bajado la vista dando a entender que no pensaba cruzarla, que iba a limitarse a hacer lo que Perenchio *dictara*—. Fancher no tiene ni puta idea.

—¿No? —dijo Fanny, cruzando los dedos bajo la mesa para que no fuera demasiado tarde, para que Shirley no se levantara y le echara encima lo que quedaba de su zumo de piña por haber intentado cruzar la línea.

—No. No tiene ni puta idea —repitió Perenchio—. Y no entiendo cómo puede estar haciéndome esto.

—¿Qué te está haciendo? —preguntó, ingenua, Dundee.

—¿Que qué me está haciendo? —Shirley frunció una vez más el ceño, su *deseable* ceño rubio y perfecto—. Lo está jodiendo todo.

Fanny dio un apresurado sorbo a su zumo de piña, tan apresurado que se atragantó y tuvo que toser, como una estúpida, mientras Shirley ponía los ojos en blanco y miraba la punta de su cigarrillo.

—¿Por qué? —preguntó Dundee, con un hilo de voz, en mitad de aquel estúpido (COF COF) ataque de tos (COF).

—¿Que por qué? ¿Es que no te estás enterando de nada? —Shirley volvió a poner los ojos en blanco—. Se suponía que yo tenía que chupársela a Lero *después*. Se suponía que ella iba a chupársela a Reeve y que luego *yo* se la chuparía a Lero.

—¿Y no puedes hacerlo? —preguntó Fanny, todavía con un hilo de voz, y a continuación le dio un nuevo trago a su zumo, asegurándose de que lo hacía de la forma correcta, para acabar de sofocar la tos.

—No —respondió Shirley—. Porque la ha cagado.

Fanny no podía entender por qué la había cagado Fancher, pero no pensaba preguntárselo. Iba a esperar a que fuera ella quien se lo dijera. No tardó demasiado.

—Ahora voy a tener que chupársela al puto De Marco —dijo.

¿QUÉ? PERDONA, ¿QUÉ HAS DICHO? ¿Que vas a tener que chupársela al puto De Marco? ¿Y se puede saber POR QUÉ?, querría haber preguntado Dundee. Pero lo único que hizo fue apurar su vaso, consternada. De repente se sentía mareada. Tenía unas horribles ganas de vomitar. Quería salir de allí. ¿Qué demonios hago aquí? ¡Es Shirley Perenchio, por Dios santo! ¿Cuántas veces has deseado patearle el culo?

—Muchas —dijo, en voz alta.

—¿Qué? —preguntó Perenchio.

—Oh, nada —se disculpó Dundee.

Shirley la miró intrigada.

—¿Te has liado con alguien alguna vez, Dundee?

Dundee negó con la cabeza, avergonzada, pero incapaz de mentir.

—¿Eres bollera? —preguntó Shirley.

—No —dijo la chica.

—¿Y no sientes, no sé, curiosidad? —preguntó La Envidiable Shirley Perenchio.

—No —dijo Dundee, y, en cierto sentido, estaba mintiendo. Porque sí había sentido curiosidad. Y precisamente había sentido curiosidad por hacerlo con Reeve De Marco. El puto Reeve De Marco, según Perenchio.

—Eres rara —sentenció Shirley, el flequillo rubio cayéndole de una manera francamente encantadora sobre su ojo derecho y definitivamente azul cielo.

Fanny no dijo nada. La cabeza le daba vueltas. Deseaba poder salir de allí de una vez, salir y vomitar, detenerse en el primer lavabo que encontrara y vomitar aquel zumo del demonio, encerrarse luego en una de las cabinas y tratar de memorizar el número de huesos que formaban el esqueleto de un braquiosaurio, olvidar, olvidar que había pasado una hora con Shirley Perenchio, que había *perdido* una hora con la Chica Más Popular del Instituto.

—Debería decirle a Reeve que yo puedo hacerlo mejor. —Shirley parecía estar pensando en voz alta, miraba la botella de Coca-Cola y pensaba en voz alta. Decía—: Que yo puedo hacerlo mucho mejor.

—No lo entiendo —se aventuró Dundee, cansada, triste, deseosa de ahorrarles a sus futuras espinillas aquel espectáculo dantesco—. Pero ¿no intentó pegarte el otro día?

—Sí —dijo Shirley, con desgana, y luego sonrió—. Pero a lo mejor debería invitarle al baile. Así se jodería Fancher.

—Sí —dijo Dundee.

Así *seguro* que se jodería Fancher, pensó.

—¿Tú crees? —preguntó, de repente esperanzada, Perenchio.

Fanny asintió.

—¿Y crees que le jodería a Lero? —preguntó luego.

Todos en el Robert Mitchum sabían que a Leroy Kirby le gustaba Perenchio. Que acabaran saliendo juntos sólo era cuestión de tiempo. Como era cuestión de tiempo que el sol se apagara y la Tierra se fuera al infierno.

—Sí —respondió Dundee, y a punto estuvo de añadir:

—¿Puedo irme *ya*?

Pero no lo hizo.

Si lo hubiera hecho, no habría tenido que escuchar lo que Shirley dijo a continuación. Lo que Shirley *ordenó* a continuación.

—Pues vas a decírselo —ordenó—. Vas a decirle a De Marco que iremos juntos al baile. Y luego le dirás a Lero que Perenchio va a ir al baile con Reeve.

Shirley asintió para sí. Se apartó el flequillo de la frente y añadió:

—Y veremos qué pasa.

Veremos.

Qué.

Pasa.

Así de sencillo.

Con aquellos ojos agrandados por el efecto lupa de sus gafas Patilla de Elefante, Billy Servant contemplaba su última obra maestra. Estaba en el lavabo de chicas de la primera planta, con uno de sus zapatos de charol metido en uno de aquellos charcos putrefactos que parecían multiplicarse por momentos, como se multiplicaban los granos infectados en la espalda de Eliot Brante, y contemplaba la pared que había sobre los lavamanos, apenas un puñado de baldosas blancas, con orgullo, y *miedo*. Miedo porque lo que había escrito

ERIN FANCHER ESTÁ MUERTA PERO CHUPA POLLAS

podía llevárselo a la tumba. Si es que las tumbas existían. Porque bien podía ser una coartada que la Administración del Planeta de los Muertos se había inventado para no tener que devolver, uno a uno, a todos sus habitantes.

—Molaría —se dijo Servant, y posó el índice derecho en el puente de sus gafas y las impulsó nariz arriba.

Durante ese fin de semana había pensado mucho en Fancher y había pensado mucho en la muerte y había pensado mucho en su padre. Tal vez su padre había *muerto* y no había tenido forma de regresar a casa. Tal vez había existido una nave, una nave que había aterrizado y, sí, se lo había llevado, pero no a un planeta cualquiera, sino al Planeta de los Muertos, donde existían centros comerciales para muertos y películas de ciencia ficción para muertos, restaurantes que sólo servían cerebros y presentadores de televisión a los que no les preocupaba su aspecto. ¿Por qué no? ¿Por qué no podía existir un Planeta de los Muertos si existía un Planeta de los Vivos? ¿Acaso no estaban *todos* vivos en aquel planeta?

—¿Servant? —oyó que decía alguien a sus espaldas. Tan concentrado estaba en la contemplación de su última obra que ni siquiera había oído abrirse la puerta. Oh, mierda, joder, pensó Servant. Y se dio media vuelta con cautela. Estaba convencido de que sería Wanda Olmos y de que esta vez iba a romperle un brazo, tal vez las *dos* piernas, o, quién sabe, quizá la nariz. Y con la nariz, las gafas. Oh, jo-der, pensó Servant. Mi madre me matará, pensó a continuación.

Pero resultó que no era Wanda.

Era Erin Fancher.

La chica zombie.

Jo-der, tío.

Jo-der.

—Es... Yo... —De espaldas a su última obra maestra, con el rotulador nuevo aún en la mano, Servant trató de tapar lo que había escrito con su cuerpo, extendiendo los brazos, como una especie de vampiro sin capa que pudiera levantar el vuelo y escapar, escapar a un mundo mejor, quizás aquel maldito Planeta de los Muertos—. No es lo que, joder, Fancher, es que... *Jo-der*.

—Lo he visto —dijo la chica.

—¿Lolo... Lolo... lo...?

—Bórralo —ordenó Fancher.

—Nono, no es, bueno, no se, *puede*.

—Claro que se puede —dijo Fancher—. Bórralo.

Muerto de miedo, Servant abrió un grifo. Se mojó la mano y empezó a restregar las baldosas. Nada, aquello no pensaba irse. No pensaba irse a ninguna parte.

—No, es que no se va a ir, es un, es un... —empezó a decir Servant.

—Un puto permanente, ¿no? —Fancher se aproximó a él. Servant sintió crujir cada uno de sus huesos cuando lo hizo. Aquel olor
a mierda
desagradable hizo que el aire se estancara, que dejara de circular, y que Servant tuviera la sensación de que podía ahogarse, de que podía ahogarse en cualquier momento y decirle adiós (BYE BYE) al lavabo de chicas de la primera planta y al cruel pero a ratos agradable Planeta de los Vivos.

—Sisisisí —dijo Servant, todavía de espaldas.

—¿Y por qué lo has hecho?

Servant no contestó. Se limitó a dejar caer los brazos, rendido. No pensaba darse la vuelta. Si ella quería hacerlo, que lo hiciera. Que acabara de una vez. Que le *mordiera*.

—Te dije que no se lo contaras a nadie —dijo Erin, con aquella voz que parecía la voz de un camión que acabara de descubrir que podían dolerle las muelas, porque sí, tenía muelas, quizá en la cabina, puede que incluso en el salpicadero, sólo que nadie podía verlas—. No sé qué coño te pasa conmigo.

Me gustabas, pensó Servant.

Cuando estabas *viva*, me gustabas, pensó.

Pero dijo:

—Nada.

—¿Y por qué siempre te metes conmigo, tío? El puto instituto está lleno de gente que no está jodida y tú tienes que meterte conmigo, que ya estoy lo suficientemente jodida, ¿no? Tío, he sacado un puto cero y medio en Lengua porque la puta Pelma Ellis me odia, y todo el mundo cree que soy una zorra porque Reeve se corrió en mi cara. Y encima estoy muerta, tío, estoy muerta y nadie, *NA-DIE*, se ha dado cuenta.

—Yo-yo *sí* —dijo Servant.

—Ya —dijo Fancher—. Tú sí.

El chico se dio la vuelta, lentamente.

Lo primero que vio fue una camisa de leñador.

Una camisa horrible de leñador.

No era muy distinta de sus chalecos de lana.

Luego vio aquella mugrienta gorra. La tenía calada hasta las cejas, las despellejadas cejas de aquella *cosa* en la que se había convertido Erin Fancher. Servant no tenía forma de saberlo, pero en aquel preciso instante un gusano hambriento le babeaba el codo izquierdo a lo que quedaba de Fancher, por debajo del jersey.

—¿Y ahora qué? —Fancher inyectó su amarillenta mirada en los esquivos ojos agigantados de Billy Servant—. ¿Te doy miedo?

Servant bajó la vista y asintió.

—¿QUÉ? —Fancher se rió. Tenía una risa horrible. No se parecía en absoluto a una risa. Parecía el llanto de un bebé. Sonaba así: BEU BEU—. ¿El puto Billy Servant me tiene *miedo*?

Servant deseó con todas sus fuerzas que Wanda Olmos irrumpiera en el lavabo. Quería que Wanda Olmos le tatuara otro de aquellos lunares en la frente. Que intentara romperle un brazo. Prefería perder un brazo a la cabeza.

—¿Qué crees que voy a hacerte? —La chica dio un paso hacia él. Fue un paso torpe y hueco. Por un momento, Servant creyó que no había *ningún* pie dentro de aquella bota de punteras despellejadas.

—Hazlo de una vez —dijo y cerró los ojos.

—¿El qué? —preguntó Fancher—. ¿Crees que porque lo hayas escrito en la pared voy a hacértelo? ¡Eres el puto Billy Servant!

—¿Qué? —Servant se dio media vuelta, como para comprobar que lo que había escrito seguía allí, y allí estaba, pero no había escrito nada sobre rebañar cerebros—. ¿No vas a... *morderme*? ¿No hacen eso los muertos vivientes?

—Tío, esto no es una puta película, ¿vale? —Ésa era Fancher, calándose aún más la gorra y deshaciéndose definitivamente del gusano hambriento que reptaba por su codo izquierdo—. No voy a comerme tu cerebro.

—¿No? —Servant suspiró (FIU) realmente aliviado (OH, DIOS)—. ¿No tienes hambre? Quiero decir... ¿No quieres comer *cerebros*?

—No —dijo Fancher.

Seguían solos en el lavabo de chicas de la primera planta. Goteaba un grifo. El sonido intermitente de la gota golpeando la pica de mármol era lo único que se oía. Eso, y el resollar (RRRRRR) de Fancher, que, por cierto, había mandado al infierno a Susan Snell y había inaugurado un nuevo diario. Lo había llamado *Mi Nueva Vida Como Chica Zombie*.

—Oh —dijo Servant—. Vaya.

—Sí. Vaya.

—¿Y qué... qué comes?

—Casi nunca tengo hambre —dijo Fancher.

Servant se empujó las gafas nariz arriba. Luego dijo:

—Lo he pensado, ¿vale? —Y—: Creo que estás atrapada entre dos mundos.

—¿QUÉ? —Erin abrió mucho los ojos. Servant pudo oírlos *crujir*, como si en vez de ojos fuesen croquetas que alguien (CRUNCH) mordía a cada (CRUNCH) nuevo pestañeo—. ¿Estás loco?

—No —dijo Servant—. Creo que... Verás, lo he pensado y... Bueno. Es probable que existan dos planetas.

—¿Dos planetas? ¿Qué se supone que es esto ahora, una novela de Robbie Stamp?

—No me gusta Robbie Stamp —se apresuró a contestar Servant—. Prefiero a Voss Van Conner. Sus historias son mucho más...

—¿Voss Van Conner? ¿Ese chiflado?

—¿Lo has leído? —Esta vez fue Servant quien abrió mucho los ojos.

—Claro. *Excursión a Delmak-O*. Edificios comportándose como personas. ¿Y por qué no *libretas* comportándose como personas?

—Tienes uno ahí —la interrumpió Servant. Estaba señalando su barbilla.

Fancher se sorbió los mocos (SURUP) antes de aplastar (FLAP) al gusano.

—Oh, jo-der —dijo Servant.

—Sí, es una puta mierda.

—¿Y has pensado qué... vas a hacer? —preguntó el chico.

Fancher asintió. Tenía la mochila a la espalda pero no sujetaba las asas con las manos por miedo a perder un dedo. Mantenía los brazos pegados al cuerpo, como la robótica versión de una alumna maquillada.

—Voy a ir al médico —dijo.

—¿En serio?

—Al puto psiquiatra.

—No.

—Sí.

—¿Por qué?

—¿Cómo que por qué? Porque a lo mejor estoy loca.

—¿Estás muerta y crees que estás *loca*?

—No puedo estar muerta, Servant.

—¡Claro que lo estás! —espetó el chico—. ¿O es que yo también estoy loco?

Fancher le miró. Servant se miró.

—Ya, sí. Soy un puto chiflado, ¿no? —dijo el chico.

—¿Sabes cómo te llaman los demás?

—Psicópata.

Erin asintió.

—Patilla de Elefante —dijo.

—Tío raro. Puto Billy Servant. —Y, dicho esto, el chico sonrió, sonrió y añadió, a la vez que se subía las gafas, nariz arriba—: Me las sé todas.

—¿Y te da igual?

—Claro. —Servant se encogió de hombros. Luego se miró el chaleco. Se arrancó una bolita de lana vieja—. Son estúpidos.

—¿Yo también? —preguntó Fancher.

—*Shirley* es estúpida —respondió Servant.

—Shirley es subnormal —dijo Fancher—. La odio.

—¿Oficialmente?

—Oficialmente.

—Uhm. —Servant se rascó la nariz. Luego volvió la vista a la pared en la que había *impreso* (el rotulador chirriando sobre las baldosas) su obra maestra y dijo—: Ya lo tengo. JEI JEI. *Ya-lo-tengo*.

—¿Y ahora qué coño te pasa?

Servant se aproximó a la pared pintada, retiró el tapón de su rotulador y tachó el nombre de Fancher, y justo debajo escribió el de Shirley Perenchio. Con el nombre de Fancher y la alusión a su estado actual (a su *muerte*) construyó un pequeño barco sobre el que navegaba el nombre de Perenchio.

—¡Tachán! —dijo Servant.

Y Fancher sonrió. Lo que leyó

SHIRLEY PERENCHIO CHUPA POLLAS

la hizo sonreír.

Lo que quedaba de su labio crujió ligeramente cuando lo hizo.

Luego dijo:

—Mola.

A menudo Fanny Dundee soñaba con ser Laura Dern, la protagonista de *Jurassic Park*, su película favorita. Si fuera Laura Dern, el mundo sería un lugar menos horrible, aunque estuviese lleno de dinosaurios. Su vida consistiría en tratar de huir de los velocirraptores, no cruzarse en el camino del maléfico Rex, el tiranosaurio, y acariciar de vez en cuando a un triceratops. Pero no era Laura Dern y tenía que hacer cosas que no le gustaban. Como por ejemplo, decirle a Reeve De Marco que Shirley podía hacerlo mucho mejor. Dundee esperó hasta que la clase de Lengua hubo acabado para acercarse al Único Chico Con El Que Soñaba Todas Las Noches y decirle que Shirley... Oh, aquella cosa del demonio.

—¿Qué? —Ésa era la reacción de Reeve.

—Sisisisí. Dice que, oh, Shirley dice que... ¡El baile! ¡Sí! Shirley dice que quiere ir contigo al baile —corrigió Dundee.

—¿Conmigo? —Reeve sonrió. Tenía una sonrisa bonita, pese a su colmillo montado en la encía—. ¿No me llamó subnormal el otro día?

A Reeve no le gustaba Perenchio pero podía joder bien a Lero si aquello iba en serio. Y nada le apetecía más que joder *bien* a Lero. Aunque joderlo significara arriesgarse a perder la puta cabeza.

—Oh, es... —Dundee se tocó una trenza. Sintió que se le secaba la boca. Lo que dijo a continuación lo dijo con una voz que parecía provenir de una catacumba—. Supongo que ha cambiado de opinión.

—¿En serio? —Reeve volvió a sonreír. Dundee sintió que algo (quizá una garra de velocirraptor) se clavaba en uno de sus pulmones. No podía soportar ver aquella sonrisa. Así que bajó la vista, y (AUMPF) cogió aire.

—¿Has oído, tío? —Ése era Reeve, que había dado por un sí la no respuesta de la chica que soñaba con ser Laura Dern. Se estaba dirigiendo a Eliot Brante.

—¿Qué? —dijo Eliot.

—Que Perenchio quiere ir conmigo al baile —dijo De Marco, en voz muy alta, mirando por encima del hombro a Leroy Kirby, que se sentaba al final de la clase, convencido de que podía oírle y de que, de hecho, le estaba *oyendo*.

—No jodas, tío —dijo Brante, mirando, también, a Lero.

—QUÉ COÑO MIRAS, TÍO. —Fue la respuesta de Kirby.

Brante dijo:

—Nada, tío.

—PUES NO MIRES.

Reeve se rió. Miró descaradamente a Kirby y se rió.

Kirby deseó aplastarle la cabeza.

Arrancársela de cuajo, con columna vertebral incluida.

Joder.

La consulta de Dudd Droster, ex bajista de Your Flesh, banda que había liderado Hampton Fancher, el padre de Erin, hacía un millón de años, se encontraba en el número noventa y seis de la calle Lambiek, en lo que se conocía como el Barrio Amarillo de Elron. El Barrio Amarillo de Elron era ciertamente *amarillo*. La culpa era de un pintor holandés, llamado precisamente Lambiek, como la calle en la que se encontraba la consulta del doctor Droster, que se había instalado en la ciudad, por entonces apenas un pequeño pueblo, a principios de siglo. Lambiek, de nombre Bas, se había enamorado perdidamente de un tipo poderoso que, a su vez, se había enamorado de él. El barrio amarillo fue idea de Lambiek. Una idea maravillosa. Pintar de amarillo todo un barrio. Pintar de amarillo todas las casas. Una a una. A su amante la idea le fascinó. Pero ¿iban a hacerlo acaso? Por supuesto que sí. ¿Sin pedir permiso a sus propietarios? Claro, ¿acaso debía el alcalde de la ciudad, por entonces todavía pequeño pueblo, pedir permiso? Por supuesto que no.

Así que ésa es la historia.

En cualquier caso, la consulta de Dudd Droster, que en otro tiempo había sido la consulta de Brettel Droster, la madre de Dudd, estaba situada en el Barrio Amarillo, en un edificio de cinco plantas de inspiración, ciertamente, holandesa, es decir, alrededor de unos treinta metros cuadrados por planta, distribuidos de la siguiente forma: junto a la entrada, una parte de la escalera de caracol de peldaños excesivamente estrechos que recorría el edificio, y dos estancias comunicadas por lo que cualquier descendiente del tipo poderoso que había enamorado a Lambiek consideraría un pasillo *ridículo*. La planta baja la ocupaban la recepción y una pequeña biblioteca. La primera, una pequeña sala de espera y el despacho con diván del doctor Droster. La segunda, la tercera y la cuarta formaban, entre todas, el apartamento del doctor Droster. Y la quinta era el lugar de reunión de los pacientes crónicos de Dudd Droster. Cada lunes y cada jueves, a partir de las siete de la tarde, Francine Delgado ascendía, absorta en la contemplación de las puntas de sus zapatos de hombre, los cinco pisos hasta alcanzar la buhardilla en la que tenían lugar sus reuniones de chiflados. Y cada semana lo hacía con la sensación de que la fuerza de la gravedad había aumentado en aquel espacio enmoquetado y tenía que sujetarse con lo que creía era cada vez más fuerza al pasamanos para no ser engullida por las profundidades de aquella casa amarilla.

De ahí que intentara subir a toda prisa las escaleras.

Sin ni siquiera levantar la vista.

Aquella tarde de lunes, sin embargo, algo la hizo detenerse en el segundo piso y levantar la vista de las puntas de sus zapatos de hombre.

Y ese algo era el olor. Un olor indescriptible, un olor *a mierda*
insoportable que parecía provenir de la chica cubierta de tiritas que había sentada en el mullido sofá granate de la sala de espera de la consulta de Dudd. Francine la miró con detenimiento. El pelo, largo, le cubría buena parte de la cara. El flequillo, de hecho, le tapaba los ojos. Llevaba un jersey de lana, quizá desmesuradamente grueso para aquella época del año, y unos pantalones rotos a la altura de las rodillas. De hecho, fue en una de las rodillas de la chica donde Francine *lo* vio. En un primer momento creyó que era una mota de polvo que hubiese crecido más de la cuenta y, casualmente, se desplazara de un extremo a otro de la abertura en el tejido en el momento en el que ella dejaba vagar la mirada sobre la rodilla de la chica. Tuvo que dar un paso al frente, un paso en dirección a la chica, desviándose de su camino, el apresurado ascenso cuyo campo gravitatorio se hacía cada vez más y más *fuerte*, para descubrir que lo que había creído que era una mota de polvo *blanco* era en realidad un *gusano* igualmente *blanco*. Un repugnante, pequeño, baboso y francamente nada *tranquilizador* gusano blanco.

Sintiéndose observada, la chica levantó la vista de la revista que había estado ojeando y la dirigió en primer lugar a Francine y su creciente sobrepeso y, en segundo, siguiendo la dirección de su mirada, a su rodilla. La chica aplastó el gusano con un gesto que Francine calificaría de despreocupado, similar al que se da en un acto reflejo, lo que la hizo pensar que, para aquella chica, aplastar gusanos blancos que reptaban por su rodilla era, tal vez, algo *habitual*; en cualquier caso, aplastó el gusano y luego la miró. Aterrorizada, Francine alzó una mano en el gesto universal del saludo y dio un paso atrás, regresando a la escalera enmoquetada y retorcida, retomando el ascenso tras un violento pestañeo.

—No me estoy volviendo loca —se dijo.

Llevaba exactamente cuatro días repitiéndoselo. De hecho, aquella frase, aquel No Me Estoy Volviendo Loca, se había convertido en una especie de mantra. ¿Su función? Alejarla del desvío que todos los pacientes crónicos del doctor Droster habían tomado. Un desvío que, a ojos de Francine Delgado, empezaba a resultarle cada vez más urgentemente apetecible.

Justo enfrente del edificio amarillo de cinco plantas en el que se encontraba la consulta del doctor Droster, había una cafetería llamada Pip Van Der Velden, en honor a la criada holandesa que la pareja formada por el pintor Bas Lambiek y el hombre descaradamente poderoso que había acabado convirtiéndose en alcalde, habían contratado cuando su, todavía secreto, romance estaba llegando a su fin. En la cafetería, decorada con supuestos retratos que Lambiek había pintado de la joven Pip (en realidad, dantescas caricaturas que más parecían retratos de cigüeñas malolientes), servían el mejor café con leche de Elron, acompañado, por cierto, de una galletita de mantequilla con incrustaciones de chocolate blanco, verdadera razón de que Velma Ellis considerara aquella cafetería de incómodos sillones verdiblancos la mejor de la ciudad.

—Usted sólo dijo un marido.

—Oh, Dios, ¿cuántas veces tengo que explicárselo?

Velma Ellis mordisqueó con rabia su galleta de mantequilla y miró al hombre que tenía delante: Weebey Ripley, el supuesto genio de la lámpara, el maldito genio de la lámpara, que primero había prometido concederle tres deseos y luego, ¿qué? Luego había conseguido que el director Sanders se prometiera *con otra*.

—Es lo que usted dijo.

—Me está tomando el pelo.

—Lo único que hice fue concederle un deseo —dijo Weebey.

Weebey se rascó la mejilla, a la altura en la que su bigote retocado con lápiz negro se curvaba, y añadió:

—Pida otro.

—¿Y arriesgarme a que le dé un hijo de *esa* mujer?

Weebey alzó su galleta de mantequilla, la observó durante un par de segundos y se la metió en la boca.

—¿Quiere un hijo? —preguntó el supuesto genio, con la boca llena, de forma que lo que Velma oyó fue algo parecido a: *¿Memé u mimo?*

—¿Cómo dice?

Weebey abrió la boca, dispuesto a hablar, pero se contuvo, masticó, pidió paciencia con el gesto universal de pedir paciencia cuando alguien está acabando de engullir un bocado (la mano extendida, los ojos cerrados, un leve asentimiento de cabeza), y finalmente, repitió:

—¿Quiere un hijo?

—¿Yo?

—¿Quiere un hijo de ese hombre?

—¡No! —bramó Velma, alzando la voz más de la cuenta, de manera que la pareja que ocupaba la mesa contigua levantó la vista y la miró con descaro—. Lo que quiero, señor Ripley, es un marido —susurró Ellis, todavía bajo la atenta mirada de la pareja, una pareja de mediana edad que nunca había oído hablar de Bas Lambiek, el pintor enamorado del alcalde.

Absorto en sus propios pensamientos, Weebey repuso:

—¿Cree que puedo pedir otra?

Se estaba refiriendo a la galleta de mantequilla, de hecho estaba señalando lo que quedaba de ella en el platito de café de Velma Ellis.

—¿Qué?

—Que si cree que puedo...

—Escuche, no sé lo que ha hecho pero quiero que lo deshaga.

—¿Es su segundo deseo? —preguntó Weebey, alzando la mano e indicándole al camarero que se acercara—. Si es lo que quiere, se lo concedo.

—No, no, un momento —dijo Velma—. No voy a volver a hacerlo.

—Tiene usted dos deseos más —dijo Weebey, y añadió—: ¿Podría tomar otra de estas deliciosas galletas, caballero?

Hablaba, por supuesto, con el camarero. Un chico con granos que no tenía nada de caballero. Pero de todos era sabido que Weebey Ripley se empeñaba en hablar como si acabara de escaparse de una novela de Julio Verne.

En cualquier caso, el camarero asintió y se fue por donde había venido.

—Está bien. —Velma Ellis se concentró. Los ojos cerrados, sus pequeñas manos sujetando las mejillas, sonrojadas, cansadas, incapaces de creerse que la cara de la que formaban parte estuviera teniendo aquella especie de cita con el tipo de la pajarita—. Esto es lo que quiero que haga.

—Espere —dijo Weebey.

—¿Y ahora qué?

Weebey recogió la galleta que le tendía el camarero, que se había acercado sigilosamente, le dio las gracias, se la quedó mirando como miran los peces al infinito, y se recreó en su primer bocado.

—Deliciosa —dijo.

Velma Ellis se miró el reloj. Eran más de las siete. Llegaban tarde a la reunión de pacientes crónicos del doctor Droster.

—Escuche, señor Ripley.

—Usted puede llamarme Weebey —dijo el estúpido genio, con la boca llena de galleta de mantequilla.

—No quiero llamarle Weebey, lo que quiero es que me invite al baile.

—¿Quién?

—Rigan Sanders.

—¿Su marido?

—No es mi marido.

—Oh, ya. Sí. Entiendo. El marido de... ¿Lundy?

—Lucy —dijo Velma.

—Eso es. Lucy. —Weebey estaba a punto de terminarse su segunda galleta y miraba con deseo el trozo que quedaba en el platito de café de la profesora suplente—. ¿Y no quiere que le busque otro hombre?

—No. Lo que quiero es que me invite al baile —repitió Velma.

—Muy bien —dijo Weebey—. Deseo concedido.

Velma lo miró incrédula, alzando las cejas hasta casi rozar su ridículo flequillo pelirrojo.

—¿Ya?

—Ya —dijo Weebey, y señalando el trozo de galleta, preguntó—: ¿Puedo?

El despacho de Dudd Droster era pequeño y acogedor. Una librería hecha a medida cubría la pared que quedaba justo detrás del escritorio, ocupado por una lamparita verde, un montón de expedientes ordenados alfabéticamente, un contenedor de pañuelos de papel y un manual de filosofía. Sobre el escritorio también había una foto del doctor Droster con su madre, Brettel Droster, tomada el día en que Dudd heredó la consulta del Barrio Amarillo. En ella, Dudd, un fornido y atractivo muchacho pelirrojo, sostenía a su madre en brazos y sujetaba entre los dientes las llaves de la consulta.

Desde donde se encontraba, sentada en el diván rojo sandía que presidía la sala, Erin Fancher acertaba a ver uno de los pies de la madre de Dudd Droster, enfundado en un reluciente zapato de charol.

Dudd Droster se aclaró la garganta y preguntó:
—¿Es tu primera vez?
Erin levantó la vista y asintió, dijo: Sí.
—Muy bien. —El doctor Droster sonrió—. Quiero que sepas que no tienes que contarme nada que no quieras contarme.
La chica asintió. Dijo:
—Ajá.
—Yo tenía una gorra como ésa —dijo el doctor Droster.
En la gorra ponía Your Flesh. Your Flesh era el nombre de la banda en la que Hampton Fancher y Dudd Droster habían coincidido, hacía un millón de años.
—Lo sé. Me la regaló mi padre.
Dudd se golpeó la frente con la palma de la mano.
—Claro, ¿cómo he podido olvidarlo? La pequeña de Fancher —se dijo.
Erin forzó una sonrisa. Sus labios resecos crujieron.
—Me dijo tu padre que tenías problemas con las chicas.
—No son las chicas —dijo Fancher—. Es otra cosa.
—¿Problemas de acné? —preguntó el doctor Droster, señalando tímidamente las tiritas que cubrían buena parte de la cara de la chica.
Erin frunció el ceño.
—¿Acné? —preguntó.
—No sé, ¿qué son todas esas tiritas?
—Las tiritas son el problema —dijo Fancher.
—¿Las tiritas?
—Lo que hay debajo.
—¿Y qué hay debajo?
—Llagas.
—¿Llagas?
—¿Por qué repite todo lo que digo?
—¿Estás enferma?
—Si se lo cuento no se lo va a contar a mi padre, ¿verdad?

Dudd negó con la cabeza.

—Vale —dijo Erin, y a continuación se quitó la gorra, se subió la manga del jersey y le mostró el brazo, azul, llagado, putrefacto—. ¿Ve eso?

—¿Un brazo? —preguntó Dudd.

—Sí, un brazo azul. Un brazo muerto —dijo la chica.

El doctor Droster se aproximó a la chica. Le cogió la mano, levantó el brazo y lo examinó.

—¿Te lo has hecho tú? —preguntó.

—¿Usted qué cree?

—Yo no creo nada.

—¿La verdad? —preguntó Erin Fancher.

Dudd Droster asintió, y dejó caer el brazo de la chica.

—La verdad es que no sé cómo lo he hecho ni si lo he hecho yo. Servant dice que es un hechizo.

—¿Servant?

—El psicópata del instituto.

—Ya —dijo Droster—. ¿Qué clase de hechizo?

—¿No lo ve? —Fancher le mostró el otro brazo, se señaló el labio al que le faltaba un pedazo—. ¿No lo ve?

—¿El qué?

—Estoy muerta —dijo la chica.

Y pensó: Ahora es cuando se vuelve loco.

Se vuelve loco y llama a mi padre y le pide que compre un ataúd.

Porque su hija está muerta.

—Muerta —repitió Droster.

Su cara era una cara corriente. No era una cara de pánico, era una cara corriente. La cara de alguien que no cree estar viendo un fantasma.

—Entiendo —dijo luego, y se alejó hacia su mesa.

—¿Qué?

—Así que estás muerta.

—Sí.
—¿Y cómo es que no estás bajo tierra?
—No lo sé.
—¿Y cuándo... desde cuándo?
—¿Desde cuándo estoy muerta?
Dudd Droster asintió. Había ocupado su lugar en la silla verde próxima al diván en el que Erin Fancher seguía incorporada. Le había quitado el tapón a su bolígrafo y había anotado en su libreta lo siguiente: «Chiflada número tres millones. Nueva variante del caso Rita Rodríguez. La paciente cree que está muerta. Interesante».
—Desde hace una semana —dijo Fancher.
—¿Y cómo... cómo ocurrió?
—No ocurrió. Un día me desperté y estaba muerta.
—¿Cómo llegaste a la conclusión de que estabas muerta?
Fancher lo pensó.
—Olía mal —dijo.
—Olías mal —repitió el doctor Droster.
—Tenía los pies hinchados. Se me cayó un diente. Empezó lo de las llagas. Me arranqué un trozo de labio. Y no me dolió.
—Ajá. —Dudd parecía estar en otro lugar. Dijo—: Los pies hinchados.
—Todavía los tengo hinchados.
Dudd Droster se aclaró la garganta. Se rascó la barbilla.
—¿Qué tal en el instituto, Erin? —preguntó.
—¿Qué?
—¿Alguna novedad?
—¿Novedad?
—¿Algún profesor nuevo, algún chico, alguna *nueva* chica? Tu padre me comentó que tu mejor amiga atravesaba una pequeña crisis.
—¿Qué crisis?
—¿Te gustan las chicas, Erin? —preguntó el doctor Droster.

—¿Qué? —Erin alzó sus despellejadas cejas, luego las bajó, comprendiendo a lo que se refería el doctor Droster—. Oh, no, no es eso.

—Pero a tu mejor amiga le gustan las chicas.

—Es mentira —dijo Fancher—. Me lo inventé.

Dudd Droster anotó en su libreta: «La paciente miente».

—¿Qué escribe? —preguntó Fancher.

—Escribo que mentiste.

—Oh, eso —dijo la chica—. No podía decirle a mi padre que estoy muerta.

Claro, pensó el doctor Droster.

—Hubiera sido una mala idea —dijo.

—No me cree, ¿verdad?

—Claro que sí —dijo Dudd, fingiendo comprensión, arrugando sus cejas pelirrojas y perfectas—. Te creo.

—Ya. Por eso actúa como si estuviera hablando con un muerto —dijo Fancher, poniéndose en pie y colgándose la mochila del hombro—. ¿Sabe qué? Será mejor que lo dejemos. Y que no le diga nada a mi padre.

Dudd Droster echó un vistazo a su reloj de pulsera.

—Acabamos de empezar —dijo.

—Me largo —dijo la chica.

Y eso fue lo que hizo.

Eran las siete y dieciséis minutos cuando Erin Fancher salió del número noventa y seis de la calle Lambiek. Y las siete y diecisiete cuando la señorita Ellis y Weebey (El Genio Socialmente Aislado) Ripley entraron en el edificio amarillo de cinco plantas. En ese minúsculo lapso de tiempo, sólo una de las dos acertó a levantar la vista en el momento justo para descubrir que compartían algo más que cierta aversión al Robert Mitchum.

Y no fue Erin Fancher.

6

¿Tiene pareja para el baile, señorita Ellis?

Descubrir que una de sus alumnas (*aquella* alumna en concreto, la que había escupido contra su coche y le había deseado la *muerte*) era paciente de Dudd Droster provocó un ligero cambio en las costumbres de Velma Ellis. Velma Ellis se levantaba cada mañana a la misma hora (las siete), preparaba una cafetera, se sentaba a la mesa de la cocina y leía una de las casi doscientas novelas de Robbie Stamp que almacenaba en su biblioteca, formada únicamente por novelas de Robbie Stamp, escritora de ciencia ficción que había escrito y escrito sin parar durante toda su vida, mientras mordisqueaba una tostada (casi siempre untada con mermelada de ciruela) y esperaba a que la cafetera emitiese su estúpido silbido. Pero descubrir que una de sus alumnas (en concreto, *aquella* alumna) era paciente de Dudd Droster había hecho que olvidara preparar la cafetera antes de sentarse a la mesa de la cocina, así que se había puesto a leer una novela de Robbie Stamp (llamada *Paraíso 23*) y cuando había echado mano de su taza de café, oh, demonios, la taza no estaba ahí. Entonces Velma había consultado el reloj con forma de hipopótamo que colgaba de una de las paredes de la cocina y había descubierto que... ¿QUÉ? ¿Qué clase de hora es ésa? ¿Cómo demonios puede ser *tan* tarde?

Sí, era tarde.

Se vistió, se dio cuenta de que no se había duchado, así que se desvistió, se duchó, se secó el pelo con una toalla (lo que, ciertamente, no lo secó en absoluto) y se metió en el coche. Condujo hasta el instituto mientras le castañeteaban los dientes. No podía dejar de pensar en Dudd Droster y la chica. La habitación de Dudd Droster y la chica. El libro de Schopenhauer sobre la mesa. Y, por supuesto, lo que había dicho Weebey Ripley, el Genio de la Lámpara.

Weebey había dicho:

—Deseo concedido.

Así que Rigan iba a pedirle que fueran juntos al baile.

Velma pensó en lo que iba a decirle cuando eso ocurriera, mientras aparcaba su viejo Ford en el párking de profesores del Robert Mitchum. Luego se miró en el espejo de mano que guardaba en la guantera, se deseó suerte y salió.

En el asiento del copiloto descansaba su manido ejemplar de *Paraíso 23*. En la portada, una siniestra nebulosa verde abrazaba a una pareja de extraterrestres azules demasiado atractivos para ser extraterrestres.

Eliot se metió la mano en el bolsillo y sacó su arrugado paquete de Sunrise, extrajo un cigarrillo y se lo colgó del labio inferior. Le gustaba hacer estupideces como aquélla. Sabía que no podía encenderlo, sabía que si lo hacía lo expulsarían, pero hacía estupideces como aquélla porque ahí estaba Reeve, su amigo del alma, y un poco más allá Leroy Kirby, el tipo al que todos querían impresionar y, sí, ciertamente aquélla era una buena forma de hacerlo. Guiñarle un ojo y señalar el cigarrillo y fingir que se tenía un mechero en la mano y que se estaba pensando en, sí, tío, encenderlo, darle una calada y tirarle el humo a la cara a la puta Pelma Ellis, tío.

—¿Qué coño te pasa? —preguntó Eliot.

—Nada —dijo Reeve.
—Estás como muerto, tío.
—Vete a la mierda, chaval.
Reeve sonrió.
Estaban en la puerta de clase esperando a que sonara el timbre.
—¿Vas a decirle algo? —preguntó Eliot.
—¿A quién? —quiso saber De Marco.
—A Perenchio, joder —dijo Eliot.
Reeve se encogió de hombros. Se mordió los carrillos. A ratos podía parecer increíblemente *ridículo*.
—Que me lo diga ella —dijo.
Luego miró a Kirby. Estaba un poco más allá, hablando con Cedric y Mazz, dos estúpidos repetidores. Reeve pensó: Voy a joderle. Voy a joderle *bien*.
Y luego dijo:
—Oye, ¿por qué no le dices a Lero que quiero hablar con él?
—¿Cómo?
—Ya me has oído.
—¿Y por qué yo? ¿Qué soy? ¿Tu puta criada?
—No me jodas, Eliot.
—Qué, ¿te da miedo?
Eliot le miró por encima del hombro.
Engreído de mierda, pensó De Marco.
Luego se retiró el flequillo de la frente y se acercó a Kirby con desgana.
Kirby le recibió con la espalda apoyada en la pared y un cigarrillo apagado colgando del labio inferior. Alzó sus rubias cejas en señal de saludo. Cedric y Mazz lo miraron de arriba abajo. Como un par de guardaespaldas.
—Tío —dijo De Marco.
—Qué —dijo Kirby.
—¿Colegas? —De Marco le tendió la mano.

Leroy frunció el ceño.

—¿De qué coño vas? —dijo.

—¿De qué coño voy?

—¿Sabes qué, De Marco? Estoy empezando a cansarme de tus gilipolleces. —Kirby despegó su espalda de la pared y se encaró con Reeve.

—¿Qué?

—Que no me va tu rollo de machito nenaza.

¿Machito *nenaza*?

—No te entiendo, tío.

Leroy se metió las manos en los bolsillos primero y lo hizo con decisión, como si se tratara de un acto ensayado, algo *necesario* para lo que vino a continuación. ¿Y qué fue lo que vino a continuación?

Leroy escupió.

Escupió un moco verde y asqueroso dirigido a Reeve De Marco. En concreto, a la mejilla izquierda de Reeve De Marco.

Un instante después, mientras el moco chorreaba mejilla abajo y Reeve se preguntaba qué demonios había hecho mal, qué había hecho para

convertirse en un machito nenaza

enfadar tanto a Kirby, estallaron las risas.

Carcajadas que sonaban como disparos de ametralladora.

Bien, esto es lo que harás, Reeve.

Nada.

Estás jodido, tío.

Cuando Hampton Fancher se despertó aquella mañana, su hija ya no estaba en casa. La noche anterior había intentado quedarse a solas con ella y no lo había conseguido. Así que había estado dando vueltas en la cama hasta bien entrada la madrugada. Su mujer dormía como un tronco a su lado. Sus rizos rubios se desparramaban sobre la almohada sin ningún tipo de reparo. No pensaban en él, como a menudo Hampton sospechaba que tampoco lo hacía su propietaria. Carmen llevaba semanas ausente, concentrada en su estúpido ascenso en aquella estúpida tienda de electrodomésticos, hasta el punto de que ni siquiera encontraba extraño que su hija estuviese cubriendo cualquier superficie al descubierto de su cuerpo con tiritas.

—Se le pasará —le había dicho aquella misma noche, cuando se metieron en la cama y Hampton quiso saber si había advertido que Erin no era la de siempre.

—¿Y todas esas tiritas? —Hampton esquivó su conversación con la chica, la visita al psiquiatra, el *problema* de Shirley Perenchio.

—Granos —atajó Carmen. Luego se dio media vuelta en la cama y dijo—: Hasta mañana, pequeño.

—No son granos, cariño. Está llamando la atención.

—Hasta mañana, Hampton.

—Le pasa algo, Carmen.

—Tiene dieciséis años, Hampton.

Ya, claro.

Tiene dieciséis años, ha sacado cero y medio en Lengua y a su mejor amiga le gustan las chicas, se dijo.

Pero tú no tienes ni idea, ¿verdad, Carmen?

Ni idea.

¿Y sabes por qué?

Porque tu hija te tiene miedo.

Así que más vale que te concentres en llegar muy lejos en tu estúpida carrera electrodoméstica porque todo lo demás (oh, oh) lo has perdido.

O estás a punto de hacerlo.

Todo eso se había dicho Hampton Fancher aquella noche y a punto había estado de encender la luz, sentarse en la cama y esperar a que su mujer ladrara:

—¿Y ahora qué? ¿Ha vuelto a entrar un extraterrestre?
Para soltarle:
—Tu hija ha sacado cero y medio en Lengua.
Y:
—Tu hija ha ido hoy al psiquiatra.
Y esperar a que se desatara la tormenta.

Quería verla enfurecer y maldecirse por no haber sido la primera en enterarse.

Pero sabía que si lo hacía, Erin no volvería a confiar en él.

Así que lo que haría sería llamar a Dudd.

Llamaría a Dudd y le preguntaría qué demonios pasaba con su hija.

Sí, eso es lo que haría.

Hampton Fancher descolgó el teléfono de la cocina y marcó el número del despacho de su ex compañero de banda. Respondió él mismo.

—Consulta del doctor Droster.
—Dudd, tío.
—¿Sí?
—Soy Hamp.
—¡HAMP! —Dudd se arrellanó en su sillón, y sonrió, dejando al descubierto su envidiable dentadura—. Me pillas de milagro.

Hampton echó un vistazo al reloj de la cocina.

Eran las nueve y media de la mañana.

¿A qué hora empezaba a trabajar un psiquiatra?

¿A qué, exactamente, se le podía llamar *trabajo* cuando uno era psiquiatra?

—Tío. —Hampton carraspeó. No le apetecía hablar con Dudd, el engreído ex bajista de Your Flesh, el Tipo Al Que Todo Aquello Le Había Parecido Una Gilipollez porque tenía una Mamá Con Consulta y tarde o temprano iba a ser Alguien. El muy estúpido—. ¿Podemos vernos?

—¿Va todo bien, Hamp?

En eso consiste su trabajo.

Dudd rebaña cerebros, pensó Hampton.

Luego dijo:

—Dímelo tú, Dudd.

—¿Yo? —Dudd dudó un segundo, luego se dio una palmada en el muslo derecho y añadió—: Oh, eso. Todo va bien, Hamp.

—¿De veras?

—Tu hija tiene dieciséis años, Hamp. Está en una edad difícil. ¿Alguna decepción reciente? ¿Un examen suspendido? ¿Un chico?

—Examen —dijo Hampton.

—Ahí lo tienes. —Dudd estaba jugando con el llavero de su coche, un caniche azul marino—. Apuesto a que tú o, ¿cómo se llamaba tu chica? ¿Sigues con aquella jugadora de voleibol? ¿La rubia?

—Sí, Dudd. —Estúpido, pensó Hampton—. Se llama Carmen, Dudd.

—Carmen, sí. Apuesto a que Carmen o tú habéis sido un poco más duros de lo normal con la pequeña, ¿me equivoco? Este tipo de cosas ocurren cuando alguien se niega, por miedo a las consecuencias, a afrontar un fracaso.

—¿A qué cosas te refieres, Dudd?

—A lo de que crea que está muerta.

—¿Qué?

—¿No te lo ha dicho?

—¿Eh?

—¿Estás siendo demasiado duro con la chica, Hamp?

—¿Yo?

—Tu hija cree que está muerta, Hamp —dijo Dudd, saboreando la perfección de su triunfo improvisado—. Cree que se está pudriendo. Como una especie de zombie. De ahí todo ese rollo de las tiritas. Asegura que cubren llagas *putrefactas*.

—*¿Llagas?*

—Puede que las esté creando ella misma —dijo Dudd—. ¿Alguna vez se ha autolesionado, Hamp?

—¿Podría estar haciéndolo?

—Es muy posible, Hamp.

—¿Por un examen? ¿Por un maldito examen de *Lengua*?

Dudd se echó a reír.

—Créeme, no es tan extraño —dijo, cuando logró sofocar su ataque de risa.

—¿No es tan extraño?

—No, Hamp. Una de mis pacientes cree que es una nutria. Y todo porque la despidieron del trabajo y recordó que el día más feliz de su vida fue cuando visitó el zoo con su padre. Lo único que recordaba de aquella visita era una jodida nutria. Y ahora ella cree que es una nutria. Así que créeme, Hamp, lo de Erin no es tan extraño.

—¿Y qué se supone que debo hacer? ¿Convencerla de que no está muerta?

—Puedes intentarlo, pero no servirá de nada.

—¿De nada? ¿Y qué hago?

Bien, está implorando, pensó Dudd.

Así me gusta, Hamp.

Hamp, Don Perfecto, Hamp, el Tío Bueno, Hamp, Soy Lo Mejor de Esta Banda, ¿en qué demonios te has convertido? ¿Un instalador de aires acondicionados que se casó con la chica más guapa de la pandilla para convertirla en un ama de casa y darle una hija que preferiría estar muerta?

No seas cruel, querido, dijo la voz de su madre en su cabeza.

Pero no pudo evitar sonreír.

—¿Qué hago, Dudd? —insistió Hampton Fancher.

—Supongo que deberías hablar con ella.
—¿Y qué le digo?
—Yo de ti le seguiría la corriente. Haz que se sienta comprendida. Hablad de muertos vivientes. De llagas putrefactas. No sé, dile que a ti te pasó una vez y que luego simplemente dejó de pasarte. Como un hechizo.
—Un hechizo —repitió Hampton.
—Eso es. Un hechizo.
—Vete a la mierda, Dudd.

La única novela romántica que había escrito Keith Whitehead, el escritor gordo que sólo escribía novelas sobre tipos gordos, estaba protagonizada precisamente por el director de un instituto (demasiado gordo, sí) que se enamoraba perdidamente de una de las alumnas del centro, demasiado delgada y demasiado joven para él. Mientras el tipo soñaba con hacérselo con la chica (y mientras soñaba con hacer otro tipo de cosas, como tener por fin a alguien con quien compartir un cubo gigante de palomitas), la profesora de la chica, que, por cierto, se llamaba Lucy, se levantaba cada mañana con la esperanza de acabar el día en la cama del director.

Sí, la profesora estaba tremendamente gorda.

Y sí, estaba enamorada del director que soñaba con la chica.

Rigan Sanders y la familia de melones que anidaba en su cada vez más prominente estómago estaban convencidos de que Whitehead era el mejor escritor del mundo. Al menos, el único que les había hecho sentir parte de algo, un universo cerrado en el que la grasa sólo era un impedimento para estúpidos demasiado delgados que, tarde o temprano, acababan descubriendo que era preferible ser gordo a ser lo que eran ellos, malas personas. Whitehead había sido, en gran medida, el culpable de que el director Sanders hubiese comprado aquella peluca pelirroja y estuviese a punto de pedirle a Bess Stark, la mejor chica para todo que el Robert Mitchum había tenido nunca, que se convirtiese en Lucy, su supuesta prometida, aquella misma tarde.

—Lo único que tienes que hacer es salir y esperarme en el coche —dijo el director Sanders. Las clases acababan de empezar y Bess Stark, Bess La Sueca, le miraba con el ceño fruncido desde el otro lado del escritorio—. Con esto.

Rigan señaló la peluca.

Bess sonrió.

—¿A qué está jugando, señor Sanders? —preguntó la chica, alzando aquel montón de pelo rojo—. No voy a ir *así* a ninguna parte.

—No quiero que vaya a ningún sitio, señorita Stark. Lo único que quiero es que me espere en el coche, al final de la calle. Y que se ponga sus gafas de sol.

—¿Mis gafas de sol?

—No quiero que ella la reconozca.

—¿Velma?

El director asintió.

—Muy bien. —Bess cogió la peluca y se la metió en el bolso—. Entonces le espero en el coche, al final de la calle, usted se sube, ¿y dónde vamos?

—Me lleva a casa.

—¿Y luego?

—Coge usted el autobús y se va a su casa.

—Eso era lo que esperaba oír.

—No quiero nada con usted, señorita Stark —dijo el director Sanders, y echó un vistazo a su ejemplar de *La chica equivocada*, la novela de Whitehead que había hecho creer a Sanders que comprar una peluca pelirroja era la única solución a sus problemas con Velma Ellis, la profesora suplente de Lengua.

—¿Y qué le hace pensar que Velma sí? —contraatacó Stark.
—¿Cómo?
—¿Qué le hace pensar que la señorita Ellis quiere algo con usted?

Rigan se arrellanó en su sillón, cogió la novela, la abrió por la página marcada, la página que había leído media docena de veces ya aquella mañana, y leyó:

—No lo sé. Lo único que puedo decirle es que un tipo como yo no merece mucho, pero merece algo y ese algo bien podría ser una chica. Y esa chica bien podría ser ella.

Bess Stark sonrió.

—¿Es usted un romántico, director Sanders? —preguntó.

—Como diría el propio Whitehead —replicó Sanders, mostrándole a Bess la portada del libro, en la que aparecía escrito el nombre Whitehead—. Sólo soy un tipo demasiado gordo que no hace más que engordar.

La Increíblemente Apestosa Erin Fancher llegaba tarde. Aunque no tan tarde como Velma Ellis. Velma Ellis llegaba *demasiado* tarde. La profesora suplente de Lengua avanzaba por el pasillo en dirección a su clase, decidida, mirándose las puntas de los zapatos, que eran amarillos, de un viejo amarillo gastado, tacón bajo y ancho, toctoc toctoc, oh, ahí tienen, es Pelma Peca Gorda Ellis, ¿cuándo dejó de ser una empollona repelente y *gorda* y se convirtió en profesora suplente de Lengua?

Pasó junto al cartel que anunciaba el Baile de Monstruos como una exhalación. El pasillo estaba vacío, a excepción de... ¿qué demonios era aquello? Había *algo* al final del pasillo. Oh, maldita sea, ¿eres tú?

Sí, era él.

Ahí estaba.

Velma detuvo sus decididos pasos y dijo:

—Largo.

Dijo:

—Déjame en paz.

Dijo:

—*Muérete*.

El silencio duró exactamente tres segundos.

Un. Dos. Y... El Vestido (o lo que Velma Ellis creía que era el Vestido, aquel maldito vestido de novia que no la dejaba dormir) contestó:

—¡He dicho que lo siento! —bramó.

A todo esto, el Vestido ya no era blanco, sino negro, y había cambiado el velo por una ridícula gorra carnívora (Your Flesh).

—¿Cuándo? —preguntó Ellis—. ¿Cuándo has dicho que lo sientes?

—¡Ahora mismo!

—No te he oído.

—Jo-der —susurró aquella *cosa*.

Las cejas de Velma Ellis se alzaron, sorprendidas.

Luego, el Vestido empezó a acercarse.

—No te muevas —dijo la profesora suplente de Lengua—. Me iré yo.

—Tengo clase —dijo el Vestido.

—¿Clase? —preguntó Velma Ellis.

—Esto sigue siendo un instituto, ¿no? —preguntó el Vestido, que seguía acercándose, *arrastrándose* hacia ella.

Velma Ellis parpadeó.

Una. Dos veces.

Cuando abrió los ojos por segunda vez, el Vestido había desaparecido.

Mejor dicho, el Vestido ya no era un *vestido*.

Era *ella*.

Aquella chica del demonio.

—¿*Fancher*? —preguntó la profesora suplente de Lengua.

—¿Señorita? —Fancher acababa de alcanzarla. No tenía buen aspecto. Estaba cubierta de tiritas. Tenía los labios agrietados. Olía francamente *mal*.

—¿Estás... bien? —preguntó la profesora.

—Me puso un cero y medio —dijo Fancher—. Y no tengo un cero y medio.

Ellis miró nerviosa su pequeño reloj de pulsera y, pensando que tenía que hablar con ella, que tenía que advertirle

Ese condenado Dudd es un demonio

sobre las terapias de choque del doctor Droster, dijo:

—No tengo tiempo para esto ahora, ¿por qué no te pasas por mi despacho luego?

—No.

—¿No?

—Me tiene manía.

Velma suspiró. Su flequillo dio un salto y se estrelló contra su pecosa frente.

—Nos vemos luego. A las tres. En mi despacho —dijo y, antes de empezar a alejarse, añadió un—: Y espero que sea cierto que no tienes un cero y medio.

Sentada al final de la clase, Fanny Dundee dibujaba un diplodocus en su mesa. Shirley estaba escribiendo *algo* en aquella estúpida libreta (Sally, la llamaba) mientras Fanny dibujaba el dinosaurio en su mesa fingiendo no prestar atención a lo que aquella condenada Espíritu del Más Allá estaba diciendo.

¿Y por qué fingía no prestar atención?

Porque si no, Shirley no querría volver a sentarse con ella.

Porque si no, Shirley no escribiría sus estúpidas *idas de olla*, así las llamaba ella, en aquella libreta (Sally) para que alguien como ella (¡Oh, sí! ¡La Póster de Dinosaurio!) las leyera. ¿Y acaso era eso lo que quería Fanny? ¿Leer sus *idas de olla*?

Bueno, digamos que era divertido.

Y que no tenía otro remedio.

A menudo Fanny soñaba con ser hija de una trapecista y un domador de leones y viajar por todo el mundo rellenando cuadernos de ejercicios.

Shirley le pasó la libreta (Sally).

Había escrito:

«Tía, estoy nerviosa».

Estupendo, pensó Fanny.

Con desgana, escribió:

«Yo también lo estaría».

La otra respondió:

«Tú nunca vas a estarlo».

Fanny levantó la vista. Miró a Reeve. Se imaginó con él, en la cama. Estaban en su casa. Una bonita casa junto al lago. Los dos tenían cerca de treinta años. Él le acariciaba un pezón mientras ella fingía que su mano derecha era un explorador en mitad de la selva que se había formado en su velludo pecho.

—¿Cuál es tu dinosaurio favorito? —le preguntaría él.

—El braquiosaurio —diría ella.

—¿Por qué?

Ella se encogería de hombros y contestaría:

—No sé. Es bueno.

—¿Y los demás no lo son?

—No. Los demás no.

El mundo es un lugar horrible, pensó Fanny Dundee, devolviendo la vista a (Sally) la libreta. Shirley había escrito: «¿Crees que debería chupársela?».

Cuando Wanda Olmos arrugó su mastodóntica nariz (la nariz de Wanda tenía aspecto de tienda de campaña) y dijo
Lávate, imbécil
lo que dijo, Billy Servant agachó la cabeza y deseó con todas sus fuerzas estar muerto. Muerto como Fancher.

Si estuviera muerto, pensó, me arrancaría una oreja y se la tiraría a la cara.

Pero no estás muerto, se dijo.

Así que joróbate, Servant.

¿Joróbate? ¿De dónde has salido, Servant? ¿De una de las novelas de Robbie Stamp? *¿Joróbate?*

Ése era el propio Servant hablando consigo mismo.

—¿De qué te ríes, puto psicópata de mierda? —preguntó Olmos. Su nariz con forma de tienda de campaña seguía arrugada.

—¿Lo dices por el lunar? —preguntó Servant—. Me gusta.

—Subnormal —dijo la chica.

Luego lo empujó contra la pared y siguió su camino.

—¡Eh! —bramó Servant.

Wanda se giró y extendió su dedo corazón.

—Jódete, subnormal —dijo.

—Oh, joder. —Servant suspiró.

Eran más de las diez y media. Se estaba saltando la clase de Matemáticas. Wanda Olmos también. ¿Y Erin? Había llegado tarde a primera hora y luego había desaparecido. Servant había tratado de llamar su atención durante la clase pero ella había ignorado todas sus miradas.

La muy estúpida.

¿Qué se había creído?

¿Acaso no sabía ya que se había convertido en la *apestosa* oficial de la clase?

Miss Tirita, la llamaban.

Miss Chaleco de Lana.

Bah, ¿qué se ha creído?, se repitió Servant, aquella vez en voz alta, mientras deambulaba por los pasillos de la primera planta. Después de todo, aquella estúpida leyenda sobre lo que le había hecho a un compañero de clase (Kory Krucker) en una excursión al Museo de la Ciencia de Volta (aquel maldito almacén de trastos viejos), hacía que nadie (ni siquiera los profesores, a excepción de la señorita Tempelton, siempre tan impetuosa) se atreviera a meterse con él (de acuerdo, sí, estaba Wanda Olmos). Simplemente, le dejaban en paz. Y él deambulaba por los pasillos, se colaba en el vestuario, se encerraba en los lavabos, y leía. Siempre viejas ediciones de bolsillo de novelas de ciencia ficción. Era todo lo que había quedado de su padre. Aquel montón de libros sobre extraterrestres de tres cabezas y planetas zapato.

—¿Servant?

Oyó una voz a su espalda.

No era la voz de Wanda Olmos, así que se detuvo y se dio media vuelta.

—¿No tienes clase? —preguntó la voz.

La voz pertenecía a la profesora pelirroja.

La nueva.

—Sí —confesó Servant—. Sólo que no me apetece entrar. ¿Y usted?

—Tienes que ir a clase.

—¿Y usted no?

—No. —Velma Ellis se ruborizó. El chico la miraba directamente a los ojos, desde detrás de aquellas gafas, gafas Patilla de Elefante, como las que había llevado su hermana Mel antes de mudarse a Vancouver.

Servant sonrió.

Acababa de fijarse en la novela que la profesora suplente de Lengua llevaba bajo el brazo, junto a lo que parecía una libreta de evaluación amarilla.

—¿Está leyendo a Robbie Stamp?

Velma asintió, sorprendida.

—¿Te gusta? —preguntó.

—A mi padre le encantaba —respondió el chico.

—¿Y a ti no?

—Bueno. Un poco —dijo—. Prefiero a Voss Van Conner.

—Conner. Lo conozco.

—Chachi. —¿Otra vez, Servant? ¿Estás seguro de que no te gusta Robbie Stamp? Porque pareces sacado de una de sus novelas, se dijo, antes de añadir—: Aunque es un poco raro.

—¿Raro?

—A las profesoras no suele gustarles la ciencia ficción.

Velma sonrió.

—Ah, ¿no?

El chico era, ciertamente, encantador. Pese a aquellos inquietantes chalecos de lana y sus todavía más misteriosos zapatos de charol.

—No. ¿Conoce usted a alguna?

Velma lo pensó.

—La verdad es que no —respondió.

—Tampoco conozco a ninguna chica a la que le guste —dijo Servant.

Y Velma Ellis, la profesora suplente de Lengua, que de niña fue Pelma Peca Gorda Ellis y se perdió su baile de graduación (y todos los demás bailes, incluido el único Baile de los Monstruos que había habido en su propio instituto), sonrió, complacida, y se preguntó si, oh, demonios, no podía llegar a un acuerdo con aquel chico tan *apuesto* y ser su chica la noche de Halloween.

Y, como si le hubiera leído el pensamiento, el chico preguntó:

—¿Piensa ir al baile, señorita?

—¿Yo?

¿Me ha..., oh, por Dios santo, lo ha hecho? ¿Me ha leído el pensamiento?

Quién sabe, Vel, esas cosas ocurren, se dijo la profesora.

Sobre todo en las novelas de Robbie Stamp, se añadió.

Pero lo cierto era que Servant llevaba todo el día pensando en pedirle a Fancher que fuese su chica aquella noche. Desde que se había levantado de la cama aquella mañana (ésa era la razón de que se hubiese puesto su chaleco favorito, el morado de rombos amarillos) pensaba en que sería lo primero que le dijera cuando la viera.

Pero aún no lo había hecho.

Por eso no podía pensar en otra cosa.

—Yo no pensaba ir, pero luego he pensado que podría estar bien —dijo el chico.

—¿Tú y... yo? —preguntó Velma Ellis, en un susurro.

—¿Usted y yo? —El chico se rió (Jeu-Jeu)—. Sería divertido.

Velma Ellis tragó saliva con un sonoro (GLUM) y preguntó:

—¿Te gustaría?

—¿Usted y yo? No lo dice en serio.

Velma sonrió.

El chico no.

—Oh, claro que no —dijo la profesora.

Y luego el chico dijo

¿Es una pervertida, señorita?

aquello, mirándola desafiante, su par de ojos del tamaño de pelotas de tenis escrutándola tras sus enormes gafas Patilla de Elefante, y Velma Ellis sintió que volvía a tener dieciséis años y que el mundo era un lugar horrible.

—No, no lo soy, Billy —dijo, con un nudo en la garganta y una humillante lágrima de estúpida (ingenua) pelirroja—. Y pienso informar de lo que estás haciendo.

—¿Y qué se supone que estoy haciendo, señorita Ellis? —preguntó Servant—. ¿Negarme a ir con usted al baile?

Estúpida, pensó la profesora suplente.

Estúpida, estúpida, estúpida.

El mundo seguía girando y los pies de Reeve De Marco seguían estando en algún punto de lo que Billy Servant consideraría el Planeta de los Vivos, aunque Leroy Kirby se la tuviera jurada. Reeve seguía intacto, y sonreía, con su colmillo hundido en la encía. Reeve se sentía el protagonista de una comedia de instituto con final exageradamente feliz. ¿Y en qué consistía exactamente ese final? Oh, Reeve no lo sabía. Pero era un final feliz. Y Leroy Kirby no existía. Leroy Kirby no era más que un nombre en un puñado de libretas de evaluación.

—¿Franny? —De Marco estaba haciendo algo más que imaginar que Lero Kirby había dejado de existir. Estaba llamando a Fanny Dundee—. ¡Eh! ¡Franny! ¡Aquí!

La clase había acabado y todos volvían a estar en el pasillo. Todos menos Fanny Dundee, Reeve De Marco y tres aplicados alumnos que eran popularmente conocidos por nombres que nada tenían que ver con sus verdaderos nombres. Lo que estaba haciendo Fanny era tratar de resolver la maldita ecuación que Atajo de Bobos había abandonado en la pizarra al final de la clase, y lo que estaba haciendo De Marco era esperar a que todo el mundo saliera para llamar la atención de la chica.

No se atrevía a hablar con Shirley.

Temía tartamudear y no saber qué decir y sentirse estúpido y fastidiarlo todo.

Por eso estaba tratando de llamar la atención de Dundee.

—Es Fanny —dijo la chica.

—¿Fanny? ¿En serio? —dijo De Marco.

Estúpido, pensó Dundee.

Fanny había dejado lo que estaba haciendo para dirigirse a la mesa que De Marco compartía con Eliot Brante, en los pupitres que, agrupados de dos en dos, se encontraban en la zona centro de la clase.

—Sí —dijo la chica.

—Oh. Bueno. Lo siento —dijo el chico. Se estaba mordiendo los carrillos. Fanny lo encontró francamente ridículo—. Es... Bueno. Es que... ¿No debería hablar con ella?

Fanny negó con la cabeza.

—Dice que la pases a buscar a las ocho.

—¿El jueves a las ocho?

Fanny asintió. La garra del velocirraptor seguía allí. Pero había dejado de sentirla. Por ella podía irse al infierno. Los dos podían irse al infierno.

—Muy bien —dijo De Marco.

Estúpido, pensó Dundee.

Te está utilizando, pensó a continuación.

Pero eso no fue lo que dijo.

Lo que dijo fue:

—¿No te da miedo Kirby?

—¿Qué? ¿Miedo? ¿Por qué iba a (JEI JEI) darme miedo (JEI) Kirby?

—No sé. Dice que te va a arrancar la cabeza.

—Nah —dijo Reeve—. Es Lero. Se le pasará.

—Creo que le gusta Shirley —dijo Dundee.

—¿Sí? —Reeve se retiró el flequillo de la frente y pareció mirarse a un espejo que no existía—. Nah, ¿en serio?

—Te ha llamado machito nenaza —dijo Dundee.

Aquello hizo que Reeve se ruborizara. Hizo que, de repente, como si acabara de recordar que el cielo podía volverse verde en cualquier momento, la máscara de inocente felicidad que había cubierto la cara de carrillos que se muerden pero no se mastican (ÑAM ÑAM) de Reeve De Marco se agrietara y se hiciera pedazos, pedazos que se evaporaron como se evaporan los vampiros al sol.

No era algo que Keith Whitehead hubiese aprobado. Que Don Glendin estuviera en su despacho, a aquella hora de la mañana, rascándose su maravillosamente tupido bigote rubio mientras tensaba los músculos de su brazo derecho con una ridícula pesa fucsia no era algo que el siempre despiadado Keith Whitehead hubiera aprobado.

¿Y por qué no?

Pues porque a Keith Whitehead no le gustaban los músculos.

Lo que Keith Whitehead solía decir era:

—No te fíes de ellos. No te fíes de los Hombres Músculo. Los Hombres Músculo pueden destrozar tu vida con sus músculos.

Un Hombre Músculo había destrozado ciertamente la vida de Keith Whitehead. Se había llevado a su mujer y a sus hijos, aduciendo que, con toda seguridad, los chicos serían más felices siendo Niños Músculo que Cuellos Neumáticos.

—No sé si sabe a lo que me refiero —estaba diciendo Don Glendin, en camiseta de tirantes y pantalón corto. No tenía un solo pelo en el cuerpo, a excepción de aquel impetuoso bigote y lo que parecía una peluca ondulada en la cabeza.

—No —dijo Sanders, aclarándose la garganta.

¿De qué demonios estaba hablando?

—Es una buena chica —dijo Glendin.

—Oh, sí, claro —contestó el director, arrellanándose en su crujiente sillón—. Yo la invitaría a cenar.

—¿Qué? —Las pobladas cejas de Don Glendin se arrugaron de una forma sorprendentemente atlética.

—¿No era una buena chica? —preguntó el director Sanders, que hubiera deseado tener el tamaño de la grapadora y escapar de su despacho en un helicóptero de juguete como el que guardaba en el tercer cajón de su mesita de noche.

—Tiene trece años —bramó, masticando (ÑAM ÑAM) las palabras, Don Glendin.

—Oh, eeeh, sí. Ya.

Don Glendin resolló, dispuesto a emprender una acalorada discusión con (sí) aquel montón de grasa de bigote ridículo, pero un oportuno (TOC TOC) en la puerta del despacho del director le detuvo.

—Es. Yo. Lo... Don —dijo Rigan.

—Ya. —El profesor se puso en pie—. No es asunto mío.

—¿Qué? —Ése era el director Sanders, tratando de escapar de su confortable aunque crujiente sillón de director—. No es. Don. No.

Pero Don Glendin ya estaba saliendo de su despacho, había alzado la mano en señal de (No-Se-Te-Ocurra-Volver-A-Abrir-El-Pico) y se había largado y, en aquel momento, el lugar que había ocupado el fornido y sudoroso cuerpo del profesor de Gimnasia lo llenaba la sonrisa intermitente de la señorita Ellis.

—¿Quería verme? —preguntó la profesora.

El director asintió y tragó saliva con un sonoro (GLUM).

Velma Ellis se había recogido el pelo y llevaba una holgada camisa amarilla y unos vaqueros ajustados. Sus viejos zapatos de tacón amarillos se encontraban en aquel momento a tres baldosas de los nuevos Dolden del director Sanders.

—Yo... Eeeeh... —empezó a decir el director Sanders—. ¿Aún colecciona invitaciones de boda?

—*¿Qué?*

Bravo, Rig, has metido la pata.

Ahora intenta salir de ésta.

—Invitaciones de (GLUM) boda —repitió, incapaz de

encontrar una salida con rapidez. Si algo podía decirse del director Sanders es que no era un tipo despierto, socialmente hablando.

—Oh. —Velma trató de sonreír. Su labio inferior tembló ligeramente antes de contestar—. Eh. Sí. Es. Bueno. Estúpido, ¿no?

—Oh, no. No lo es.

Rigan se puso en pie, se aclaró la garganta y le pidió que cerrara la puerta.

Y Velma supuso que lo sabía.

Aquel maldito chico del demonio se lo había contado.

Le había dicho: Me ha invitado al baile, director.

Y: Es una pervertida.

OH, Vel, estúpida.

Estúpida, estúpida, estúpida.

—¿Se encuentra bien? —preguntó el director Sanders—. No tiene buen aspecto.

Velma cerró la puerta del despacho, con un nudo del tamaño de un braquiosaurio en su garganta. Dijo:

—No.

—¿No? —El director Sanders alargó un brazo en su dirección, un brazo peludo y demasiado corto y, OH, la tocó. Estrechó su hombro (su *delicado* hombro pecoso) y asistió a la primera explosión de pepitas doradas en su estómago ocupado por aquella peluda familia de melones. Suspiró, emocionado, antes de añadir—: ¿Ha pasado algo? ¿Alguno de esos chicos le ha dicho algo? ¿Ha vuelto a molestarla Chuck?

—¿Quiere ir al baile conmigo? —espetó Velma Ellis, levantando la vista de repente y topándose con los pequeños ojos aceituna del director Sanders.

—Oh, vaya —dijo. Luego se rascó la cabeza. Llevaba un traje a rayas finas y corbata—. Se me ha adelantado.

—¿Cómo?

—No sabía cómo hacerlo. No soy bueno en esto. Lo siento. —Sanders se encogió de hombros—. Pero la respuesta es sí.

—¿Sí?

—Sí.

—Y qué hay de... Lucy.

—Es complicado —dijo el director Sanders, que ciertamente creía que era complicado hablar de alguien que no existía, alguien que no era más que una peluca que había comprado en unos grandes almacenes—. Es. Bueno. Ya sabe. Complicado.

Joróbate, vestido del demonio, pensó Velma.

Luego preguntó, esperanzada:

—¿Ya no van a casarse?

—A lo mejor no —se apresuró a responder el director Sanders—. Es...

Velma reprimió una sonrisa triunfal y agregó:

—Complicado.

—Exacto —dijo el director Sanders.

—Ya. —La señorita Ellis bajó la vista un segundo y se topó con una novela de Keith Whitehead llamada *Gordo Smith en Planeta Flaco*. Estaba sobre el escritorio del director Sanders—. ¿Keith Whitehead?

—¿Lo ha leído?

La señorita Ellis levantó la vista y sonrió.

—No —dijo.

—Es mi escritor favorito —dijo el director—. He leído todos sus libros dos veces. Y algunos, tres. Ése de ahí es mi favorito.

—¿Es ciencia ficción? —preguntó Velma Ellis, y no pudo evitar pensar en su charla con Billy Servant y, por un segundo, estuvo segura de que lo que diría Rigan Sanders a continuación tenía que ver con su despido por flirtear con un alumno.

—No. Es sobre gordos y flacos —respondió el director Sanders.

—¿Gordos y flacos?

—Whitehead es gordo.

—Oh.

—Pero escuche —empezó a decir el director Sanders, volviendo a estrujar su hombro derecho (su delicado y *pecoso* hombro derecho)—. Quiero hacer esto bien.

La miraba directamente a los ojos.

Lo sabe, pensó Velma.

—Director Sanders —empezó a decir ella.

—No, escúcheme. Quiero hacerle una pregunta.

El director Sanders se aclaró entonces la garganta, cerró los ojos y preguntó:

—¿Tiene pareja para el baile, señorita Ellis?

Él se había pasado la mañana buscándola, pero fue ella quien le encontró. Estaba tumbado en uno de los bancos de piedra del patio, usando su mochila como almohada y leyendo una novela de Voss Van Conner. Erin arrastró sus Doc Martens hasta allí, sintiendo que todo el mundo la miraba. Toda una clase de primero estaba en el patio, corriendo de un lado a otro, comandados por el escultural Don Glendin. Puto Glendin. Fancher trató de imaginárselo tratando de no romper a llorar al descubrir que se había vuelto azul, olía mal y se le caían las pestañas. Sólo una vez, en aquella primera semana infernal de lo que Fancher había bautizado ya como *Mi Nueva Vida Como Chica Zombie*, se había sentido La Increíble Mujer Muerte, una especie de superhéroe capaz de contagiar su *muerte*, y con ella, su mal olor y su carne putrefacta (y todas aquellas llagas) a los malos.

¿Y quiénes eran los malos?

Don Glendin era malo. Pelma Ellis era mala. Reeve De Marco era *muy* malo. Y Shirley. Shirley Perenchio era el demonio. Pero se suponía que era su mejor amiga.

—Puta —balbuceó Fancher, y una flema en la garganta hizo que sonara demasiado tenebroso. En el banco, Servant dio un salto, como si alguien hubiera pulsado un botón rojo amenaza y gritara (PELIGRO).

—¡Jobar! —bramó el chico.

—¿Jobar? —Fancher frunció el ceño.

—Oh, no, no, no —dijo Servant, incorporándose hasta quedar sentado en el banco y tapándose la cara con la novela de Van Conner—. No me vas a morder.

—¿Qué coño te pasa?

—No, ¿qué coño le pasa a tu voz?

—¿Qué le pasa?

—Suena a... monstruo.

—No jodas.

—Dios. —Servant volvió a taparse la cara con la novela de Van Conner. Se llamaba *La mañana siguiente* y el protagonista era un hombre azul con serios problemas de comunicación—. ¿Me vas a morder?

—¿Qué coño te pasa?

—¿Te has comido ya a alguien? —preguntó Servant.

—No estoy de humor. —Fancher alargó su mano azul y le quitó el libro.

Servant sonrió.

—¿Sabes cómo te llaman? —preguntó.

—No.

—Adivina.

—Vete a la mierda.

—Miss Chaleco de Lana.

—¿Qué?

—Creen que somos novios.

—No jodas. —Fancher se sentó a su lado en el banco. Su cuerpo emitió un millón de quejidos al hacerlo. Quejidos francamente inquietantes. Como de carne muerta hecha plástico flexible—. Puta mierda.

—Pues a mí me gusta. Tengo una novia zombie.

—No soy tu novia.

—Claro que sí. Pregúntale a quien quieras. Erin Fancher y Billy Servant se lo han montado. Aquí mismo. En este mismo banco. Todo el mundo lo sabe.

—No, lo que todo el mundo sabe es lo de Reeve y Shirley.

Erin y Shirley se habían visto aquella mañana, pero no se habían saludado. Apenas se habían mirado durante el tiempo suficiente como para que Shirley comprobara que Erin seguía llevando aquella gorra del demonio y seguía vistiendo como lo haría una *bollera*. Por su parte, Erin se había enterado de que Shirley y Reeve irían juntos al baile. A aquellas alturas, ya lo sabía todo el puto instituto.

—Deja de pensar en el puto Reeve. Es gilipollas. En serio.

—Ya —dijo Fancher.

—¿Ya?

—Es gilipollas.

Servant sonrió. Empujó sus gafas Patilla de Elefante nariz arriba y sonrió. Una avispa sobrevoló su cabeza cuando lo hizo. El césped del patio estaba recién cortado y olía mal. Aunque no tan mal como Fancher.

—No. Espera. Un momento. ¿Me estás dando la razón? ¿Erin Fancher, la mismísima chica zombie, me está dando la razón?

—Vete a la mierda, Servant.

—No. Espera. Déjame disfrutar de este momento.

—No hagas eso.

—¿El qué? —Servant se echó hacia atrás y volvió a acomodarse en la mochila—. ¿Tumbarme? No, espera un momento.

¿Qué ha pasado? ¿Cómo es que ahora tengo razón? ¿Tu cerebro está despertando? ¿Estás volviendo a la vida?

Fancher lo empujó al suelo. Lo hizo tan de improviso que lo tiró del banco.

—¿De qué coño vas?

—Te ríes de mí —dijo Fancher.

Servant se levantó, recogió sus gafas, se alisó los pantalones, aquellos ridículos pantalones de pana negros que se ponía dos veces por semana, y dijo:

—No tienes ni puta idea.

Luego recogió su mochila y empezó a caminar hacia el largo porche que comunicaba el patio con la planta baja del edificio de ladrillo rojo.

—Eh, tío —susurró Fancher—. ¡Espera! ¡Aún no te he contado cómo fue con el puto psiquiatra! *¡Espera!*

El chico siguió caminando.

—Joder, Servant, tío —se susurró la chica, poniéndose en pie y siguiéndole, dándose toda la prisa que sus hinchados pies le permitían—. ¡Servant! ¡Eh! ¡Servant! ¡Espérame, *joder*!

Servant fingió no oírla y siguió caminando. La mochila ajustada a la espalda y un estúpido nudo en la garganta, el mismo que se le formaba cada noche cuando se descubría pensando que su padre no estaba en realidad en otro planeta, sino que tenía otro hijo, y quizá también una hija, y puede que hasta un perro, otra familia, una familia *mejor*, lejos, en alguna parte, junto a uno de esos lagos en los que puedes bañarte y construir un embarcadero.

—Joder, tío, perdóname, ¿vale? —bramó Fancher, con aquella voz que podría haber sido la voz del monstruo del Lago Ness, si el monstruo del Lago Ness hubiese sido un lagarto gigante y hubiese estado *muerto*—. ¿Qué coño quieres, que me arrodille y me quede sin rodillas?

Servant se detuvo y esperó a que ella le alcanzara sin darse la vuelta. Miró hacia arriba y descubrió a Carla Rodríguez en una de las ventanas del primer piso. Esbozó su mejor sonrisa y extendió su dedo corazón en su dirección.

—Que te jodan, puta —dijo.

—¿Qué coño haces? —preguntó Fancher, cuando le alcanzó.

—¿Te cae bien Miss Maskelyne? Porque a mí no —dijo Servant, invitando a Fancher a que levantara la vista y saludara a Carla.

Fancher lo hizo, imitando a Servant.

Carla apartó la vista.

—Bien hecho, Fancher. Ahora las chicas te odiarán.

—Genial. Yo las odio a ellas.

—¿Cómo fue el psiquiatra?

—Mal. Era un puto psiquiatra.

—¿Y en serio no tienes ganas de rebañar cerebros?

—No. —Fancher se encogió de hombros—. Supongo que los zombies de las películas no están basados en los de verdad.

Servant se rió.

—Joróbate —dijo Fancher.

Servant redobló su risa de niña (jeijeijei), pasó con endiablada torpeza su brazo derecho por encima del hombro putrefacto de Fancher y (ZAS) le preguntó:

—¿Quieres ir al baile conmigo?

—Eh. —Fancher se zafó de su brazo—. No te pases.

—¿Entonces no?

—¿Cómo voy a ir contigo?

—¿Por qué no?

Fancher se quedó callada. Se pasó un dedo por los labios. Los notó agrietados y secos y se los imaginó de un rosa mortecino.

—¿Va en serio? —preguntó luego.

Servant asintió.

—No lo entiendo. Huelo mal. Me estoy quedando calva. Soy un monstruo. ¿Por qué ibas a querer salir conmigo?

Servant se encogió de hombros.

—¿Soy un puto psicópata? —preguntó.

Fancher sonrió.

—Eso seguro —dijo. Luego se miró el reloj. Estaba rodeado de tiritas—. Me largo. He quedado con Pelma.

—Dile que vamos juntos al baile, te subirá la nota.

—No vamos juntos al baile, Servant.

—Tú díselo. Y luego dile que eres fan de Robbie Stamp.

—¿Cómo lo sabes?

Servant sonrió.

—Te he visto.

—¿Cuándo? —Fancher parecía divertida.

—¿Vas a venir conmigo al baile?

—Billy, tío —respondió Fancher—. Llego tarde.

—Ya —dijo Servant.

Y pensó: Billy.

Me ha llamado *Billy*.

Melania Ellis, la hermana de Velma, estaba preparando tortitas cuando sonó el teléfono. Lo cogió, apretó el botón de descolgar y lo apoyó sobre su hombro derecho, de manera que pudiera seguir preparando el desayuno mientras hablaba con quien quiera que fuese. Eran las nueve menos diez en Vancouver, las tres menos diez en Elron. Y sí, la voz que respondió a su apresurado saludo era la de su hermana pequeña, que había decidido adelantar su cita telefónica mensual por alguna extraña razón.

—Estás embarazada —fue lo primero que acertó a decir Mel, mientras trataba de evitar que sus tortitas se convirtieran en tortitas con complejos.

—¡No! —bramó Vel, aunque la ocurrencia de su hermana la obligó a sonreír, al imaginarse sosteniendo un bebé gordinflón y pelirrojo—. ¿Por quién me tomas?

—Entonces qué. Qué pasa. No tengo mucho tiempo, Vel. Se me queman las tortitas. Y luego nadie las quiere. ¿Recuerdas lo que solía decir mamá de las tortitas?

—Oh, sí. Las tortitas son como nosotras. Sólo quieren que las quieran.

—Eso es. Y si no las quieren, se deprimen.

—Como nosotras.

—¿Estás deprimida, Vel?

—Oh, no.

—Entonces ¿es una buena noticia?

Velma permaneció en silencio un segundo, dos, tres. Luego dijo:

—Sí.

—Estupendo, Vel. ¿Puedes esperar un segundo? —Mel no esperó a escuchar la respuesta de su hermana, inició una pequeña charla con su marido, que acababa de irrumpir en la cocina, dijo algo parecido a: Es mi hermana, sigue deprimida, enseguida estoy contigo, pequeño—. Muy bien, ¿qué decías?

—No estoy deprimida, Mel.

—Oh, no, claro que no. Tienes buenas noticias, ¿no?

—Sí. Tengo una cita.

—Bravo, cariño.

—Con el director del instituto.

—Oh, vaya. ¿Y es guapo?

Velma calculó las consecuencias de su respuesta a la vez que puntuaba del uno al diez la belleza del director Sanders (no superaba el cuatro coma cinco): si decía la verdad, Mel podía llegar a aconsejarle que se olvidara de él (¿Qué decía mamá de los tipos gordos?, podía llegar a decirle), y si le mentía, si le mentía y todo salía francamente bien, si le mentía y llegaba a casarse con el director Sanders, ¿qué le diría su hermana cuando finalmente le viera?

—¿Eso es lo que tú entiendes por guapo, Velma? Porque yo estoy viendo a un gordo. Y ya sabes lo que decía mamá de los gordos.

Sí, algo así le diría.

Pero entonces ya sería demasiado tarde.

Así que optó por decirle que sí, que el director Sanders era muy guapo.

—Oh, me alegro, Vel. Intenta no joderla.
—¿QUÉ?
—Ya sabes. Intenta no joderla.
—Oh.
—Sí. Bueno. Oye, Vel. Estoy preparando el desayuno, ¿vale? Las tortitas se queman. ¿Por qué no hablamos en otro momento?
—Claro.
—Muy bien. Te llamo yo.
—Sí.
—Adiós.
—Adiós.

Velma Ellis colgó el auricular sintiéndose estúpida. A su hermana le traía sin cuidado que tuviera una cita. Su hermana sólo pensaba en esquiar y en cocinar tortitas. Su hermana no tenía que discutir con un vestido de novia todas las noches. No tenía que escucharle repetir una y otra vez que nunca se casaría. No tenía que asistir a aquellas reuniones de chiflados para sentir que discutir con un vestido era lo más normal del mundo, de la misma forma que lo es para alguien que cree que es una nutria comer truchas crudas a todas horas.

En ésas estaba la profesora suplente de Lengua cuando alguien llamó a su puerta. Era, efectivamente, Erin Fancher. La chica *maloliente*

abrió la puerta con cuidado y preguntó:

—¿Se puede?

—Oh, claro —respondió Velma, poniéndose en pie—. Pasa.

Erin Fancher entró arrastrándose. Llevaba aquella gorra inmunda y tenía los dedos cubiertos de tiritas.

También tenía tiritas en la cara, y en el cuello. Vestía pantalones anchos, camisa de hombre y botas militares. No parecía la misma chica que había pateado su coche la semana pasada.

Algo

un gusano

reptaba por su hombro derecho. Velma trató de mirarla a los ojos. Pero Erin captó el horror en su mirada al instante.

—¿Puede verlo? —preguntó.

—¿Qué?

—El gusano. —Erin se señaló el hombro derecho—. ¿Lo está viendo?

Velma miró en la dirección en la que señalaba el dedo cubierto de tiritas de la chica, puso cara de asco y asintió.

—Es... —empezó a decir.

—Un gusano —dijo Fancher.

—No tiene gracia, señorita Fancher. —Velma Ellis dio un paso atrás.

—¿Lo está viendo? ¿De verdad? ¿Lo está *viendo*?

—No tiene gracia —repitió la profesora suplente de Lengua.

Fancher aplastó el gusano entre el índice y el corazón de su mano izquierda. Aquellas cosas habían dejado de darle asco. Pudo oír el crujido de su pequeño cuerpo blanco al convertirse en pulpa de gusano.

—Oh, Dios —susurró Velma Ellis.

—Bien. Ahora ya sabe mi secreto. Cuénteme el suyo —contraatacó la chica.

—¿Cómo? ¿Qué secreto?

—¿Con quién hablaba en el pasillo?

—Con nadie —dijo Velma.

—Ya, claro —dijo Fancher, que, por un momento, se sintió terriblemente poderosa. Algo así como la versión putrefacta de Súper Chica—. Le estaba diciendo a nadie que se fuera, ¿verdad? ¿Es que ve fantasmas, señorita Ellis?

—No —dijo la profesora, y empezó a revolver papeles sobre la mesa—. Y no sé qué pretendes pero así no es como vamos a discutir tu cero y medio.

—No tengo un cero y medio.

—Yo creo que sí —dijo la profesora, que extrajo una hoja del montón de papeles y se dejó caer en la silla, arrugando la nariz al hacerlo, porque le había parecido oler a
muerto
perfume barato.

—¿A qué huele? —preguntó.

—Soy yo —dijo Fancher—. No me he duchado hoy.

—Oh —dijo la profesora—. Bueno. Veamos.

—¿Sabe cómo la llaman, señorita?

Velma levantó la vista del examen y se topó con los amarillentos ojos de la chica, que parecía estar enferma, muy enferma, y había tratado de ocultar su palidez bajo una enorme y mal distribuida capa de maquillaje.

—No —dijo la profesora.

—Pelma —contestó Fancher.

—Muy original —dijo Velma y añadió—: ¿Puedes sentarte?

Fancher se sentó, puso sus manos cubiertas de tiritas sobre sus piernas hinchadas y miró alrededor. Había una pequeña ventana al fondo, por lo demás, todo en aquella habitación eran estanterías repletas de libros.

—Bien. Veamos. La primera pregunta...

—¿Cambia algo si le digo que soy fan de Robbie Stamp?

Velma sonrió.

—No —dijo.

—Vaya. Puto Billy Servant —protestó Fancher.

El corazón de Velma Ellis se detuvo un segundo y prosiguió con su canción (BUMbum BUMbum), canción que en aquel momento sólo interesaba al orondo director Sanders, preocupado ya en decidir qué iba a ponerse la gran noche de los monstruos.

—¿Qué pasa con Servant? —preguntó la profesora.

—Dijo que me subiría la nota si le decía que era fan de Robbie Stamp.

—Oh. —Mierda, pensó Velma. Lo sabe. Maldita sea. Lo sabe—. Bueno. En ese caso... puede que lo haga.

—¿En serio? ¿Va a subirme la nota? —Fancher sonrió. Su boca emitió un chasquido cuando lo hizo.

—¿Qué ha sido eso? —preguntó Velma Ellis.

—Oh, nada. Es... ¿De verdad me va a subir la nota?

—Oh, eh, *supongo*... Sí —transigió la profesora suplente, temerosa de que su pequeño *desliz* le costara no sólo su puesto de trabajo sino la única cita con posibilidades que tenía desde... ¿cuándo? ¿Hacía un millón de años?—. Pero antes quiero que me digas algo.

—No somos novios —dijo Fancher.

—¿Cómo?

—Servant y yo. No somos novios.

—Oh. No es... —¡Oh, por Dios santo! ¡*Realmente* lo sabe!—. Escucha. Te vi salir ayer de la consulta del doctor Droster.

—¿El doctor Droster?

—Dudd Droster.

—Oh. Eso. ¿Y?

—¿Qué hacías allí?

—¿Eso es lo que quiere que le diga?

Velma Ellis asintió.

—Dudd es amigo de mi padre.

—¿Y estabas allí por eso?

—No —dijo Fancher—. Pero ¿a usted qué le importa?

—Dudd es... Bueno, se aprovecha de sus pacientes —confesó Velma Ellis.

—¿Qué? —Fancher abrió mucho los ojos, aquellos ojos amarillentos y viscosos, y luego se rió—. ¿En serio? ¿Ese tío?

Velma Ellis asintió. Su labio superior tembló ligeramente al hacerlo.

—¿Y cómo lo sabe? —preguntó Erin.

Velma cerró los ojos y lo recordó en la cama, aquella noche, susurrándole al oído que se casaría con ella, y dijo:

—Lo sé.

Por primera vez, Erin Fancher vio a la profesora suplente de Lengua como lo que era en realidad: una mujer triste y extremadamente vulnerable.

—¿Y qué tiene eso que ver conmigo? —preguntó Fancher.

—Tienes otro —dijo Velma—. Ahí.

Fancher miró hacia donde señalaba el índice derecho de la profesora y se topó con otro de aquellos horripilantes gusanos. ¿Es que no iban a dejarla en paz nunca? ¿Es que iba a seguir pudriéndose eternamente? Y si era así, ¿dónde estaban todos los demás? ¿Por qué nadie más se estaba pudriendo? ¿Acaso existía de veras un planeta aparte, al que iban a parar los muertos? Y si era así, ¿por qué nadie había venido aún a buscarla?

—Joder —susurró la chica, aplastando el gusano con el pulgar.

—Oh —susurró Velma.

—Aún no me ha dicho de qué va a aprovecharse el doctor Droster —dijo la chica, levantando de nuevo la vista y fijándola en la mirada azul de la profesora.

—No lo necesitas —dijo Velma Ellis, muy seria, los ojos clavados en las intensas ojeras de la chica—. Sea lo que sea lo que estás viendo, sé cómo puedes curarte.

—¿Qué? —preguntó Fancher, desconcertada no sólo por lo que había dicho la profesora sino sobre todo por cómo la miraba. Velma Ellis la miraba como miraría un paleontólogo a un dinosaurio que no sólo hubiera vuelto de entre los muertos sino que además le estuviera hablando.

—Conozco a alguien —fue todo lo que dijo Velma Ellis.

¿Por qué lo dijo?

Muy sencillo.

En un momento dado, en la fracción de segundo en que su vista fue del gusano recién aplastado a la mirada de la chica, la profesora acertó a ver aquello que la unía con Rita Rodríguez, la Increíble Mujer Nutria.

¿Y qué fue lo que vio?

Cierta *desconexión* en la mirada, un profundo y dolorosamente hermoso hastío, la nostalgia de un futuro soñado que nunca (JAMÁS) llegaría.

Por eso, después de:

—Conozco a alguien.

Velma Ellis dijo:

—Que puede curarte.

Y el labio superior (y muerto) de Erin Fancher tembló ligeramente antes de desaparecer en una sonrisa que le costó un embarazoso corte en la comisura de la boca. Un corte que dejaba al descubierto buena parte de la dentadura y que se apresuró a cubrir con una tirita en cuanto salió de la sala de profesores.

TERCERA PARTE

QUERIDA MUERTE, VETE AL INFIERNO

> JAI JAI JAI JAI.
>
> Rigan Sanders

7

Jamie Lee no lleva una falda muy corta

Celebrado por primera vez el 31 de octubre de 1981, a instancias de Irma Jeeps, la por entonces directora del Robert Mitchum, una siniestra lectora de John Sladek que dedicaba los fines de semana a echar las cartas a las madres de sus alumnos, el Baile de los Monstruos era el único motivo por el que el instituto era conocido en la ciudad. El rotativo municipal, *Buenos días, Elron*, dedicaba media página al evento todos los años. Media página que siempre arrancaba con un titular estúpido (*Robert Mitchum baila de miedo*) y el eterno subtítulo (*El instituto celebra una nueva edición de su Baile de Monstruos*). Media página que, sin darse cuenta, había proporcionado al instituto un aumento gradual de las matrículas año tras año. Porque ser alumno del Robert Mitchum era el único requisito para asistir al baile del año. Como la aburrida ciudad que era, Elron no disponía de demasiados atractivos para los jóvenes, pero, y eso era lo más extraño, pese al demostrado éxito de convocatoria del Baile de los Monstruos, ningún otro centro de la ciudad había intentado copiar la iniciativa de Irma Jeeps.

—¿Irma Jeeps? —diría cualquier director de instituto que jamás hubiera pisado el Robert Mitchum—. ¿Esa chiflada? ¿Por qué habría de copiar nada que haya tenido que ver con ella? ¡Habla con los muertos, por Dios santo!

Sí, Irma Jeeps hablaba con los muertos. Convencida de sus dotes esotéricas, Irma Jeeps había montado una especie de consultorio en el que no se limitaba a leer manos y predecir futuros (siempre posibles y deseables) sino que también organizaba sesiones de espiritismo. Por supuesto, había dejado la enseñanza. De eso hacía dos años. Los mismos que el director Sanders llevaba en el puesto. Los mismos que Shirley Perenchio llevaba disfrazándose de Jamie Lee Curtis, la actriz que había hecho de hermana de Michael Myers en las primeras entregas de *Halloween*.

—Tengo la peluca y mi camiseta manchada de sangre —estaba diciéndole a Fanny Dundee—. Necesito una falda muy corta.

—Jamie Lee no lleva una falda muy corta —dijo Fanny Dundee.

—¿Y a mí qué? Voy a ir al baile con Reeve. Necesito una falda muy corta.

—¿Con quién ibas el año pasado?

—Con Fancher —dijo Perenchio, de mala gana.

—¿Y quién hacía de Michael Myers?

—Fancher.

—¿Era tu mejor amiga? —preguntó Dundee.

—¿A qué vienen tantas preguntas?

—No sé. Es raro. Ya no te habla.

—No le hablo yo a ella —corrigió Perenchio.

—Vale. —¿Por qué se pone así?, pensó Dundee y contraatacó con algo que Perenchio hubiera preferido no oír—. ¿Es verdad que está saliendo con Billy Servant?

—¿Qué? —La cara de Shirley se arrugó en una mueca de sorpresa—. ¿Saliendo con ese puto psicópata? ¿Quién te ha dicho eso?

Fanny se encogió de hombros.

—Todo el mundo —dijo.

—¿Quién es todo el mundo?
—Todos. Carla los vio ayer en el patio. Juntos. En un banco.
—Carla flipa.
—¿Por qué ya no es tu mejor amiga? —insistió Dundee.

Estaban sentadas en el porche del instituto, con las piernas colgando y las mochilas en el suelo, entre las colillas que los alumnos del Robert Mitchum fumaban a modo de desafío estúpido, delante del profesor de turno, encargado de vigilar el patio. Shirley bajó la vista y se concentró en una de ellas. Echaba de menos a Erin. ¿Qué demonios había pasado? ¿Qué había hecho mal? Lo único que quería era que se liara con Reeve, ¿y qué había conseguido? Mierda, se susurró. La he cagado, se dijo. Porque quien iba a ir al baile con Reeve De Marco era ella, era ella y no Fancher y eso era una traición. Aunque ni siquiera se hubiesen besado. Aunque en realidad fuesen juntos al baile para poner celoso a Lero. Porque eso era lo que Shirley *realmente* quería. A Shirley le traía sin cuidado De Marco. Shirley *odiaba* a Reeve De Marco. Por eso aquello parecía una traición, aunque no podía serlo, pero ¿acaso no la había traicionado primero ella?

Fancher la había dejado tirada.

Había hecho *aquello* y luego se había negado a contárselo.

¿No era su mejor amiga?

Entonces ¿por qué lo había hecho?

¿Por qué me dejó *tirada*?

—No lo sé —se dijo en voz alta.

Y por primera vez, Fanny Dundee sintió compasión por el monstruo. Aquel monstruo llamado Shirley Perenchio que no tenía otro remedio que ser la chica más popular del instituto.

Cuando Hampton conoció a Carmen, ella era la capitana del equipo de voleibol del Robert Mitchum. Era colocadora, una posición extraña para una capitana, pues lo más habitual es que la capitana fuese una de las rematadoras, jugadoras fuertes, que podían decidir un partido con un salto y un buen golpe. Pero Carmen era especial y, aunque sus compañeras de equipo estaban convencidas de que su brazalete tenía más que ver con su *estupenda* relación con la entrenadora que con su juego, nadie hubiese sido mejor capitana que ella. Carmen Taverner había capitaneado al Robert Mitchum en su mejor momento. El año en que pasó de la fase provincial a la estatal y llegó a competir con equipos de todo el país. Aún se recordaba tal proeza en el instituto con una fotografía desteñida en el tablón de anuncios de la sala de profesores. Don Glendin solía mirarla a menudo. En secreto, estaba enamorado de la por entonces entrenadora, Ruby Rohms, pero sabía que, aunque no supiera diferenciar una rodillera de una moto acuática, Roberta Tempelton, la histriónica profesora de Historia, tenía infinitas más posibilidades con ella de las que él tendría jamás. Carmen las había tenido, pero no las había aprovechado. Porque lo único que a Carmen Taverner le interesaba de Ruby Rohms era su pasión por el voleibol. Hubo un tiempo en el que Carmen Taverner creyó que podía convertirse en La Mejor Colocadora del Mundo, y Ruby Rohms era la persona que la ayudaría a conseguirlo.

Pero ese tiempo había pasado.

Sentada a la mesa de la cocina, vistiendo su uniforme de vendedora de electrodomésticos Blue Blues, Carmen Taverner mordisqueaba una tostada untada en mantequilla a la vez que ojeaba la sección de deportes del *Buenos días, Elron*. No era habitual que el periódico dedicara espacio al voleibol, pese a que el Alyster Rohms, el equipo federado que formaron las jugadoras del Robert Mitchum tras concluir su etapa como juveniles en el instituto, seguía cosechando triunfos por todo el país (cierto era que ya no quedaba ninguna de las fundadoras, pero el equipo se había ido renovando con acierto, gracias, sobre todo, a que Ruby Rohms empleaba buena parte de su tiempo en buscar nuevas jugadoras entre los equipos de instituto que se encontraban en último año), pero en aquella ocasión lo había hecho. Había una entrevista con la actual capitana del Alyster Rohms, cuyo titular

El voleibol es mi vida

podría haber suscrito la joven Carmen Taverner en otra época.

Eran las nueve y veintitrés de la mañana. Quedaban exactamente doce minutos para que Carmen se levantara, llevara su taza hasta el fregadero y se despidiera de Hampton con un beso plantado con descuido en la mejilla izquierda, junto a los labios, idéntico al que olvidaba darle uno de cada tres días.

Sentado frente a ella, Hampton Fancher removía el café sin parar. Llevaba removiéndolo desde que se había sentado a la mesa, y de aquello hacía cerca de tres siglos, en opinión de su mujer, que apenas podía concentrarse en las respuestas que la actual capitana del Alyster Rohms daba a las estúpidas preguntas del periodista.

¿Por qué el voleibol nunca será un deporte famoso?
¿Famoso?

¿Qué demonios quería decir con un deporte *famoso*?

Carmen suspiró. Y luego dijo:

—¿Es que no puedes dejar de hacer eso?

Levantó la vista. Hampton detuvo el baile de su cuchara en la taza.

—Oh. Perdona —dijo, posando una mano en cada uno de sus muslos y alisándose el pantalón—. Es, bueno, ¿algo interesante?

—No —dijo Carmen, y luego—: ¿Sabes que el Alyster sigue líder en su categoría? Ruby lo está haciendo bien. ¿Cuántos años crees que tendrá ya?

—¿Ruby? ¿Tu entrenadora?

Carmen asintió y se metió el último pedazo de tostada en la boca.

—Muchos, ¿no?

Bien. Le pasa algo, se dijo Carmen.

Está pensando en otra cosa, se añadió.

—Sí, muchos. Como trescientos. ¿Qué te pasa?

—Oh, eeeh, nada.

—Ya —dijo Carmen—. ¿Es por lo de Erin?

Hampton la miró con los ojos como platos.

—¿Qué? ¿Crees que no me he dado cuenta? —dijo Carmen, y lo que Hampton vislumbró en el rostro de su mujer fue un amago de sonrisa.

—¿Te hace gracia?

—¿A ti no?

—¡No!

—Oh, vaya. Creí que decías que ibas a ser un padre *moderno*.

—¿De qué hablas?

—Del Baile de los Monstruos, ¿de qué hablas tú? —Carmen frunció el ceño.

—¿El baile? ¿Es hoy? —Aquello pilló desprevenido a Hampton.

—Sí. Y nuestra pequeña tiene una cita —dijo Carmen, misteriosa, apurando su taza de café—. Y hace días que me roba el pintalabios.

Ya, pensó Hampton.

¿Y qué me dices de las tiritas?, pensó luego.

Pero lo que dijo fue:

—¿Un chico?

—No, un elefante, Hamp —dijo Carmen—. ¿Creías que no me iba a dar cuenta? Ha pasado más tiempo en el cuarto de baño esta semana que en toda su vida.

—¿Y las tiritas? —dijo Hampton, sin poder contenerse.

—¿Qué tiritas?

—El esparadrapo —aclaró el padre.

—Oh, eso. Son granos —dijo Carmen—. Es la edad.

No, no es la edad, pensó Hampton.

Pero ¿qué podía decir? ¿Qué podía pasar si Carmen se enteraba de que su hija, su única hija, a la que tan bien creía conocer, había ido al psiquiatra?

Se enfadaría.

La tomaría con Hampton.

Dejaría de hablarle.

Y jamás aceptaría que su hija pudiera creer que estaba muerta.

Jamás aceptaría que algo había salido mal.

Muy mal.

Pero ¿de veras la habían presionado *tanto*?

—¿Hampton? —Carmen se miró el reloj—. Tengo que irme. Habla con ella si quieres. A lo mejor te lo cuenta.

—¿No está en el instituto?

—No. Está en su cuarto. Se ha dormido —dijo Carmen, y luego susurró—: Yo creo que a propósito. Está preparando su disfraz. A ver si descubres quién es el chico.

—No creo —dijo Hampton, y trató de sonreír.

—Inténtalo —dijo Carmen, poniéndose en pie, llevando su taza hasta el fregadero y despidiéndose de Hampton con un, esta vez, (sonoro) beso en los labios que el ex cantante de Your Flesh interpretó como el mayor gesto de buen humor que su mujer había tenido en mucho tiempo.

—¡HASTA LUEGO, ERIN! —gritó, ya con el bolso en el hombro.

La respuesta que salió del cuarto de la chica (ADIÓS, MAMÁ) puso los pelos de punta a Hampton, que, temeroso de lo que podía encontrar al otro lado de la puerta, se puso en pie y, aún agarrado a la taza de café, como se agarran los náufragos a los pedazos de bote en el mar, se dirigió hacia el lugar del que provenía la voz.

No era cierto que Erin Fancher se hubiese dormido. Tampoco era cierto que estuviese preparando su disfraz. Se estaba mirando las uñas. Y no le gustaba lo que veía. Siempre había creído que pintarse las uñas era como tener una bombilla en cada dedo gritando:

—¡EH, MÍRAME! ¡EH, TÚ, MÍRAME!

No era divertido si no te gustaban los dedos gritando.

Pero ¿acaso podía quejarse?

Todavía le quedaba pelo. Y las cejas seguían en su sitio.

Así que no podía quejarse por no tener uñas.

Mejor dicho, no podía quejarse por tener que pintarse *uñas* que no existían en sus putrefactos y aburridos dedos azules.

Así que hizo lo único que podía hacer.

Dejó de mirárselas.

¿Y qué hizo a continuación?

A continuación abrió *Mi Nueva Vida Como Chica Zombie*, la libreta diario que había sustituido a la estúpida de Susan Snell (¡Por todos los dioses lunáticos, era una amiga invisible! ¿Creía que podía insinuar siquiera que habían dejado de ser *amigas*?), y escribió:

Querida Muerte:

Tengo algo que contarte. Y sé que no va a gustarte. Ayer Pelma Ellis me dijo que conoce a alguien que puede acabar contigo

Y se detuvo.

¿De veras había creído que Pelma Ellis estaba de su parte?

¿Que conocía a alguien que podía acabar con todo *aquello*?

Pero ¿en qué clase de mundo vives, Fancher?

No sé, ¿qué te parece en el Planeta de los Muertos (Vivientes)?

Fancher empuñó con fuerza el bolígrafo y escribió:
TE ODIO.
Y a continuación:
Te odio por lo que me hiciste hacer. Por hacerme obedecer a Shirley. Y odio a Shirley por obligarme a hacerle aquello a Reeve. Reeve me gustaba, ¿sabes? No sé por qué lo hice. Supongo que sólo quería seguir siendo Mike Myers para que Shirley pudiera seguir siendo Jamie Lee.

Escrito esto, Erin se detuvo.

Cerró la libreta de golpe.

Alguien se acercaba.

Oh, no, que no sea mamá, se dijo, mientras guardaba la libreta (*Mi Nueva Vida Como Chica Zombie*) bajo el colchón. Luego se metió en la cama, se cubrió con su edredón rosa, y se preparó para fingir que había olvidado qué día era.

—¿Cariño? —oyó que decía su padre, junto a la puerta.

No respondió.

—¿Erin? —Hampton Fancher abrió la puerta con cuidado. Un nauseabundo olor a

muerto

mierda invadió sus fosas nasales. El ex líder de Your Flesh reprimió una arcada y se internó en la habitación a oscuras. El débil y desfigurado rayo de sol que se colaba por la única rendija abierta de la persiana le permitía distinguir un bulto en la cama. No estaba seguro de que fuera su hija. Por eso preguntó:

—¿Erin?

La chica resolló:

—Fffffffff.

Bien, se dijo Hampton.

Allá vamos, se añadió.

Y tratando de respirar *únicamente* por la boca, se acercó a la ventana y subió la persiana. Luego contó hasta tres (UNDOS-UNDOSTRES) y se dio media vuelta. La luz del sol iluminaba la habitación, sí (y el escritorio repleto de apuntes, el edredón infantil, el pequeño zoo de peluche en la estantería y el montón de libros en el suelo), pero Hampton seguía sin ver a su hija.

Estaba oculta bajo las sábanas.

Oh, Dios, ¿y si está...? ¿Y si está..., ya sabes, y si es verdad que está...? ¿Cómo, Hampton, *muerta*?

¡Oh, no digas bobadas!

¿Cómo iba a estar *muerta* y seguir yendo a clase, Fancher?

¿En qué clase de cabeza de chorlito te has convertido?

Oh, basta ya, ¿quieres?

—¿Erin? —repitió.

Un autobús se detuvo al otro lado de la calle, recogió a un par de viajeros y reemprendió su marcha. Erin no contestó.

—Erin, es tarde —dijo Hampton. Estaba temblando. Temblaba de miedo. ¿Y si no despertaba? ¿Y si realmente estaba *muerta*? Tartamudeó—. ¿Nono pipiensas ir a clase?

Erin no contestó, pero el bulto se movió en la cama.

Bien, pensó Hampton, *muy* bien.

Se mueve, está viva, pensó luego.

Y fue entonces cuando habló. Dijo:

—Oh, papá.

Sonó como un disparo.

Hampton contuvo la respiración, contó hasta tres (UN-DOS-UNDOSTRES) y se sentó en la cama, junto al bulto que debía de ser su hija.

Le dijo:

—Erin, lo sé.

Erin sólo resollaba (RRRRRR) con aquel ulular casi mecánico (RRRRRR) de cortacésped desempleada.

—Sé lo que te pasa. —Hampton Fancher tragó saliva con un sonoro (GLUM) y añadió—: Sé que estás muerta.

Aquello, aquella palabra

muerta

hizo que, por un momento, el silencio fuese *estremecedor*, un silencio espacial. Una mota de polvo que hubiese decidido emprender el vuelo y cambiar de aposento en un silencio semejante habría producido un ruido similar al que hacen los aviones al cruzar la barrera del sonido.

Luego, Erin preguntó:

—¿Lo sabes?

Hampton Fancher pensó: Necesito una cerveza.

Pero lo que dijo fue:

—Sí, cariño, lo sé.

—¿Te lo ha dicho él? —Erin estaba tratando de incorporarse. Hampton dirigió su mirada al otro extremo de la habitación, temiendo encontrarse con algo que no fuera su hija cuando aquel montón de sábanas dejara de ser un montón de sábanas.

—No —dijo Hampton, sin convicción.

—Te lo ha dicho —dijo la chica.

—No.

—Oh, jo-der —dijo la chica—. Ese tío es subnormal.

Hampton la miró.

No era un monstruo.

Era su hija, cubierta de tiritas.

Por eso sonrió, no por lo que acababa de decir, aunque estaba completamente de acuerdo con ella.

—¿Qué? ¿No? ¿No es un subnormal?

—Erin. Es su trabajo —dijo Hampton, algo más relajado, aunque seguía sin gustarle el olor de aquella habitación. Le provocaba náuseas.

—Ya. Pues no lo hace demasiado bien.

—Cómo... —Síguele la corriente, vamos, Hamp, síguele la corriente, se dijo el ex cantante de Your Flesh—. Cariño, ¿cómo es...?

—¿Qué?

—*Eso* —se limitó a decir Hampton.

—¿Estar muerta? —preguntó la chica, mirándole directamente a los ojos, con lo que Hampton intuyó como un brillo distinto en la mirada, un brillo *amarillento* y ligeramente *distinto* en la mirada.

—Eso —dijo Hampton, ensayando una sonrisa que no era una sonrisa en absoluto.

Erin no contestó. Extendió el brazo izquierdo, se arremangó el pijama y se arrancó una tirita, dejando al descubierto una de aquellas llagas como volcanes putrefactos. Hampton no se inmutó. Había mirado el brazo, había mirado *la llaga*, durante lo que a Erin le pareció una ridícula fracción de segundo, y luego había dejado de hacerlo. ¿Y qué había hecho entonces? Bajar la mirada y tratar de disculparse.

¿Cómo?

Disculpando a Carmen.

Había dicho lo siguiente:

—Sé que tu madre es muy dura contigo, cariño.

Y:

—Sé que no estás pasando por un buen momento.

Pero nada de:

—¡OH, DIOS SANTO! ¡ESO DE AHÍ ES UNA LLAGA DE ZOMBIE!

Ni:

—¡TE ESTÁS PUDRIENDO COMO UN MALDITO ZOMBIE!

Ni siquiera había articulado un sutil:

—¿No estás un poco más *azul* que de costumbre?

No, nada de eso.

Lo que había dicho era:

—Sé que no estás pasando por un buen momento.

Y:

—Sé que tu madre es muy dura contigo.

Estupendo, pensó Erin.

Ha hablado con Dudd Droster, pensó luego.

—Joder, papá —dijo al fin.

—¿Qué? —Hampton Fancher seguía tratando de respirar por la boca. El olor allí dentro era francamente insoportable. Reconoció su desodorante y también el perfume que solía ponerse Carmen cuando salían a cenar, sólo que multiplicado por doscientos millones. Quizá era aquella mezcla marciana lo que estaba provocándole aquellas violentas náuseas.

—Nada —dijo la chica, bajándose de la cama y encaminándose a su armario, que tenía cubierto de pósters de chicos sin camiseta—. Da igual.

—No da igual —dijo Hampton Fancher—. No estás muerta, Erin.

—Ya —dijo la chica, con desgana, mientras revolvía entre las cosas que había en su armario—. Y Dudd Droster no es subnormal.

—Escucha. Dudd sólo hace su trabajo. Y cree que lo que te está pasando tiene que ver con nosotros. —Hampton seguía sentado en la cama, y seguía dándole la espalda a su hija, que en aquel momento también estaba dándole la espalda a él—. Dice que hemos podido ser demasiado duros contigo.

—Claro. Y eso es lo que me ha matado —dijo Erin, revolviéndose el pelo (su enmarañado pelo) ante el espejo adhesivo de una de las puertas de su armario.

—Erin.

—Qué.

—Que creo que tiene razón.

Erin se dio media vuelta.

Estaba empezando a enfadarse.

—Genial —dijo—. Y ahora viene cuando tengo que sentirme culpable por lo mal que os lo estoy haciendo pasar, ¿no?

—No es eso —dijo Hampton Fancher, poniéndose en pie,

incapaz de creerse que pudiera estar haciéndolo tan mal. ¿Qué demonios le había dicho para que se pusiera así?

—Enhorabuena, papá. Ya eres como mamá.

—No. No. Escucha. Te pasa algo, cariño, y... —¿Y qué? ¿Voy a arreglarlo? ¿Soy tu padre y *tengo* que arreglarlo? ¿Acaso podía meterse en su cabeza y apagar el interruptor que parpadeaba?—. No sé. Piensa lo que quieras.

—Vale —dijo Erin, con un nudo en la garganta.

Abatido, Hampton Fancher se dirigió a la puerta.

Antes de salir, dijo:

—Dúchate. Con mucho jabón.

Y luego:

—Apestas.

—¿Ha funcionado? ¿Todo ese rollo de la peluca ha funcionado?

Bess Stark estaba en el despacho del director Sanders. Se había sentado de forma extremadamente femenina en una de aquellas sillas chirriantes hacía diez minutos, con la intención de dejarle bien claro a Rigan que ella no pensaba dejarse ver en ningún sitio con él, pues aquella noche había tenido una larga charla con su mejor amiga, una jugadora de ajedrez eslava que soñaba con ejércitos formados por cabezas de caballos negros, y había llegado a la conclusión de que lo que realmente quería el director Sanders era *tentar* a la suerte.

—Quiere que alguien os vea juntos para que luego no tengas más remedio que salir con él —le había dicho su amiga, la jugadora de ajedrez—. Pura lógica.

—Pura lógica, sí —había dicho Bess. Pero ¿por qué lo había dicho? ¿De veras lo creía? Oh, no, por supuesto que no. Bess no creía que el director Sanders quisiera nada con ella, pero ¿quién sabe? ¿Y si el director tenía la lógica de una jugadora de ajedrez eslava? Bess no había visto nunca un tablero en su despacho, pero había visto todos aquellos libros, libros sobre gordos y flacos, y no pensaba jugársela.

Así que lo primero que había hecho aquella mañana después de tocar el timbre y mandar a todos los alumnos a sus clases había sido entrar en el despacho del director. Y lo había sorprendido tarareando una canción estúpida.

—Buenos días, señor Sanders —le había dicho.

—Oh, señorita Stark —había dicho Rigan—. Muy buenos días.

Rigan estaba sonriendo.

Bess pensó que tenía una sonrisa extraña.

Y luego pensó que quizá era sólo que era la primera vez que la veía.

—Siéntese, por favor —dijo el director—. Tengo que preguntarle algo.

Oh, oh, pensó Bess.

Pero se sentó.

De una forma extremadamente femenina.

Tanto que, desde lejos, podría haber parecido una jirafa extremadamente femenina. Pues Bess Stark podía resultar a veces desproporcionadamente alta.

—Espero que no tenga nada que ver con el baile —dijo, una vez sentada.

Rigan se rió:

—JAI JAIJAI JAI.

Y luego dijo:

—¿Tanto se me nota?

Bess Stark sintió un escalofrío.

—¿El qué? —preguntó, aterrorizada, la Chica Jirafa.

—¡Esta noche tengo una cita con la señorita Ellis! —bramó el director Sanders. Y luego se rió un poco más (JAI JAIJAI JAI JAIJAI).

Bess Stark suspiró aliviada y preguntó:

—¿Ha funcionado? ¿Todo ese rollo de la peluca ha funcionado?

De repente, parecía divertida.

Y lo estaba.

Había llegado a pensar que el director Sanders podía ser un monstruo.

Pero había descubierto que no era más que un niño gordo atrapado en el cuerpo de un adulto gordo y aburrido, enfrentándose a su primer golpe de suerte.

—¡Sí! ¡Ha funcionado! —El director dio un pequeño salto con sus pies pequeños y chasqueó los dedos de su mano derecha, antes de tomar asiento, ligeramente sonrojado, en su propio sillón chirriante.

—Me alegro por usted —dijo Bess. Y viendo que su ridículo estallido de felicidad lo había sumido en la más abyecta de las vergüenzas, se vio obligada a añadir—: ¿Y ya sabe qué va a ponerse?

Aquello hundió aún más al director en su sillón.

¿Ponerse? ¿Acaso tenía que ponerse algo? ¿Qué iba a ponerse? ¿Un *disfraz*?

Rigan Sanders no se había disfrazado nunca.

Mejor dicho, no había vuelto a disfrazarse desde el Día de la Mesa.

Por eso dijo:

—¿Qué tengo que ponerme?

Bess detectó la preocupación en su mirada abatida.

—¿Qué se pondrá ella? —preguntó.

—¿Es... *importante*?

—¡Señor Sanders! ¡Es un baile de disfraces! —Bess seguía pareciendo divertida, aunque había empezado a experimentar algo parecido a la pena cuando pensaba en lo solo que podía haberse llegado a sentir el director.

—¿Y?

—Pues que tiene que saber de qué va a disfrazarse su pareja. Imagine que usted va de Conde Drácula y ella de Momia. ¿No sería mejor que le hubiera advertido usted de que va de Conde Drácula para que ella hubiera podido ir de Damisela en Peligro?

—¿Damisela en Peligro? —Rigan Sanders frunció el ceño. Le crujieron las tripas. No había desayunado nada aquella mañana.

—Eso han sido sus...

—Sí, lo siento —dijo el director, poniéndose en pie y tratando de aguantar la respiración para evitar que sus tripas volvieran a sonar—. Entiendo lo que dice. Pero no sé si la señorita Ellis es... ¿Usted cree que es de las que se disfraza?

—Señor Sanders, si quiere asistir al Baile de los Monstruos, tiene que disfrazarse. No puede no hacerlo —dijo Bess—. Llámela. Póngase de acuerdo.

El director Sanders miró el teléfono que descansaba sobre su escritorio. No era más que un teléfono blanco. No tenía dientes pero Rigan Sanders creía que, si lo tocaba, podía *morderle*. Como si en vez de un teléfono fuese una piraña.

—¿Cree que debería hacerlo? —preguntó el director.

—Claro. Es la única manera —dijo Bess.

El director Sanders volvió a mirar el teléfono.

Bess se marchó.

Dijo:

—Llámela.

Y se marchó.

El director Sanders se arrellanó entonces en su sillón crujiente y se dijo:

—Qué demonios.

Cogió el auricular y marcó el número de la sala de profesores. Colgó justo en el momento en el que alguien descolgaba. Le sudaban las manos. Abrió el primer cajón de su escritorio y sacó la bolsa de magdalenas que había comprado aquella misma mañana camino del instituto. Necesitaba un bocado. Sólo uno. No podía concentrarse con aquel ruido de tripas. Quería que se callaran. Que se callaran de una vez.

Malditas, les dijo.

Y abrió la bolsa.

En la sala de profesores, la voluminosa profesora de Historia sorbió un trago de su café (su horripilante café de máquina con demasiado azúcar) y dijo:

—Querida, no deberías preocuparte por ese chiflado.

El *chiflado* en cuestión era Chuck Rosen, el jefe de estudios.

Y la persona a la que Roberta Tempelton se dirigía era Velma Ellis.

—¿No? —preguntó Velma.

—No —dijo Roberta—. Lo único que pasa es que tiene miedo de que lo hagas demasiado bien y Cara de Papilla no regrese.

—¿Cara de Papilla?

—Oh, así es como la llaman los chicos —dijo Roberta—. Su verdadero nombre es Pris. Pristine Prickett. La profesora de Lengua. Es tan joven que aún tiene acné.

—Oh —dijo Velma.

—Sí. Y a Chuck le gusta. Le gustan las jovencitas. Todas —dijo Roberta.

Las dos mujeres estaban solas en la sala de profesores. Y Roberta Tempelton la estaba mirando de una manera muy extraña. Velma se ruborizó.

¿Y si ella *también* lo sabía?

¿Y si sabía que había tratado de invitar a Billy Servant al baile?

Oh, vamos, no puede saberlo, ¿cómo iba a saberlo?

Fancher, pensó Velma Ellis.

Oh, ¿por qué demonios he sido tan estúpida?

No debería haber llamado a Weebey, se dijo la profesora suplente de Lengua.

—¿No me digas que a ti también? —preguntó entonces la señorita Tempelton.

—¿Cómo?

—Las jovencitas —dijo Roberta—. ¿Te gustan?

—Oh, no —dijo Velma Ellis, y la cara estuvo a punto de explotarle de vergüenza.

—No, ¿eh? ¿Y qué hay de la chica de las tiritas?

—¿La chica de las tiritas?

—La chica con la que estuviste ayer por la tarde. En ese despacho de *ahí* —dijo la señorita Tempelton, señalando el despacho privado que compartían los profesores no cualificados del Mitchum (es decir, todos, a excepción del *chiflado* Chuck Rosen y, por supuesto, del director Sanders).

—Oh, ¿Fancher? —Ellis se rió (JEIJEI)—. Oh, vaya. No es... ¿Cree que fue una cita? Señorita Tempelton, sólo estábamos hablando de su examen de Lengua.

—Ya —dijo la señorita Tempelton—. *Claro*.

—No puedo creérmelo, ¿de veras cree que tengo algo con *esa* chica?

—Ajá —dijo Roberta Tempelton.

—Pues se equivoca —dijo Velma Ellis—. No me gustan las chicas.

—Querida, a mí tampoco me gustaban —dijo Roberta Tempelton—. Y ahora tengo que ir a ese estúpido baile con Trillian. Y aborrezco a Trillian.

—¿Y por qué sale con ella?

—¿Con quién iba a salir? Aborrezco a Chuck Rosen. Aborrezco a ese engreído de Don Glendin. ¿Y el director Sanders? El director Sanders es ridículo. Apuesto a que si supiera nadar podría pasar por una ballena —dijo Roberta Tempelton. Luego suspiró y añadió—: Velma, aborrezco a todos los hombres de este instituto.

—¿Y no hay hombres fuera de aquí? —preguntó Velma.

—Sabes tan bien como yo que no los hay, querida —dijo Roberta.

¿Soñaba Roberta Tempelton con vestidos de novia que pretendían no arrugarse y la reprendían una y otra vez por no haber encontrado *aún* al candidato perfecto?

—¿Y por qué sale con la señorita Jacobson de todas formas?

—Porque no deja de llamarme. Está enamorada de mí. ¿Puedes creértelo? Reserva mesa en restaurantes a los que ningún hombre me ha invitado jamás y me despierta cada mañana con una taza de café humeante y un poema. ¡Por Dios santo, un *poema*! Querida, he salido con muchos hombres y ninguno me ha escrito *jamás* un poema.

—Oh. Entiendo —dijo Velma Ellis.

La profesora suplente de Lengua trató de concentrarse en su libreta de evaluación. No le apetecía hablar de mujeres que salían con otras mujeres para leer un poema nuevo cada mañana. A Velma Ellis no le gustaba la poesía. Le gustaban las aventuras galácticas. Tal vez si Robbie Stamp la llamara una noche y la invitara a salir, aceptaría. Pero de ninguna manera establecería una *relación* con ella. Ni aunque eso significara que podía leer antes que nadie sus historias galácticas. Lo que Velma Ellis quería era un hombre. Su Vestido lo exigía. ¿Por qué? Velma no estaba segura. Pero así debía ser.

Perdida como estaba en sus pensamientos, no había advertido que la señorita Tempelton seguía hablando. La despertó el sonido martilleante (RING RING) del teléfono (RIIIIING). La gigantesca profesora de Historia, cuyo perfil vikingo la hacía francamente temible, se levantó de la mesa y se acercó (sus rizos como horcos golpeando sus hombros, CLANC CLANC, CLANC CLANC) al teléfono. Descolgó el auricular y escupió:

—Mitchum.

No solía ocurrir, pero a veces los padres de los alumnos llamaban *directamente* a aquel número. Y entonces había que escucharles preguntarse por qué sus hijos jamás serían como Edgar Allan Poe. Y no tendrían un cuervo negro (candorosamente inspirador) ni escribirían sobre crímenes (ciertamente abominables, pero también extrañamente elegantes y perfectos). Todo lo que podían decirles al respecto era:

—Entiendo.

Y:

—No se lo tome así.

Y:

—¿Ha probado a encerrarlo en el lavabo, a oscuras? Quizá es la única manera.

En este punto, los angustiados padres preguntaban:

—¿Usted cree? ¿Cree que a Edgar Allan Poe solían encerrarle en el lavabo?

Y los profesores, hartos de vérselas con lectores de tan tétrico escritor, contestaban:

—No lo dude.

Pero ¿escuchó Roberta Tempelton la voz de uno de aquellos angustiados padres que leían a Poe sin descanso (los ojos llorosos, una noche tras otra, junto a la tenue luz que emitía la aburrida lámpara de la mesita de noche) cuando descolgó el teléfono?

Oh, no, por supuesto que no.

Lo que escuchó fue la voz de Rigan Sanders, el director.

El mismo que, si supiera nadar, podría parecer una ballena.

El hombre en cuyo estómago anidaba una familia de melones.

Una familia de melones *numerosa*.

—Sí, señor Sanders, está aquí —dijo Roberta Tempelton—. ¿Quiere que se la pase?

Y el director Sanders debió contestar (SÍ), porque lo que hizo a continuación la gigantesca profesora de Historia fue apartar su oreja del auricular y murmurar:

—Es para ti, Velma. —A lo que añadió—: El director Sanders.

—Oh —se limitó a susurrar la profesora suplente de Lengua, poniéndose en pie y dirigiéndose, ciertamente nerviosa, hacia el teléfono—: ¿Ha dicho qué quiere?

—No —dijo la señorita Tempelton, mirándola por primera vez con desconfianza. Segura de que había cometido un error mencionando a La Ballena. No puedes ser tan estúpida, se dijo, mientras le tendía el teléfono a la aparentemente inofensiva profesora suplente de Lengua, ¿por qué tenías que mencionar a La Ballena? Era un chiste privado. Sólo Trillian se reía con él. Pero Trillian no contaba. A Trillian todo le parecía siempre *tan estupendo*.

Velma cogió el auricular y se lo acercó a la oreja. La señorita Tempelton fingió alejarse, aunque se quedó plantada ante la máquina de café, el único lugar con coartada cercano al teléfono. Extrajo una moneda de su austero (y feo, horrible) monedero y la metió en la máquina. Pulsó el botón Chocolate y esperó. Mientras, Velma Ellis escuchaba al director Sanders decir cosas como ésta:

—He pensado, señorita Ellis, que he olvidado indicarle de qué voy a disfrazarme. —A continuación, el director hizo una pausa, carraspeó (EJEM) y prosiguió—: Por eso la he llamado. Para decirle que (EJEM) iré de Conde Drácula.

—Oh —dijo Velma Ellis, en un susurro.

—Tengo, eeeh, entendido que las parejas deben, eeeh, ir *conjuntadas*, es decir, que si yo voy de Conde Drácula, sería *óptimo* que usted fuese de, eeeh, pongamos, Damisela en Peligro... ¿Qué le, eeeh, parece?

—Bien —dijo la señorita Ellis, vigilando sin disimulo todos los movimientos de Roberta Tempelton. Era evidente que estaba *tratando* de escuchar lo que decía, y que seguramente la *juzgaría* por aquello que estaba haciendo.

Pero ¿por qué habría de preocuparse?

Estoy hablando con mi futuro marido, se dijo Velma.

Sólo es cuestión de tiempo, se añadió.

Así que no debería importarme, se dijo más tarde.

Pero le importaba, por alguna extraña razón, le importaba.

Fue ésa la causa de que se apresurara a colgar.

Todo lo que dijo fue:

—Señor Sanders, ha tenido usted una estupenda idea.

Y escuchó al director Sanders decir:

—¿De veras lo cree usted?

—Sí —añadió la señorita Ellis.

Y entonces él dijo:

—La recogeré a las ocho.

Y ella añadió:

—Perfecto.

Y, tras un dubitativo y estúpido silencio, que se prolongó durante seis segundos que para ambos alcanzaron la categoría de abismo espacio temporal, la profesora suplente de Lengua colgó.

Para cuando lo hizo, la extraordinariamente inmensa (y ciertamente atractiva) profesora de Historia la miraba con algo parecido a un indiscreto interés.

Pero entonces llegó Trillian.

Y la salvó de una explicación que no podría haber escapado a la verdad.

Velma Ellis tenía una cita con el director Sanders.

El Hombre Ballena.

Aquella misma noche.

Leroy Kirby se aclaró la garganta y, con paso decidido, se dirigió al par de mesas que había junto a la (tercera) ventana de la clase. Estaba decidido a acabar con todo aquello. Aquel jodido Machito Nenaza no fundiría su reputación como se fundían los trajes de plomo en las novelas de Voss Van Conner. Porque no bastaba una sonrisa (radioactiva) para acabar con ella como ocurría con aquellos estúpidos trajes. Hacía falta mucho más. Pero si quería que fueran a la Gran Guerra irían a la Gran Guerra.

—Perenchio —dijo Kirby, y sus músculos se contrajeron bajo su ajustada camiseta de los Elron Hawks.

La chica levantó la vista y, ciertamente, pareció *sorprendida* de verle allí plantado. Y no era extraño que lo estuviera, pues era la primera vez que Kirby se dirigía a ella sin estar rodeado por al menos uno de sus secuaces. El gesto le pareció extremadamente extraordinario. Por eso abrió más de la cuenta los ojos y reprimió una sonrisa. Una sonrisa que decía: Lo has conseguido, pequeña.

Luego dijo:

—Hey. Qué tal.

Kirby titubeó. Y respondió:

—Bien.

Luego volvió a aclararse la garganta (EJEM) y Shirley preguntó:

—¿Preparado para el baile?

A su lado, Fanny Dundee fingía no advertir que se encontraba en el Centro del Mundo en aquel preciso instante. Leroy Kirby estaba *hablando* con Shirley Perenchio. ¡Por todos los dioses galácticos! ¡*Ellos*, juntos!

—Perenchio. —Leroy estaba bloqueado. Sabía lo que quería decir pero no sabía cómo tenía que hacerlo. Y eso le hacía sentirse estúpido. Estuvo a punto de coger la mesa de la chica y lanzarla por la ventana. Era lo que deseaba. Lo único que deseaba en aquel momento. Tirar la mesa por la ventana.

—¿Qué pasa? —preguntó Shirley, ciertamente algo inquieta, aunque, al menos eso le pareció a Kirby, también algo divertida, como si supiera lo que estaba a punto de ocurrir a continuación. Como si estuviera *dentro* de su cabeza.

—Es, el baile, tú, eh, ¿quieres ir conmigo? —preguntó el chico, y lo hizo en un susurro, y a continuación miró alrededor, temeroso de que alguien le hubiera escuchado pronunciar aquella frase, aquella pregunta *maldita* que Leroy Kirby no había formulado nunca antes, porque él *pasaba* de todo eso, porque a él *le sudaba la polla* todo eso. O se la había *sudado*, hasta entonces.

Los ojos azul cielo de Shirley Perenchio se iluminaron durante una fracción de segundo. Luego las pestañas cayeron y aquel destello de alegría se autodestruyó como se autodestruyen las hamburguesas (PLAF) en los sótanos de los restaurantes de comida rápida (PLAF).

—Lo siento —dijo Perenchio.

Kirby se quedó callado. Acababa de darse cuenta de que junto a Shirley estaba Fanny Dundee. Aquel maldito Póster de Dinosaurio. ¿Qué demonios hacía allí?

—Voy a ir con Reeve —añadió Perenchio. Y—: Creí que lo sabías.

Lero la escuchó, pero no por eso dejó de mirar a Dundee. Se concentró en ella, porque no quería pensar en lo que estaba pasando. ¿Y qué estaba pasando? Pues que Shirley acababa de rechazarle. Acababa de decirle algo parecido a: Oh, vete al infierno, ¿quieres, Kirb? Pienso ir al baile con el jodido De Marco.

Jodido De Marco, pensó Kirby.

Luego se concentró en Dundee.

Lanzó una llamarada de odio contra Dundee.

Dundee, que sólo deseaba encoger, alcanzar el tamaño de una canica, rodar sobre la mesa, caer al suelo y desaparecer, desaparecer para siempre, mudarse a otro planeta, un planeta en el que los chicos más populares del instituto no eran musculosos y terriblemente violentos, un planeta en el que los chicos más populares del instituto eran chicos listos y coleccionaban cromos de dinosaurios.

—¿Y tú qué coño miras? —Ése era Kirby, dirigiéndose a Fanny Dundee.

—¿Yo-yo? —balbuceó la chica.

—¿De qué coño te *ríes*? —dijo Lero.

—Lero, tío —dijo Perenchio.

—Se está riendo de mí —dijo Kirby—. Le voy a arrancar la cabeza.

Shirley miró a Fanny.

Estaba temblando.

—Pasa de él —le susurró.

Dundee trató de concentrarse en su libreta. Pero lo único que consiguió con eso fue empezar a escuchar a las ecuaciones gritar:

—SAL DE AQUÍ, ESTÚPIDA, SAL DE UNA VEZ, ¿O ES QUE QUIERES QUE TE ARRANQUE LA CABEZA?

No eran unas ecuaciones muy realistas. Fanny estaba en la mesa que había junto a la ventana y para salir tenía que pasar *forzosamente* junto a Kirby. A menos que las ecuaciones se refirieran a que podía abrir la ventana y saltar.

Oh, no, ni pensarlo.

—Tú, puto monstruo —continuó Kirby—. Nadie se ríe de Leroy Kirby.

Dicho esto, Kirby pateó la mesa de Dundee. La mesa de Dundee dio un salto y se clavó entre la tercera y la cuarta costilla derecha de la chica. Todas sus cosas rodaron (como canicas) y cayeron al suelo. Shirley gritó:

—¡JODER, LERO!

Las ecuaciones se callaron.

O si siguieron hablando, lo hicieron en el suelo, a los pies de Dundee, que trataba en aquel momento de reprimir un sollozo. Tenía la garganta hinchada, algo allí *dentro* se había hinchado, de forma tan *estremecedoramente* brutal que la chica tenía la sensación de que, si hubiera podido mirarse a un espejo, no habría encontrado su cabeza sobre su cuello, sino sobre una sandía GIGANTE.

Fanny estaba convencida de que el próximo golpe lo recibiría su cabeza.

Pero ¿podía alguien arrancarle la cabeza a alguien así, de cualquier manera?

No, a menos que uno de los dos fuese un tiranosaurio, pensó.

En cualquier caso, cerró los ojos.

Y esperó lo peor.

Pero lo peor no llegó.

Se produjo un pequeño revuelo a su alrededor, Shirley susurró una, dos, tres veces lo que había ocurrido (como si contara un cuento, como si hablara de algo que le había pasado a *otra*, quizá en televisión, la noche del martes), y para cuando Fanny volvió a abrir los ojos, Leroy Kirby había desaparecido y sus cosas volvían a estar sobre la mesa. Junto a Shirley, Carla Rodríguez y otra chica se decían que había funcionado, decían, Tía, le gustas, y, Cómo se ha puesto, y, ¿Has visto cómo se ha puesto?, fue entonces, cuando la futura paleontóloga descubrió que su terror no era más que un cromo repetido, algo que se usaba para alcanzar un *fin*, otro valioso cromo, el más valioso de todos, la *cita* con el monstruo, cuando la primera lágrima resbaló por su enrojecida mejilla izquierda.

Muy bien, pensó Servant aquella mañana, la mañana del Baile de los Monstruos, la mañana en la que Leroy Kirby descubrió que Shirley Perenchio tenía una *cita*, una *verdadera* cita, con Reeve (El Jodido Machito Nenaza) De Marco, Servant pensó, Si Erin no quiere convertirme en zombie, lo haré yo mismo.

Pero ¿cómo demonios iba a hacerlo? ¿Cómo demonios lo había hecho ella?

—Oh, no. No voy a hacerlo de *esa* forma —se dijo. Y luego, mirando al pequeño Fox Mulder, añadió—: Sólo voy a disfrazarme de chico zombie.

Claro, sí. No tenía más que hacer pedazos uno de sus chalecos, untarse los zapatos de barro (por todos los dioses galácticos, como diría Robbie Stamp, si tenía que ser un zombie bien podría haber salido de *debajo* de tierra), cubrirse de putrefactas llagas supurantes y hacer que su piel se volviera gris. Usaría las ceras con las que solía dibujar para eso. Las tenía en alguna parte. En su cuarto, Alguna Parte.

Tardó cerca de un millón de años en encontrarlas.

Y otro en elegir la camisa que iba a teñir de rojo sangre (sucia).

Había pensado pasar a recoger a Erin camino del instituto. Con un poco de suerte, llegaría a su puerta antes de que ella saliera de casa.

Pero no había contado con su *nuevo* aspecto.

No había contado con que al pueblo de Elron le traía sin cuidado que el Robert Mitchum celebrara aquella noche su tradicional Baile de los Monstruos.

Le detuvieron en cuatro ocasiones para preguntarle si había sufrido algún tipo de *asalto*. Él se limitó a sonreír y a contestar:

—Es Halloween.

Su interlocutor entonces fruncía el ceño y negaba con la cabeza.

Luego seguía su camino.

—¿Qué demonios le pasa a todo el mundo? —se preguntaba entonces Servant.

Había llegado a la puerta de Fancher a las nueve menos tres minutos.

Bien, aquí estás, justo a tiempo, se dijo.

A continuación, se miró en el retrovisor de un coche rojo y se rió:

—JEUJEU.

Luego se metió las manos en los bolsillos y esperó.

Su plan era el siguiente: esperar.

Esperaría a que Fancher saliese de casa y la acompañaría al instituto.

De camino, le preguntaría si tenía pareja para el baile *otra vez*.

Sí, eso haría.

Pero antes tenía que esperar.

Y esperó.

Esperó durante más de una hora, sentado en el suelo, leyendo *Excursión a Delmak-O* de Voss Van Conner. El protagonista de *Excursión a Delmak-O* era un astronauta que, en su día libre, decidía llevar a su familia a un agradable planeta que después de todo no resultaba ser tan agradable. El planeta se llamaba Delmak-O y estaba dominado por una extraña raza rebelde de edificios deshabitados.

—Oh, no puedo creérmelo. —Servant se lo dijo a Voss. Acababa de leer un párrafo en el que el escritor describía el modo en el que los edificios deshabitados solían quedar para salir. Se invitaban unos a otros a subir a una colina y contemplar las vastas llanuras del planeta, vastas llanuras que tarde o temprano serían suyas.

—Yo sí que no puedo creérmelo —dijo Fancher sobre su cabeza. Había salido de casa. Al fin. Y Servant estaba tan concentrado en su lectura que ni siquiera había oído la puerta—. ¿Qué haces *tú* aquí?

Servant se puso de pie de un salto y gritó:

—¡TACHÁN! —Había abierto los brazos y se señalaba, esperando que Fancher sonriera.

Y, aunque al principio pareció que no iba a hacerlo, al final Fancher sonrió.

Negó con la cabeza y sonrió.

A Servant el estómago se le hizo un agujero negro. Una pelota de plástico con sentido del vértigo arrojada al vacío de repente.

—¿Te gusta? —preguntó.

—No —dijo Erin.

—Oh, vaya, la chica se ha vuelto exquisita —dijo Servant, guardándose el libro en la mochila—. ¿No te parezco lo suficientemente *muerto*?

Fancher no respondió. Se limitó a preguntar:

—¿Qué es eso?

Estaba señalando los brazos presuntamente amoratados de Servant.

—Llagas —respondió él—. Como las tuyas.

—No parecen llagas —dijo Fancher.

—Aguafiestas —dijo Servant.

Fancher se rió (Jejejei). Llevaba aquella gorra horrible, las tiritas y todo lo demás. Pero Servant tuvo la sensación de que algo había cambiado. Tenía un aspecto ligeramente más saludable. El color de sus mejillas era otro, su labio superior parecía totalmente *recuperado*, y su sonrisa, oh, demonios, su sonrisa era algo más *blanca*.

—Vamos —dijo luego—. Llegamos tarde.

—¿A quién le importa? ¡Estamos muertos! —bramó el chico.

—Tú no —dijo ella.

—Ya lo creo que sí. Huelo mal.

Fancher se acercó a él.

—Bah, eso no es nada. Huele.

—PUAJ —dijo Servant—. Lo tuyo es insuperable.

—Insuperable —dijo Fancher y luego—: Me gusta.

El corazón de Servant (BUMbumBUMbum) parecía pedir permiso para entrar. Y parecía tener mucha prisa (BububuBUM BuBUM).

—Oye, ¿has pensado lo del baile? —preguntó.

—Ni de coña —dijo la chica.

—¿Por qué no?

—Eres el puto Billy Servant —dijo Fancher.

—Habló Miss Chaleco de Lana, la chica más popular del instituto.

—Además, no pienso ir al baile.

—Claro que irás —dijo Servant—. Y nos lo pasaremos en grande.

Fancher se calló. Dieron uno, dos, tres pasos en silencio. Luego la chica dijo:

—Ayer hablé con Pelma Ellis.

—Ah, sí. ¿Y te subió la nota?

—No —dijo Fancher, que había olvidado por completo el examen de Lengua—. Pero me dijo que conoce a alguien que puede curarme.

—¿Un curandero?

Fancher se encogió de hombros.

—Lo veré esta tarde —dijo.

—Un momento, ¿has quedado con Pelma esta tarde?

Fancher asintió.

—Dice que puede curarme.

—¿Y te lo has creído? Escucha, Pelma Ellis no está bien de la cabeza. Está loca. ¿Sabes lo que hizo? ¿Quieres saber lo que hizo?

—¿Qué hizo?

—Me invitó al baile.

Fancher se rió (JEJEJEJEI).

—Te lo digo en serio, Fancher, ¡es una puta pervertida!

—¿Es una pervertida porque te invitó al baile? ¿Crees que

lo hizo porque le gustas? ¿En qué mundo vives, Servant? ¡Lo hizo porque sabe que no tienes con quien ir! ¡Lo hizo porque sabe que eres un puto psicópata!

Servant se detuvo, levantó el dedo índice y dijo:

—Escucha.

Pero luego no dijo nada más.

Dejó caer la mano y susurró: Bah.

Y a continuación, dijo:

—Acabas de joderlo todo.

—¿Por qué? ¿Qué coño te pasa? ¡La puta Pelma Ellis sólo quiere ayudarme! ¿Es que no quieres que me cure?

Servant echó a andar, aceleró el paso, la dejó atrás.

Fancher trataba de seguirle, pero era una tarea imposible. Apenas podía levantar los pies del suelo. Oh, joder, Muerte del Demonio, se dijo. No puedes acelerar el paso si tus pies se empeñan en no despegarse del suelo.

—¡BILLY! —gritó.

Y luego:

—¡LO SIENTO!

Y más tarde:

—LO SIENTO, ¿VALE?

El chico aminoró la marcha. Estaba cruzando la puerta del instituto cuando Fancher lo alcanzó. Se miraba los zapatos cubiertos de barro. Con la mochila pegada a la espalda, las manos sujetando las asas, el flequillo tapándole el lunar que Wanda Olmos había pintado en su frente.

—Quiero que vengas esta tarde conmigo —le dijo Erin, en un susurro—. Y luego yo iré contigo al baile.

Servant no respondió. Pero la miró.

—¿Vale? —preguntó Fancher.

El chico asintió.

Dijo:

—Vale.

8

Estrechar la mano a un traje (¿le parece divertido?)

Boggs Merrill, el propietario de la única tienda de disfraces de Elron, Máscaras Merrill, era el único invitado del Baile de los Monstruos que no asistía al Robert Mitchum (ni lo había hecho nunca). Irma Jeeps, ex directora del instituto, lo había invitado a la primera edición con el único fin de tratar de llevárselo a la cama. Boggs le había parecido a Irma un chico de mundo, aunque nunca había salido de su tienda de disfraces. Su aspecto era el de un conde, un conde alto, guapo, sabelotodo, musculoso y sonriente. Solía vestir de época y tenía un perro estúpido al que llamaba Míster Fitch.

Oh, también era bastante amanerado.

Eso Irma lo había pasado por alto.

Había *querido* pasarlo por alto, pues todos en Elron sabían que a Boggs Merrill le gustaban los chicos.

Mejor dicho, los hombres.

Y, en concreto, los hombres a los que les gustaba disfrazarse.

Pero de eso Rigan Sanders no tenía ni idea.

—¡Director Sanders! —saludó Boggs, con su incómoda voz de gladiador (Merrill había doblado al protagonista de una ridícula película de gladiadores que aún figuraba como el único souvenir de Elron en casi todas las tiendas de regalos de la ciudad).

Sí, Rigan Sanders acababa de entrar en Máscaras Merrill.

—Buenas tardes, señor Marry —dijo el director.

—Merrill si no le importa —corrigió el amanerado gladiador.

Rigan asintió. Dijo, Merrill, sí. Luego anudó las manos a su espalda y se aclaró la garganta. Miró alrededor. Había disfraces por todas partes. Algunos hasta colgaban del techo. El sitio era pequeño pero acogedor.

—¿Le va bien el negocio? —preguntó, caminando hasta el rincón de las pelucas y preguntándose qué aspecto tendría con una peluca rubia.

Merrill relajó su sonrisa un segundo para contestar:

—No puedo quejarme.

El director Sanders se aproximó entonces a una de las perchas. Hizo ademán de tocar lo que le pareció una capa (una capa de Conde Drácula) y oyó un quejido bajo su zapato derecho. Lo levantó, creyendo que había pisado algo *vivo* del tamaño de una chincheta capaz de hacer oír sus quejidos al gigante que trataba de aplastarlo.

—Tranquilícese, Míster Fitch, el director Sanders sólo está mirando —musitó, a su espalda, Merrill—. ¿Busca algo en concreto, director?

El director se secó el sudor de la frente con un pañuelo y miró a Merrill. Había vuelto tras el mostrador y acunaba a un chucho diminuto. Lo acunaba como se acunan los bebés. El chucho no parecía muy cómodo. Estaba tratando de escapar del abrazo de Mamá Merrill. Los quejidos que el director había oído bajo su pie derecho provenían en realidad de aquel pequeño montón de huesos.

—¿Eso es un perro? —preguntó.

—*Esto*, director Sanders, es Míster Fitch.

El perro se irguió en una incómoda postura entre los brazos de Merrill.

El director Sanders descubrió entonces que le faltaba una oreja.

—Oh, vaya. Lo siento —dijo.

—Diga que está *encantado* de conocerle —ordenó Merrill.

—Estoy, eh, encantado —dijo el director Sanders.

Y sintió un escalofrío.

—Ahí lo tienes, Rig. Un jodido *delgado* chiflado. Apuesto a que tiene una sierra mecánica en alguna parte. Yo de ti me largaría antes de que me hiciera pedazos —dijo la voz de Keith Whitehead, su escritor favorito, en su cabeza.

A lo que Rig respondió:

—No puedo.

—¿Cómo dice? —Ése era Merrill.

—Necesito un —Sanders volvió a secarse el sudor de la frente con aquel estúpido pañuelo que ni siquiera llevaba sus iniciales bordadas— disfraz.

—Sabía que no había venido hasta aquí para preguntarme cómo me iba el negocio —dijo Boggs Merrill, tratando de recuperar su *máscara* de encantador de amantes de la purpurina—. ¿Y bien? ¿Ha pensado en algo?

—Sí —dijo el director Sanders. Le temblaban las rodillas—. Conde.

—¿Conde? —preguntó Merrill, saliendo de detrás del mostrador y aproximándose a él con aquella bola de pelo aún entre sus brazos—. ¿No es un baile de monstruos?

—Drácula —balbuceó el director.

Merrill sonrió.

Dijo:

—Oh. —Y luego—: Entiendo.

Y empezó a buscar con delicada determinación entre las perchas. La tienda estaba en penumbra y el suelo de madera crujía bajo sus pies. Todo tenía un aspecto pretendidamente fantasmagórico. Y el golpear de perchas (CLAC) (CLAC CLAC) que no resultaba, en absoluto (CLAC), agradable, ayudaba a intensificar la sensación de encontrarse en la antesala del pasaje del terror de una feria ambulante.

—Y dígame, director, ¿tiene usted pareja para el baile? —preguntó Merrill, mirándole directamente a los ojos, mientras seguía (CLAC) (CLAC CLAC) golpeando aquellas condenadas perchas (CLAC).

—Oh, eh, sisisí —tartamudeó Rigan, con un hilo de voz. La mirada azul marino de Boggs Merrill era penetrante y francamente terrorífica.

—Me lo temía —dijo Merrill, y devolvió la mirada al perchero. El director Sanders se fijó entonces en el perro. Le miraba implorando piedad. Sus ojos decían: Sácame de aquí. Y: No preguntes, no preguntes lo que hace conmigo por las noches, tú limítate a sacarme de aquí—. No se disfrazó usted el año pasado porque no tenía compañía. ¿Quién es la afortunada? ¿O es *afortunado*?

Merrill acababa de volver a clavar su mirada azul marino en algún punto entre la poco agraciada nariz del director Sanders y su frente.

Rigan trató de sonreír.

No lo consiguió.

—Oh, es, es una, mujer —dijo.

—Mujer, *claro* —dijo Merrill, volviendo a concentrarse en los vestidos—. Oh, aquí lo tiene. Director Sanders, le presento al señor Conde *Drácula*.

Todo lo que vio Rigan fue un traje metido en una bolsa. Una capa, una camisa y un pantalón. ¿De veras creía que iba a estrecharle la mano? ¿A un *traje*?

—Encantado —dijo el director.

Merrill se rió (JIJUJIJU).

—Oh, vamos, director, sólo es un traje —dijo.

—Claro —dijo Rigan—. Envuélvamelo. Me lo llevo.

—No tan deprisa —dijo Merrill—. ¿Acaso no piensa probárselo?

—Correré el riesgo —dijo el director, tratando, otra vez sin éxito, de sonreír.

—No debería —dijo Merrill, y volvió a clavar su mirada azul marino en la del aterrado director—. En este tipo de trajes no se admiten cambios.

—Oh —dijo Rigan—. Es, eeeh, tengo un poco de, *prisa*.

—Oh, sólo será un momento —dijo Merrill, guiñándole un ojo y señalándole uno de los dos *tétricos* probadores de aquella caja de cerillas repleta de máscaras.

—Claro —aceptó Rigan, sintiéndose *realmente* acorralado.

—Oh, estúpido. Ahora es cuando va a *trocearte* —dijo el condenado Keith Whitehead en su cabeza—. Justo *ahora*. Voy a por mis palomitas.

Cállate, pensó Sanders, mientras se encaminaba hacia los probadores, seguido de Merrill, el chucho suplicante y aquel traje al que *casi* había estrechado la mano.

—¿Cómo ha dicho? —preguntó Merrill.

¿Lo he dicho en voz alta? ¿Le he pedido que se callara?

—Decía que puedo hacerlo yo mismo —mintió el director, arrebatándole con un torpe gesto desesperado el traje plastificado al siniestro y rubio dependiente—. No tiene que molestarse. Es, será, un momento.

—Oh —dijo Merrill.

Y añadió:

—No es ninguna molestia.

Pero para entonces Rigan Sanders estaba dentro de uno de los probadores, el suelo de madera crujía bajo sus pies y el espejo le devolvía la oscura y sudorosa visión de sí mismo que estaba tratando de evitar al negarse a probarse el traje. Oh, ahí estás y no te quiero para nada, parecía mascullar aquel condenado espejo enmarcado en cobre.

—Estúpido —le dijo, en un susurro.

Luego retiró el plástico del disfraz.

Se secó el sudor de la frente con el dorso de la mano y se dispuso a vérselas con su gigantesca barriga. Se quitó la chaqueta y desabrochó uno, dos, tres botones. Recordó entonces todas las veces en las que los protagonistas de las novelas de Keith Whitehead se metían en un probador y tenían que vérselas con sus barrigas semejantes a pelotas de tenis para gigantes. ¿Qué hacían para evitar deprimirse al encontrarse consigo mismos en el espejo? *Miraban el guante.* Cuando uno se pone un guante, solía decir Whitehead, no deja de mirarlo. No mira la mano, mira el guante. Todo el tiempo. Y eso hacían los personajes de Whitehead, miraban la camisa, miraban el pantalón, pero nunca, bajo ningún concepto, se miraban al espejo.

—Aún no me ha dicho quién es la afortunada. —Oh, ahí estaba una vez más, la voz de aquel chiflado. Sanders la ignoró. Metió una pierna en el delicado pantalón y maldijo a la chiflada de Irma Jeeps por haber inventado aquel maldito baile.

—No la conoce —contestó Rigan, tratando de mantener el equilibrio mientras metía la otra pierna en el pantalón—. ¿Recuerda a Pris Prickett?

—No me diga que piensa ir con Pris Prickett.

—No —dijo Rigan, que se había subido los pantalones pero no lograba abrochárselos y no podía evitar ver algo que no quería ver, su (ENORME) barriga—. Iré con su sustituta. La señorita Ellis.

—Oh, claro —dijo Merrill, y a continuación trató de sonsacarle lo que realmente *necesitaba* saber—. Disculpe mi indiscreción, director Sanders, pero… ¿puede saberse qué fue lo que hizo exactamente Pris Prickett con aquel alumno?

Rigan Sanders no respondió.

—¿Director Sanders?

—No es asunto suyo.

—Oh, entiendo, director, pero ya sabe, uno ha oído demasiadas cosas.

—Demasiadas, sí —dijo el director, que trataba de mantener la vista fija en el botón del pantalón que no abrochaba.

—¿Puede decirme al menos cuándo volverá?

—Lo único que puedo decirle es que no ha acertado usted con mi talla.

Aquel endiablado dependiente se rió:

—JOJOJI JOJOJI.

Pero a Rigan no le hacía ninguna gracia.

—¿Le parece divertido?

Boggs se calló. Dijo: No, claro que no, director Sanders, y se apresuró hacia algún lugar, de donde regresó con un traje de la talla adecuada.

Así está mejor, pensó Sanders.

Y a continuación no pudo evitar pensar: Lo ha sabido desde el principio. Sabía mi talla y ha tratado de ganar tiempo. ¿Por qué? ¿Para qué?

—¿Aún no lo sabes, estúpido? —Oh, Keith, el Gran (realmente Grande y Redondo) Keith Whitehead, con la boca llena de palomitas, ahí estás una vez más—. Quiere trocearte. Pero antes pensaba descubrir qué fue de Pris Prickett.

—¿Todo bien por ahí dentro, director Sanders? ¿Quiere que le eche un vistazo? —preguntó Merrill, que, de hecho, *ya* le estaba echando un vistazo a través de las cortinas.

Lo único que quiero es irme de aquí, pensó el director Sanders.

Y, con disimulo, golpeó tres veces un talón contra el otro.

—¡JAJAU JAJAU! —rió Keith Whitehead—. ¡NO PUEDO CREÉRMELO, RIG! ¿DE VERAS ERES *TAN* ESTÚPIDO?

Leroy Kirby encendió un cigarrillo. No lo encendió de cualquier manera. Colocó la mano delante del cigarrillo, a modo de escudo contra el viento. Luego torció la boca, su boca de labios exageradamente hinchados y deliciosamente esculpidos, y dijo:

—Puto De Marco.

Estaba sentado en el respaldo de un banco. A su lado, Eliot Brante temblaba. Le sudaban las manos. Estaba muerto de miedo. ¿Por qué? Oh, muy sencillo. Nunca antes había estado solo con Kirby. Estar a solas con Kirby quería decir ser *algo más* que el resto de los chicos de clase, que el resto de los chicos del instituto, que el resto de los chicos del *mundo*. Porque Kirby te había elegido. A ti. Para pasar un rato en un banco que parecía un moco reseco con una tarea (hacerse pasar por banco).

—No, eh, tío, es... —balbuceó Brante, con un hilo de voz.

—No, en serio, ¿de qué va? —Kirby golpeó su bien formado puño izquierdo contra la palma de su mano derecha, y, con el cigarrillo colgando de sus labios hinchados, dijo—: Le voy a arrancar la puta cabeza.

Eliot se imaginó a Reeve sin cabeza.

Suplicando, de rodillas, en el suelo, sin cabeza.

Mierda, pensó.

Y se pasó las manos por el pantalón. Tenía la sensación de que no tardarían en empezar a *chorrear* agua, como si de repente hubiesen sido invadidas por una raza extraterrestre que se dedicara a instalar microfuentes en las palmas de las manos de los adolescentes con granos.

—No sé, tío —dijo luego, y se sacó un cigarrillo del bolsillo. Estaba roto, pero no iba a detenerse a sacar otro. Así que lo encendió y se tragó un par de briznas de tabaco, o lo que demonios fuera aquello que metían dentro de los cigarrillos.

Rabioso, Kirby exhaló el humo del cigarrillo y luego se llevó la mano a la boca y se estuvo *royendo* los nudillos hasta que sangraron. Luego dijo:

—Mierda. —Y—: Joder.

Y lanzó el puño contra el aire y saltó del banco y empezó a darle patadas a la papelera. La papelera era de color naranja y estaba llena de mierda. Kirby metió su mano sangrante dentro de la jodida papelera y empezó a sacar todo lo que había allí dentro. Pieles de plátano, latas, restos de bocadillo, hojas de libreta, todo lleno de mierda, porque estaba en aquella condenada papelera que rebosaba de *mierda*.

Brante fingió que aquello era normal.

Porque no sabía lo que tenía que hacer.

Estaba con el puto Leroy Kirby, *a solas*, joder. Y lo estaba porque el puto Kirby *quería* decirle *algo*. Probablemente quisiera *ordenarle* algo, y Brante tendría que obedecer, porque eso es lo que siempre había hecho, *obedecer*, porque no quería meterse en líos, porque no quería tener que temer por su *cabeza*.

Así que siguió fumando su cigarrillo roto y se concentró en el envoltorio de Pastelitos Hoppy Harrington que Kirby acababa de pisar con una de sus Patrick Ewing azules. Pensó que los echaba de menos. Pensó que echaba de menos aquella época en la que Leroy Kirby no existía, ni existían los granos (oh, malditos granos), ni existían las chicas. Aquella época en la que bastaba un Hoppy Harrington para ser feliz. La época de las bicicletas, los globos de agua, el balón de fútbol, los dibujos animados.

La época (feliz) de las cosas de críos.

¿Acaso iba a volver?

Eliot sospechaba que no, que jamás volvería, que quizá la vida de adulto se le pareciera un poco, y a lo mejor hasta sería un poco mejor, porque no habría nadie que te obligara a comer verduras, pero no nos engañemos, los adultos no juegan a fútbol a menos que les paguen (o a menos que el nombre de su equipo aparezca en algún tipo de ránking). Tampoco ven dibujos animados, a menos que tengan niños. Y nunca, bajo ningún concepto, juegan con globos de agua.

Así que se acabó, pensó Eliot.

Mierda, se acabó, se añadió, y, sintiéndose algo triste sin saberlo, se bajó del banco y apartó con disimulo el envoltorio de Hoppy Harrington de la escena que estaba montando Kirby. Luego posó una de sus manos sudorosas en el hombro del chico más popular de la clase (oh, sí, es él, y me ha elegido a mí) y dijo:

—Eh, tío.

Kirby se detuvo. Lo miró por encima del hombro. Dio la última calada a su cigarrillo, pateó una vez más la papelera y gritó:

—¡JODER!

Brante cerró los ojos. Los cerró con fuerza. Pero sólo durante un segundo. No puede verlo, pensó. No puede ver que estoy muerto de miedo, pensó. Así que los abrió al instante y trató de sonreír, pero el tic nervioso que se había instalado en su mandíbula no le dejó. Ésa fue la razón de que se llevara el cigarrillo a la boca y esperara. Eliot esperó a que Kirby se calmara, esperó a que se calmara para decirle:

—¿Has visto esa película en la que la reina del baile acaba cubierta de sangre?

—¿Qué película?

—Una en la que la protagonista acaba cubierta de sangre.

—¿Quieres que lo *mate*?

Brante tragó saliva con un sonoro (GLUM).

—Nonono no. No. En realidad es sólo un cubo, un cubo lleno de sangre.

—¿Un cubo lleno de sangre?

—En la película le tiran un cubo lleno de sangre a la protagonista y todos se ríen de ella. Se lo tiran justo cuando sube al escenario a recoger no sé qué premio.

—¿Un premio?

—Sí. No sé —dijo Brante—. Es una película.

Kirby se quedó pensativo.

Estuvo pensando un buen rato.

Se chupaba los nudillos heridos mientras lo hacía.

Había vuelto al banco, se había sentado en el respaldo, y se chupaba los nudillos.

Brante se había quedado de pie, delante de él, y se había acabado el cigarrillo.

—Ya está —dijo Kirby, al cabo de un buen rato.

—¿El qué?

—Ya sé lo que le haremos.

—¿Lo que le haremos? ¿*Qué* vamos a hacerle, Lero?

—Algo que recordará para siempre, Brante.

—Lero, tío. Es Reeve.

—Es el puto De Marco —dijo Kirby—. ¿Estás con él o estás conmigo, Brante?

—Concon. Con*tigo*, tío —dijo Eliot.

—Bien —dijo Kirby—. Porque serás el encargado de traerlo a los vestuarios.

—Los vestuarios están cerrados, Lero.

—Los vestuarios *no* estarán cerrados, estúpido.

—¿Vas a robar las llaves?

—Tú encárgate de traerlo a los vestuarios, ¿vale? Yo me encargo del resto —dijo Kirby, sacando del bolsillo trasero de sus pantalones un paquete de tabaco vacío—. Ah, y ven disfrazado. Vamos a ir al baile.

Brante asintió.

—¿Y la sangre? —preguntó.

Kirby sonrió.

—Dame un cigarrillo, anda —dijo—. Y cuéntame otra vez ese rollo de la sangre.

Weebey Ripley no se había propuesto acabar con las existencias de las galletas de mantequilla con incrustaciones de chocolate blanco que servían junto al café en la cafetería Pip Van Der Velden, pero lo conseguiría si seguía devorándolas de tres en tres. Weebey, cuya infancia había sido descaradamente feliz y había incluido una cabaña en el árbol y cientos de miles de galletas de mantequilla similares a las que con tanto gusto devoraba aquella tarde, esperaba a la señorita Ellis incómodamente sentado en uno de los sillones verdiblancos de la cafetería. Su pajarita roja brillaba y su reloj de bolsillo (TIC TAC) seguía siendo un reloj de bolsillo (TIC TAC).

Weebey no podía evitar tener aspecto de mago que hubiera olvidado el conejo, la chistera y todo lo demás en una furgoneta mal aparcada.

—¿Puede servirme un puñado más de estas *sabrosas* galletitas? —preguntó al camarero, con la boca llena y migas equilibristas en su *brillante* y roja pajarita.

—Lo siento, señor, pero creo que ha comido suficiente —respondió el chico.

Weebey tragó (GLAM) los restos de galletitas y (EJEM) se aclaró la garganta antes de responder cortésmente a lo que consideró una desagradable falta de respeto.

—No, caballero, no he comido suficiente —dijo. Y tendiéndole el platito vacío, añadió—: Sea tan amable de traerme un puñado más.

El camarero, un chico del montón, con algunas pecas, una nariz con forma de aleta de tiburón, los ojos ligeramente más separados de lo normal y un grano en la frente, se encogió de hombros y se llevó el platito.

Weebey sonrió.

Luego se fijó en uno de los retratos que colgaban de las paredes de la cafetería. Era una cara con *plumas*. Weebey la examinó con detenimiento. La cara parecía haber sido *atravesada* por al menos tres plumas, que se hacían pasar por: una boca, una nariz, un ceño fruncido. La cara también parecía haber sido *agujereada* por dos disparos que el pintor había convertido en un par de ojos, carbonizados.

—¿Señor Ripley? —dijo una voz a su espalda.

—¡POR DIOS SANTO! —Weebey dio un salto en su sillón verdiblanco.

—Oh, lo siento, ¿le he asustado? —preguntó la voz.

Weebey se dio media vuelta.

Era *su* voz.

La voz de Velma Ellis, la mujer que había frotado la lámpara.

—Señorita —dijo Weebey, poniéndose en pie y tendiéndole la mano, tratando de evitar mirar aquel condenado cuadro—. El placer es mío.

—Oh —dijo Velma—. No es ningún...

—Tome asiento, por favor. —Weebey señaló el sillón vacío más próximo a la señorita Ellis—. Llamaré al camarero.

—Sí —dijo la profesora suplente de Lengua, decidida a formular su tercer deseo si después de todo la chica no se presentaba. Porque podía ocurrir. Podía no presentarse. Y entonces ¿qué pediría? ¿Casarse *definitivamente* con el director Sanders o hacer olvidar a Billy Servant que lo había invitado al baile?

Pervertida, pensó.

Estúpida.

Estúpida, estúpida, estúpida.

—¿Señorita? —Ése era Weebey.

—¿Eh? —Velma salió de su asfixiante ensoñación.

—¿Qué va a tomar? —preguntó el camarero.

—Oh. Un café con leche —dijo Velma.

—Y galletitas —dijo Weebey.

El camarero no dijo nada. Se limitó a torcer el gesto y a irse por donde había venido. Velma se sentó. Sonrió. El labio superior le tembló ligeramente al hacerlo.

—¿Y bien? —preguntó Weebey.

—No es para mí —dijo Velma.

—¿Cómo?

—El tercer —Velma bajó la voz y añadió— *deseo*.

—Oh. Pues espero que no sea para todos nosotros. Espero que no sea la paz en el mundo porque le aseguro que no le gustaría.

—¿Puede usted hacer eso? ¿Puede usted conseguir que haya paz en el mundo? —¿Cómo he sido tan estúpida? ¿Por qué no he deseado la paz en el mundo? ¿Acaso soy otra de esas *horribles* personas que *sólo* piensan en sí mismas? Apuesto a que la paz en el mundo habría sido el primer deseo de Pelma Peca Gorda Ellis, se dijo la profesora suplente de Lengua, ¿por qué nos olvidamos de los demás cuando crecemos?

No lo hacemos, dijo la voz de Robbie Stamp en su cabeza.

Es sólo que estamos tan cansados de hacer cosas por los demás sin que ellos tan siquiera adviertan nuestra presencia que cuando alguien nos concede tres deseos nuestro cerebro bloquea la posibilidad de pensar en nadie más que en él, argumentó la escritora.

Oh, pensó Velma.

—Por supuesto, señorita, ¿por quién me toma? —contestó Weebey—. Sólo que sé que la paz en el mundo no le gustaría. Ni a usted ni a nadie.

—¿Me está diciendo que puede usted acabar con todas las guerras y que no lo ha hecho aún porque cree que no me gustaría?

—Ni a usted ni a nadie —repitió aquel condenado genio de la lámpara.

—No habla en serio.

—Señorita, *siempre* hablo en serio —dijo Weebey, sonriendo de repente—. Oh, ahí vienen mis galletitas.

El camarero dejó las galletitas sobre la mesa, asegurándose de que no quedaban al alcance de Weebey, luego colocó una humeante taza de café con leche ante Velma y sonrió. Imaginó al gordo chiflado *encima* de la pelirroja. El gordo chiflado gritaba:

—¿QUIERES MÁS *GALLETITAS*, pequeña? ¡OooH, SÍ!

Gordo chiflado, pensó.

Y luego se fue por donde había venido.

Otra vez.

—¡MMM! —Ése era Weebey. No el Weebey que había en la cabeza del camarero sino el Weebey que había tenido una infancia endiabladamente feliz y que decía ser el genio de la lámpara. Se había puesto en pie para alcanzar el platito de galletas y tenía la boca llena de los restos de una de ellas—. ¡DELICIOSAS!

—¿Por qué cree que no me gustaría? —preguntó Velma, que de repente se sentía culpable, terriblemente culpable, por no haber pensado en salvar a la humanidad.

—¿Le gustaría estar muerta? —preguntó el genio—. Mejor dicho, ¿le gustaría que los demás estuvieran muertos? ¿Todos, muertos?

—No —dijo la profesora suplente.

—Pues entonces he acertado —dijo Weebey, metiéndose en la boca otra galleta.

—¿Cómo?

—¿No suele decirse descanse en *paz*? ¿Cómo cree que se conseguiría la paz mundial? Acabar con todas las guerras sería algo absurdo y temporal, no garantizaría nada, pues mañana podría declararse una nueva guerra y su deseo habría sido inútil. Para que la paz persistiera, el ser humano tendría que desaparecer de la faz de la Tierra. Morirían todos, menos usted. Y yo volvería a mi lámpara y esperaría a que usted volviera a despertarme para desear que el mundo volviera a ser el de siempre.

—Oh —dijo Velma—. Jamás me había parado a pensarlo.

—Nadie lo hace —dijo Weebey, y se metió dos galletas en la boca, masticó con placer y añadió—: No se culpe por eso.

Velma dio un sorbo a su café. Luego dijo:

—Aún no le he dado las gracias.

Weebey frunció el ceño.

—Por el segundo deseo —añadió Velma—. Se cumplió.

—¿La invitó al baile?

Velma asintió.

—¿Y qué me dice del tercero?

—No es para mí —repitió Velma.

—Claro que sí. Usted frotó la lámpara. El deseo es suyo.

—Yo ya tengo lo que quería —dijo Velma y pensó en el Vestido, y luego pensó en el otro vestido, el que iba a ponerse esa noche, un vestido blanco de Damisela en Peligro.

—¿Seguro?

—Esa chica tiene problemas.

—Oh, demonios. —Weebey estaba mirando el platito de las galletas. Volvía a estar vacío—. Han vuelto a acabarse.

—Y a lo mejor es por mi culpa —prosiguió Ellis.

—¿Cómo? —Weebey estaba rebañando el platito, mojándose los dedos en saliva y recogiendo hasta la última de las migas—. Explíquese.

—Creo que es una especie de maldición. No sé cómo he debido hacerlo, pero lo he hecho. Ella deseó que me muriera.

Velma recreó en su mente la escena en la que Fancher golpeó su viejo Ford y le gritó: ¡MUÉRETE!, y pensó por primera vez que quizá existiera algo parecido a Dios, sólo que siempre estaba demasiado ocupado, y había dado la casualidad de que en aquel momento estaba mirándola a ella, A ELLA, a la pequeña Pelma Peca Gorda Ellis, encerrada en su Ford Sierra, siendo amenazada por una estúpida niñata que había suspendido un examen, y pensó: MUÉRETE TÚ. Sí, Dios debió pensar: MUÉRETE TÚ. Y ella se murió, sólo que de forma *figurada*.

—¿Es usted capaz de eso? —preguntó Weebey Ripley, lanzando su cuerpo hacia delante, de repente interesado.

—¿Cree usted en Dios, señor Ripley? —preguntó Velma.

—Supongo que sí —dijo Weebey—. Aunque nunca lo he visto.

Velma se echó también hacia delante, en su incómodo sillón, de manera que su cara quedó a apenas unos centímetros de la del genio, parecían dos amantes a punto de darse el primer beso, y dijo:

—Creo que ha sido Él.

Lo susurró, porque le daba vergüenza.

Le daba vergüenza creer en Dios como en un tipo atareado con unos prismáticos encerrado en una nube para quien la vida consistía en espiar a sus pequeñas creaciones y castigar a quienes se portaban mal y premiar a los que lo hacían todo bien.

—¿Dios? —Weebey no se rió.

Velma asintió.

—¿Y qué le ha hecho exactamente?

Velma bajó aún más la voz y dijo:

—La ha convertido en zombie.

—Dios santo —dijo Weebey.

—Lo sé. Es horrible —dijo Velma.

—No, no, es... ¿De veras cree que ha sido Dios?

—¿Quién si no?

Weebey tragó saliva con un sonoro (GLUM).
—Usted —dijo.
—¿Yo?
—Escuche, no se lo tome a mal, pero... ¿Y si fuera usted una bruja sin saberlo, señorita Ellis?

Velma se echó hacia atrás, dejándose caer en el respaldo del incómodo sillón, como si pudiera esquivar con un gesto así la pregunta que había formulado Weebey. Y luego espetó:

—¿Una bruja? ¿Está usted loco?
—¿Por qué no?
—Yo no tengo la culpa de que usted sea un monstruo.
—No tiene usted derecho a insultarme.
—Ni usted tampoco.

Velma cogió su taza de café y bebió un largo trago de aquel líquido ya frío. Ha sido una mala idea desde el principio, pensó. No existe ningún Dios que convierta en zombies a las chicas que desean la muerte a sus profesoras de Lengua, se dijo.

Esa estúpida cría te está tomando el pelo, se dijo a continuación.

—Creo que acaba de entrar —dijo entonces Weebey Ripley.
—¿Quién? —preguntó Velma.
—Su chica muerta —dijo el genio.

Sentado a los pies de su cama, Reeve De Marco pulsaba un botón (A) y luego otro (B) para que el rechoncho fontanero (primero) saltara sobre tuberías gigantes y (luego) golpeara ladrillos que escondían setas que podían convertirlo en Un Tipo Importante, Un Tipo Más Grande, alguien a quien había que *respetar*. Ojalá fuese todo tan sencillo, pensó el chico. Ojalá la vida consistiera en esquivar plantas carnívoras, golpear cubos de ladrillos y coleccionar setas que podían convertirte en Un Tipo Importante.

Ralph Namond había pensado algo parecido antes de empezar a verse pixelado en el espejo. Luego se había dejado bigote y le había pedido a su madre que dejara de llamarle Ralph.

—Soy Mario, mamá —le había dicho.

Pero Reeve De Marco no era Ralph Namond.

Aunque a veces, como él, lo único que quería era no tener que pensar en nada que fuese *real*. No tener que pensar en Kirby. No tener que pensar en Shirley Perenchio. No tener que pensar en *nada*. Sólo pulsar botones (AB Select Start).

No sé cómo me he metido en esto, pensó, mientras Mario saltaba y (oh, oh) se hacía otra vez pequeño (diminuto) por culpa de una ridícula bola de fuego rosa que había escupido una planta carnívora de mullidos labios blancos.

Lo peor, pensó, es que Brante me ha dejado.

Lo había visto con Kirby, hacía un rato, en el banco que había justo delante del instituto. Reeve se había apresurado a doblar la esquina y desaparecer. Estaba seguro de que ellos no le habían visto. Si lo hubieran hecho, pensó, algo me estaría doliendo mucho ahora mismo. Reeve estaba convencido de que era cuestión de tiempo que Kirby le diera una paliza. Y el hecho de que Eliot le hubiese dejado tirado era la prueba más clara de que estaba a un paso de convertirse en Reeve Nenaza, el tipo que estaba un punto por debajo de Servant Patilla de Elefante en el ránking de Desechos Oficiales del Robert Mitchum.

Reeve dejó de concentrarse en evitar setas cabreadas y Mario murió. Entonces el Mario muerto dio un salto (bocabajo) y estuvo a punto de salirse de la pantalla, pero no lo hizo, se quedó allí dentro, porque tampoco estaba dispuesto a vivir una vida *real*, se quedó con sus setas, sus tuberías, sus plantas carnívoras y la princesa del castillo.

Reeve se quedó del otro lado, pensando en que no estaría nada mal tener un interruptor en algún lugar para poder apagarse de vez en cuando. Como se apagaban las consolas cuando estabas harto de *jugar*.

Puedes hacerlo, dijo la pixelada voz de Super Mario en su cabeza.

Ya, y los elefantes vuelan, contestó De Marco.

Llama a Shirley, dile que no piensas ir al baile, dile que Kirby se está enfadando, que Kirby se está enfadando *muchísimo* y que tienes miedo, dijo Super Mario.

—No puedo decirle que tengo miedo —le contestó Reeve, en voz alta.

Pero puedes decirle que te encuentras *mal*, contraatacó Super Mario.

—Para ti es muy fácil, ¿verdad? Estás ahí dentro. No tienes ni idea.

Cobarde, dijo Super Mario.

—Gordo enano del demonio —dijo Reeve.

BIBIBIBIP BIBIBIBIP BIP. BIP BIP.

El teléfono inalámbrico estaba sonando.

¿No vas a contestar?, preguntó Super Mario.

—Cállate, ¿quieres? —Reeve se levantó del suelo y corrió hasta su mesita de noche. Sin saber por qué, estaba convencido de que era para él.

Se armó de valor. Carraspeó. Descolgó. Dijo:

—¿Sí?

—¿Reeve?

Era (OH DIOS) Shirley.

—Ho-hola. —Reeve tartamudeó.

—Estaba poniéndome la peluca y he pensado: ¿No se confundirá Reeve y se pondrá la máscara del tío de *Viernes 13*? No son el mismo tío, ¿lo sabes, no? Michael Myers es el hermano de Jamie Lee y tiene cara de muerto, toda la cara blanca, como una máscara. El otro se llama Jason y lleva algo parecido a un protector de hockey.

—Ya —dijo Reeve, con un hilo de voz.

—¿Te vas a pintar la cara de blanco entonces o tienes la máscara de Michael?

—Tengo la, eh, tengo la máscara —dijo De Marco.

—Genial —dijo Shirley.

Luego no dijeron nada durante tres millones de años.

Fue Reeve quien retomó la conversación:

—Shirley —dijo—. No sé si, eh, no sé si, a lo mejor no debería ir al baile.

—¿QUÉ?

—Creo que Lero se ha enfadado —dijo. Y pensó: ¿No era eso lo que querías? ¿No querías joderle *bien*?

Shirley no dijo nada.

—¿Shirley?

—Hoy casi le pega a Dundee cuando le he dicho que voy a ir al baile contigo.

—¿Qué?

—¿Tú crees que es verdad que le gusto?

—Mierda, Shirl, ¡claro que es verdad! —Reeve tenía ganas de llorar. Pero no iba a hacerlo. No podía hacerlo. Jodido nenaza, se dijo—. Mierda, Shirl, mierda, jo-der.

—¿Qué pasa?

—Que tenías que haberle dicho que preferías ir con él.

—¿Por qué iba a preferir ir con él?

—¡Porque te gusta!

—No sé si me gusta —dijo Shirley.

—¿QUÉ? —gritó Reeve.

—No me grites —dijo Shirley.

—¿CREES QUE ES DIVERTIDO? Pues no lo es, Shirl, NO LO ES. ¿Sabes lo que podría hacerme Lero POR ESTO?

—No va a arrancarte la cabeza —dijo Shirley—. Lo dice

todo el tiempo pero no puede hacerlo. Nadie puede arrancarle la cabeza a nadie.

—¿TE ESTÁS ESCUCHANDO, SHIRL?

—¿Qué he dicho? Me estás asustando, Reeve —dijo Shirley.

—No pienso ir al baile —dijo Reeve.

—No hablas en serio.

—Claro que sí.

—Vete a la mierda, Reeve.

—No, vete tú, Shirl.

—Lo jodí todo con Erin por tu culpa.

—¿Por mi culpa?

—No puedes dejarme tirada. Si me dejas tirada —Shirley se puso muy seria— se lo diré a Lero. Le diré que eres un puto marica.

—¿Qué? Pero ¿de qué coño vas?

—Escucha, Reeve. Quiero verte a las ocho en *mi* casa, con la máscara de Michael Myers puesta. Si no vienes, daré por hecho que eres un puto marica y llamaré a Lero.

—Shirl.

—¿Entendido, Reeve?

Mierda, pensó Reeve.

Mierda, mierda, mierda.

—¿Un genio de la lámpara? —Erin no se rió. Pensó: Servant tenía razón. Y: Está chiflada. Y luego dijo—: ¿Me toma el pelo?

—No, señorita —dijo Weebey, y esbozó una sonrisa que a punto estuvo de tragárselo entero. Las sonrisas de Weebey Ripley eran como tiburones hambrientos—. No le tomo el pelo.

El ambiente en la cafetería Pip Van Der Velden era relajado. Sólo había dos mesas ocupadas, los manteles permanecían callados y la música era extremadamente suave y se arremolinaba en el techo formando una nube de algodón fantasma.

—Los genios de la lámpara no existen —dijo la chica.
—Yo existo —dijo Weebey.
—Usted está chiflado —dijo Fancher y, mirando a Velma, añadió—: Y usted también. Servant tenía razón.
—Señorita, no le negaré que resulta sospechoso que la señorita Ellis y yo nos conociéramos en una de las terapias de grupo del señor Droster, pero debería usted saber que...
—¿Otra vez va a soltarme ese rollo sobre el señor Droster? —Fancher miró a Velma con algo parecido a una llamarada de odio en su mirada amarillenta y luego, oh, luego pareció entender *algo*—: OH, JO-DER. Eso es. La envía mi padre, ¿cómo he sido tan estúpida? ¡Es amiga de Dudd Droster! ¡JO-DER!

Velma frunció el ceño, indignada.

—¿Es eso lo que crees, niñata desagradecida?

Oh, demonios, Vel, puede que te hayas pasado un poco con la chica, dijo la voz de su hermana en su cabeza. ¿Quieres hacer el favor de callarte, Mel? Tú no estás aquí. Tú nunca estás aquí, ¿vale?, repuso Velma.

—¿Cómo? —Ésa era Fancher, sorprendida.

—Estoy sintiéndome culpable, estoy sintiéndome como el mismísimo *demonio* por algo que seguramente *no* hice y sólo estoy tratando de echarte una jodida mano, ¿y tú crees que tengo algo que ver con el maldito Dudd Droster? ¿Quieres saber algo del maldito Dudd Droster? —Velma respiró hondo—. Se folla a sus clientas.

—¿Ese... tipo?

—Se folla a sus clientas y luego las lleva hasta la parada de autobús más próxima. Pero la culpa la tiene Schopenhauer.

—¿Cómo? —Ésa era Fancher.

—Schopenhauer es un filósofo —informó Weebey, que había vuelto a levantar la mano para llamar la atención del camarero pecoso.

—Ya lo sé —dijo Fancher. Luego se palmeó la mano derecha. Creía haber visto un gusano salir de debajo de una de las tiritas.

—Querida, eso no tiene buen aspecto —dijo Weebey.

—¿Puede verlo? ¿Usted también puede verlo? —preguntó Fancher.

—Claro que puedo —dijo Weebey.

Pero ¿qué era lo que veía realmente?

Un montón de tiritas.

Tiritas negras de suciedad acumulada.

Fancher miró primero a Weebey, que buscaba al camarero con la mirada y que, ciertamente, no parecía vivir en *este* mundo, y luego a Pelma Ellis, que la miraba entre airada y temerosa, ligeramente hundida en su sillón, y pensó: Está bien. Pensó: Puede que estén chiflados pero sólo intentan ayudarme. Además, ¿acaso no estoy yo también chiflada? ¿No creo que estoy muerta?

—Condenado chico —dijo Weebey—. ¿Cuándo piensa traer mis galletas?

Erin sonrió.

—¿De qué tamaño es tu lámpara? ¿Extra grande? —preguntó la chica.

—Oh. —Weebey rió—. JOU JOU.

Erin también rió (JEI JEI). Velma se limitó a sonreír.

Fue una sonrisa triste, que colgó de sus labios como un paraguas sin dueño.

—Creo que ya es suficiente, señor Ripley —dijo la profesora suplente de Lengua.

—¡MÁS GALLETAS! —gritó Fancher.

Oh, no puedo creérmelo, se dijo el camarero, Es ese chiflado gordo otra vez.

—No, es suficiente —dijo Velma.

Pero el camarero no la había escuchado a ella.

Así que sirvió otro platito de galletas.

—Mmm —se relamió Weebey.

El camarero se fue por donde había venido.

Fancher dijo:

—¿De veras *vives* en una lámpara? —preguntó la chica.

—No es muy cómodo, pero no puedo quejarme —dijo Weebey, con la boca llena.

Sonó así: *No es muy mómodo, pero no memo memarme*.

—¿Usted la ha visto? —le preguntó Fancher a Ellis.

No, pensó. Pero lo que dijo fue:

—Sí.

Weebey la miró sorprendido.

Alzó mucho las cejas y quiso sonreír pero no pudo.

Velma se dio cuenta, pero intentó no pensar en ello, intentó pensar en Rigan, en su cita de esa noche, y dijo:

—Será mejor que acabemos cuanto antes.

Weebey asintió. Se limpió las migas de la pajarita y dijo:

—Claro.

Fancher miró a uno y a otro y dijo:

—Eh, un momento, ¿está segura? Escuche, no creo que fuese por su culpa.

—Oh, ella tampoco. Velma cree que fue *Dios* —dijo Weebey.

Velma clavó una mirada airada en Weebey y dijo:

—Quiero formular mi tercer deseo.

Erin contuvo su ronroneante (RRRRRR) aliento de cortacésped desempleada. Weebey asintió. Dijo: Adelante.

Y Velma cerró los ojos con fuerza y pensó en Rigan. Lo visualizó en el altar con una sonrisa en los labios y unos colmillos de plástico en las manos. Llevaba puesto su disfraz de Conde Drácula. Estaba endiabladamente *guapo*.

—Quiero casarme con Rigan Sanders —dijo.

—¿QUÉ? —Ésa era Erin Fancher.

—Muy bien —dijo Weebey.

—¿CÓMO? —Fancher se había echado hacia delante en su sillón.

—Oh, lo siento. No sé en qué estaba pensando —dijo Velma, sintiéndose bien por primera vez en mucho tiempo, sintiendo que le hacía un favor a la pequeña Pelma Peca Gorda Ellis, condenando a muerte, a una muerte que no pensaba irse a ninguna parte, a una de esas niñas horribles, una de esas niñas que se reían de ella todo el tiempo, en el patio, en clase, en todas partes.

—¿Y yo qué? —preguntó Fancher.

Weebey miró a Velma. Velma se encogió de hombros. Sonrió.

Así que Weeb dijo:

—Deseo concedido.

—¿QUÉ? ¿Y YO? —Fancher estaba como loca.

—Señoritas —dijo Weebey, poniéndose en pie y despidiéndose con una reverencia de la profesora y su alumna—. Un placer.

—Oh, no no no no —dijo Erin—. ¿No se suponía que iba usted a curarme? ¿No se suponía que ella iba a pedir un deseo?

Weebey se encogió de hombros.

—Supongo que la señorita Ellis lo ha pensado mejor —dijo.

—Hija de puta —susurró Fancher. Se puso en pie, se colgó la mochila a la espalda, su espalda *supurante* y putrefacta, y escupió—: Ojalá se muera, ¿vale? Ojalá se muera y tenga que seguir yendo a clase. Ojalá se la coman los gusanos.

Velma no dijo nada. Se estaba mirando los pulgares. También estaba tratando de controlar su respiración. Evitaba respirar por la nariz porque Fancher olía francamente mal. Lo he hecho, pensó. Voy a casarme, pensó.

Pero ¿por qué? ¿Por qué lo había hecho?

Velma había recordado algo.

Velma se había recordado a sí misma encerrada en una de las letrinas del lavabo de chicas del instituto, rezando (a aquel estúpido Dios del Demonio) para que nadie la hubiese visto entrar, rezando para que se olvidaran de ella, rezando para que bajara alguien, alguien de AHÍ ARRIBA y la convirtiera en la Increíble Chica Invisible. Oh, bueno, no había aparecido nadie, pero eso a Velma le había traído sin cuidado. Velma había salido de allí creyendo que nadie podía verla. Y había funcionado. Sí, lo había hecho. Había empezado a *fingir* que nadie podía verla y los insultos, los golpes, las risas, todo se había ido apagando, como se apagan los murmullos del televisor del salón cuando te alejas hacia tu habitación.

—¿Me ha oído? —Ésa era Fancher.

—No necesitas un deseo para *eso* —susurró Velma.

Lo único que necesitas, pensó, es dejar de sentirte *así*.

Tú lo has creado, pensó, no yo.

Y se irá, se irá algún día, como se fueron las manchas en la piel de Jack Tree, el tipo que creía que todo el mundo lo miraba porque había sido malo, muy *malo*, allá, en la Tierra que habitaba el Doctor Moneda Sangrienta.

—¿Qué?

Weebey seguía allí, de pie, junto a la mesa, y había oído perfectamente a Velma. Le repitió a Fancher lo que había dicho y la chica dijo:

—Deberían encerrarles. A los dos. Chiflados de mierda.

Y se fue por donde había venido, arrastrando los pies y maldiciendo.

Vern Chambers, el protagonista de *La mañana siguiente*, no había sido siempre azul. Se había vuelto azul una mañana. Pero no había sido una mañana cualquiera. Había sido la mañana siguiente a su ruptura con Judy-Jane. Judy-Jane era una chica maravillosa pero demasiado exigente y Vern tenía las orejas demasiado grandes y no podía dejar de leer, ni siquiera cuando estaban juntos. Leía a oscuras, en el cine, durante las escenas que no le interesaban lo más mínimo, y a veces leía en el restaurante, mientras Judy-Jane elegía su plato. Era francamente enfermizo. Así que Judy-Jane lo había dejado. Y Vern se había vuelto azul. Y había tenido que dejar de leer porque no podía soportar ver sus dedos azules sujetar un libro.

—¿Y qué pasa al final? —preguntó Erin.

Servant se encogió de hombros. Dijo:

—Ni idea. Aún no lo he acabado.

Estaban sentados en un portal, compartiendo un emparedado de queso.

Cuando Fancher había salido de la cafetería, maldiciendo y arrastrando los pies, con un nudo del tamaño de un oso polar en la garganta y (RABIA) (RABIA) (RABIA) en la mirada, Servant la había recibido con un:

—¿Y bien?

A lo que Fancher había repuesto:

—No.

—¿No? ¿Qué quiere decir no? ¿No te ha curado?

Fancher no había dicho nada más. Tenía miedo de abrir la boca y echarse a llorar como una niña. No quería que Servant la viese llorar. Así que hundió sus manos resecas en los bolsillos de su sudadera y dijo:

—Da igual. —Bajó la cabeza y, sin detenerse, ordenó—: Vamos.

—Eh, no, cuéntamelo —dijo Servant, tratando de detenerla.

Pero entonces ella había levantado la vista y Servant había visto sus ojos. Estaban a punto de estallar. Vio a un tipo diminuto y horrible cogiendo su corazón palpitante y lanzándolo a un pozo sin fondo. Pudo sentir el vértigo que debió sentir aquel corazón (*su* corazón) al caer al vacío.

—Vale —dijo entonces—. Tú mandas.

Había intentado no volver a sacar el tema. Habían caminado durante media hora sin dirigirse la palabra. Y luego ella había dicho que tenía hambre, que, *sorprendentemente*, tenía hambre, y él se había ofrecido a compartir con ella su emparedado de queso.

—¿Llevas uno encima? —le había preguntado Fancher.
—Nah. Mi mochila los fabrica.
Entonces ella había sonreído.
Y Servant había suspirado aliviado.
—En serio, lo hace francamente bien —había dicho el chico, sacando el bocadillo de su mochila—. Un poco de pan, un poco de queso, un poco de mantequilla...
—Vaya. Es rápida —había dicho Fancher.
—No tiene mucho más que hacer —había dicho Servant, y sus labios se habían alargado en una sonrisa triunfal mientras le tendía el emparedado a Fancher.
—Deberías retocarte el maquillaje —había dicho entonces Fancher, sentándose en el escalón del portal más cercano—. Se te está empezando a correr.
Servant había titubeado.
El disfraz, casi lo olvido, pensó.
—Claclaro —había dicho.
Y luego había empezado a hablar de Voss Van Conner y del libro que estaba leyendo: *La mañana siguiente*. Y Fancher había querido saber cómo acababa la historia del tipo que se había vuelto azul después de que lo dejara su novia.

Servant se había encogido de hombros entonces y había dicho:
—Ni idea. Acabo de empezarlo.
—Claro —dijo Fancher pensativa, le dio un bocado al emparedado y se lo tendió a Servant—. A lo mejor al final consigue que la chica vuelva con él.
—Lo dudo —dijo Servant—. No piensa mucho en ella.

—¿No?

—Nah, lo único que hace —Servant estaba masticando— es escribir.

—¿Y sigue siendo azul?

Servant asintió.

—Sí, pero ya no le importa.

El chico le pasó el bocadillo a Fancher. Ella le dio otro mordisco, aún pensativa.

—Puta Pelma Ellis —dijo.

Servant no dijo nada. Sabía que tenía que esperar a que fuera ella quien le contara lo que había pasado allí dentro. Siguió masticando.

—Era un puto genio de la lámpara —dijo Fancher—. No era un curandero. Era un puto genio. Como en *Aladdin*.

Servant trató de no mostrarse demasiado sorprendido. Se limitó a mirarla con las cejas enarcadas y a encogerse de hombros. Luego hizo como que frotaba lo que quedaba de bocadillo y preguntó:

—¿En ese plan?

Y se rió (JEJU JEJU).

Fancher sólo sonrió.

—Tenías razón. Está chiflada —dijo.

—Pero ¿te ha concedido un deseo? —preguntó Servant, tratando de moderar su ya casi incontrolable interés por el asunto.

—No. Se lo ha concedido a ella —dijo Fancher—. Era su tercer deseo.

—¿Y ha pedido que dejes de estar... *muerta*?

Fancher le dio el último bocado al emparedado. Luego negó con la cabeza.

—Eso era lo que yo pensaba que iba a hacer. Pero no lo ha hecho.

—¿Y entonces? ¿Para qué quería que fueses?

Fancher se encogió de hombros.

—¿Para joderme? En plan: Eh, tengo un deseo, pero es sólo para mí, estúpida.

Servant se rió (JEJU JEJU).

—¿Y qué coño ha pedido? —preguntó Servant.

—No te lo vas a creer —dijo Fancher.

—¿Qué? ¿Un yate para el jardín?

—Ha pedido casarse con el director Sanders —dijo Fancher.

—¿QUÉ?

Los dos estallaron en carcajadas (JAJAJAJAI JAJAJAJAI).

—En serio —dijo Fancher, cuando las carcajadas se apagaron.

—Joder —dijo Servant, recuperando el aliento—. Es buenísimo.

—¿Y sabes qué me ha dicho luego? —Ésa era Fancher.

—Qué.

—Que no necesito un deseo para *esto* —dijo la chica, señalando una de las tiritas de su mano—. ¿Te lo puedes creer?

—Venga ya.

—En serio, tío. Y el tipo de los deseos —Fancher sonrió— era un puto gordo que no podía dejar de comer galletas.

—¡Nooo!

—Sí, ¿y sabes qué le pregunté? Le pregunté si vivía en una lámpara extra grande. Dios, tendrías que haberlo visto.

JEJU JEJU, rió Servant.

—Bueno, el genio de *Aladdin* también era ENORME —dijo el chico.

—Sí, pero también era azul.

—Es verdad, te lo creías porque era azul.

—Como el protagonista de tu novela.

—Sí. Vern Chambers —dijo Servant—. ¿Sabes? A veces me recuerda a ti.

—¿Ese tío?

Servant asintió.

—Ese tío —dijo.

—No es lo mismo estar muerta que volverse azul —dijo Fancher.

—Ya, pero escucha. —Servant se encaró con ella, el portal era tan pequeño y estaban tan cerca (tan *jodidamente* cerca) que podían haberse besado—: Vern Chambers no se volvió azul porque rompiera con Judy-Jane. Vern Chambers se volvió azul porque había llegado el momento de que dejara de leer y se pusiera a escribir.

Fancher le miró a los ojos, contrariada. Su fétido aliento, su ronroneo (RRR), sus labios agrietados y su piel gris (muerta) no pensaban irse a ninguna parte.

—¿Y qué tiene eso que ver conmigo? —preguntó.

Servant se encogió de hombros.

—No lo sé. Pero creo que es una pista.

Fancher frunció el ceño.

—¿Quieres que me ponga a escribir?

—No —dijo Servant—. Quiero que pienses en lo que pasó aquella noche.

—¿Qué noche?

—Tu última noche como chica *no* zombie.

Fancher miró al frente. Se metió una mano bajo la gorra y sacó un gusano. Lo lanzó lejos. Dijo:

—Estuve leyendo hasta tarde.

Shirley Perenchio se retocó los labios ante el espejo del cuarto de baño, luego *colocó* algo más de sangre seca (SANGRE DE FIESTA LOIS LANE) en la camiseta, una camiseta blanca de tirantes, y se preguntó qué estaría haciendo Fancher en ese preciso instante. Era la primera vez que no se vestían juntas para ir al baile. Oh, joder, Fancher, ¿qué coño pasó?, se preguntó

Perenchio, mientras se metía un rebelde mechón de pelo bajo la peluca Jamie Lee. ¿Qué coño te pasó?, se repitió a continuación, frunciéndose el ceño a sí misma ante el espejo, en una de sus poses favoritas (JAMIE LEE SE MIRA AL ESPEJO Y SE GUSTA, solía llamarla).

—No sé qué le pasó, joder —dijo Jamie Lee—. ¿Cómo quieres que lo sepa? ¿Estoy en su cabeza acaso?

—No, claro. Estás en la mía —le dijo Perenchio a su reflejo.

—Deberías llamarla —dijo Jamie Lee, que no era otra que Shirley Perenchio fingiéndose realmente ruda.

—Ya. Claro. Y los elefantes vuelan —se dijo Shirley.

—No vas a querer estar sola cuando Reeve y Lero se peleen por ti —dijo Jamie.

—Estará Dundee.

Jamie Lee se rió. Mejor dicho, Perenchio se rió de sí misma con una risa que no era la suya, era la risa de Jamie Lee Curtis.

—¿Bromeas? ¿Dundee en el baile? ¿Y quién la ha invitado? ¿El Exterminador de Tontos? Nah. —Jamie Lee chistó, altiva—. Ni de coña.

—Joder, cállate, ¿quieres?

Shirley frunció el ceño una vez más. Y luego dejó que Jamie Lee desapareciera. Tal vez tenga razón, pensó. Tal vez debería llamarla, se dijo. Llamarla y decirle que no pasa nada, que no importa lo que hiciera con Reeve, que tenía que contarle algo, ALGO REALMENTE GORDO, una jodida BOMBA.

—Tía, Lero —le diría.

—Qué pasa con Lero —diría Fancher.

—Que le gusto, tía —diría Perenchio.

Fancher no podría creérselo, Fancher diría:

—Venga ya.

Y luego ella diría:

—Tía, sí.

Y sería increíble. Lo celebrarían fumándose un cigarrillo a medias y analizarían hasta caer rendidas la última llamada de Reeve, el puto De Marco, que...

—Oh, joder, Reeve —se dijo Perenchio.

Y luego:

—La he jodido con Reeve.

Sí, la había jodido, y la había jodido bien, porque a Fancher le molaba Reeve, y ella lo sabía, ¿y quién iba a ir al baile con Reeve?

—Joder, yo —se dijo Perenchio.

Así que no era tan sencillo.

No podía llamar a Fancher y decirle:

—Te perdono.

Porque era Fancher quien tenía que perdonarla a ella.

—Está bien —se dijo, las palmas de las manos sobre el mármol del lavabo, los ojos clavados en los ojos azules del espejo—. Le pediré perdón.

Y luego se añadió:

—Yo tengo la culpa. Le pediré perdón. Joder, no puede ser tan difícil.

Bajó a la cocina, descolgó el teléfono, contó hasta tres, luego hasta diez, y marcó el número de Fancher.

Un tono. Dos tonos. Tres tonos. Seis. Diez.

Nada.

—Mierda —dijo.

Y colgó.

Sin detenerse a pensar en lo que hacía, volvió a llamar.

Un tono. Dos tonos. Seis. Nueve.

—Hija de puta —dijo—. No lo va a coger.

Claro que no lo va a coger, estúpida, le dijo Jamie Lee desde el espejo.

Vas a ir al puto baile con el tío que le gusta, añadió.

—Ya. Joder. Claro —dijo.

Luego volvió a fruncirse el ceño a sí misma y se imaginó a Jamie Lee mirándose al espejo y *gustándose*.

Y sonrió.

Velma Ellis cerró los ojos, suspiró y abrió el armario. Luego esperó. Permaneció callada un rato, oliendo el suave perfume de las bolsitas perfumadas que había entre la ropa. Como Él no dijo nada, fue ella quien abrió fuego. Primero abrió los ojos, lo miró y, decidida, sin miedo, dijo:

—Vas a venir conmigo esta noche.

El Vestido no dijo nada.

—Tenemos una cita —continuó la profesora suplente de Lengua.

El Vestido seguía callado.

—Es una cita importante —dijo Velma—. ¿Sabes por qué? Oh, ni te lo imaginas. Vamos a casarnos con ese hombre.

El Vestido seguía allí, pero no decía nada.

Velma sonrió. El labio superior le tembló ligeramente al hacerlo.

—Supongo que no te gusta porque tendrás que dejar de atormentarme —dijo, descolgando el Vestido y colocándolo, con cuidado, sobre la cama.

El Vestido siguió en silencio.

El Vestido era un vestido blanco. Tenía aspecto de camisón. Tirantes, cuello en pico, ese tipo de cosas. Velma lo había comprado en una tienda de segunda mano. Había fantaseado cientos de veces con la idea de que era un *auténtico* vestido de novia. Aunque cuando eso ocurría no le quedaba más remedio que pensar que era la encarnación *real* de aquel que la atormentaba por las noches. De ahí que estuviera tratando de iniciar una conversación con él.

—A lo mejor te has ido para siempre —le dijo—. A lo mejor ha funcionado.

Acto seguido, empezó a desnudarse.

Mientras lo hacía, imaginó que su hermana estaba allí, con ella, que se sentía orgullosa de ella, como se sentían orgullosas las hermanas de las protagonistas que se casaban al final de todas las comedias románticas que habían visto cuando eran niñas. Su hermana tenía los ojos brillantes y sonreía.

—Me alegro de que estés aquí —le dijo Velma.

—No estoy aquí, Vel —dijo su hermana—. Y tampoco vas a casarte.

—¡Mel!

—Sólo tienes una cita con un hombre gordo —dijo su hermana.

Estúpida, pensó.

Luego se puso el vestido, con torpeza, sin ceremonias, como si fuera un vestido cualquiera, un vestido corriente, oh, qué más da, dioses galácticos del demonio, se dijo, a lo mejor el señor Ripley ni siquiera es un genio, a lo mejor sólo es otro chiflado, como el Chico Pixelado, como la Mujer Nutria, como yo, un condenado chiflado como yo, se añadió Velma. Entonces lo supo. Nunca iba a casarse. Pero no porque una maldición se lo estuviera impidiendo, sino porque estaba chiflada.

Entonces sonó el teléfono.

Velma creyó que era el timbre de la puerta.

—Oh, Dios —se dijo, y gritó—: ¡UN MINUTO!

Pero entonces el teléfono volvió a sonar (RIIIIIING) y Velma se detuvo. Se estaba dirigiendo al cuarto de baño para tratar de improvisar el aspecto de Damisela en Peligro. Mientras lo hacía se preguntaba cómo demonios conseguiría parecer una Damisela en Peligro. Pero no tuvo tiempo de contestarse, el teléfono seguía sonando.

Descolgó al tercer tono.

Era Mel, su hermana.

—¡MEL! —gritó Velma.

—Te dije que te llamaría, ¿no?

—¡Sí!

—¿Qué tal tu cita?

—Oh, es esta noche.

—Era un chico guapo, ¿verdad?

—Sisí —dijo Velma. Pero también es gordo, pensó. Y sí, ya sé lo que decía mamá de los tipos gordos, se imaginó diciéndole a su hermana.

—Y qué, Vel, ¿nerviosa? —Se notaba que Mel no tenía ganas de hablar. Parecía cansada. Ha llamado porque se siente culpable por lo que me dijo la última vez, pensó Velma. Pero no debería, porque supongo que tenía razón, pensó luego.

—Un poco —dijo.

—No deberías.

—Es un baile de disfraces, Mel.

—¿Un baile de disfraces?

—Sí. —Velma sonrió. De repente tenía quince años y le contaba a su hermana que iba a salir con alguien. Un chico de clase. Y su hermana la miraba sorprendida, como si jamás hubiera considerado que algo así era posible.

—¿En el instituto, Vel?

—Ajá —dijo Velma.

Su hermana se rió.

—Qué —quiso saber Velma—. Qué te hace tanta gracia.

—Tú. En el instituto —dijo Mel—. Otra vez. ¿Es un profesor?

—¡Es el director! —bramó Velma.

—Vaya. A eso le llamo yo apuntar alto.

—Es un hombre encantador —dijo Velma, tratando de hacer a un lado la última imagen que tenía de él, de pie, en la sala de profesores, devorando una magdalena.

—No lo dudo —dijo Mel—. ¿Y va en serio?

—Sí —dijo Velma, sin dudar.

—¿De veras?

Velma se aclaró la garganta y dijo:

—Creo que voy a casarme con él, Mel.

—¿En serio? ¿No era la de esta noche vuestra primera cita?

—Oh, no. —Velma dudó. Al fin, dijo—: No exactamente.

—¡Vaya! Bueno, es... No sé. Raro.

Velma no dijo nada. Miró el reloj de la cocina, el que tenía forma de hipopótamo, y pensó que era tarde. Estaban a punto de dar las ocho y aún no sabía qué aspecto tenía una Damisela en Peligro.

—¿Vel? —Ésa era su hermana.

—Mel. Es tarde. Tengo que dejarte.

—¿Estás enfadada?

—Tengo que irme, Mel.

—Oh, lo estás. Lo siento, ¿vale? Si quieres casarte con ese hombre, hazlo, ¿vale? Cómprale un anillo y pídele que se case contigo.

—¿Yo?

—¿No eres tú quien quiere casarse con él?

—¿Y qué tiene eso que ver?

—¿Piensas esperar a que él lo haga?

—¿No es eso lo que hiciste tú?

Mel se rió. Tenía una risa contagiosa. Sonaba así: JOJO JOJO JOJOJO.

—Si lo hubiera hecho, Vel, aún estaría esperando —dijo luego.

—No —dijo Velma.

Y ya no dijo nada más.

El timbre de la puerta (DING DONG) acababa de sonar.

El director Sanders había llegado.

9

El Baile de los Monstruos

Rozz Oliver Banion se quitó las gafas para ver mejor. El gimnasio del Robert Mitchum se había transformado en una auténtica pista de baile. La luz era tenue, las mesas (con su ponche y sus refrescos) y las sillas (algunas ya ocupadas) estaban arrinconadas, había un pequeño escenario en uno de los extremos (decorado, obviamente, con motivos monstruosos), y del techo colgaban telarañas, cabezas de calabaza, fantasmas de cartón, una *brillante* luna llena (de papel *couché*), tres murciélagos de plástico y dos bolsas de lo que parecía *sangre*. Rozz devolvió las gafas a su sitio y entregó su invitación. La chica que la recogió era rubia, se había pintado la cara de color verde, y sólo llevaba encima un corpiño negro, un ridículo tutú deshilachado y una escoba.

—El Hombre Invisible —dijo, al verlo.

Rozz sonrió. Aunque nadie le vio hacerlo. Tenía la cara vendada.

—Me ha pillado —dijo.

—No es usted un alumno —dijo la chica, que, por cierto, era Bess Stark—. Ni un profesor. ¿Es el señor Merrill?

—No —dijo Rozz. Y se presentó—: Soy Rozz O. Banion. De *Buenos días, Elron*.

—Oh, un periodista. —Bess se sonrojó—. Encantada.

—Bonito disfraz —acertó a decir Rozz.

Estaba ligeramente nervioso.

—Gracias —dijo Bess, y su boca se alargó en una sonrisa que Rozz consideró deliciosa. Luego añadió—: Espero que no se aburra.

—Oh, no lo haré, no se preocupe —dijo Rozz—. No pienso separarme del ponche.

Bess sonrió una vez más.

Rozz también lo hizo, pero, a excepción del montón de vendas, nadie lo notó.

Bien, aquí estamos, se dijo el periodista, mientras cubría la distancia que lo separaba del rincón del ponche con la sensación de encontrarse en el centro del universo o, para ser más exactos, en una película que llevara su nombre (ROZZ OLIVER BANION) quizá seguido de su profesión (PERIODISTA) o del título de su aventura (EN EL BAILE DE LOS MONSTRUOS). Rozz se llenó de aire los pulmones, le dedicó un guiño a la cámara que debía estar grabando aquella secuencia (ENTRADA DEL HÉROE EN LA PISTA DE BAILE. TOMA 1) y se fijó (teatralmente) en la chica que ocupaba la silla más cercana al prodigiosamente *rojo* bol de ponche. Parecía una exploradora. Llevaba un sombrero *beige*, un pantalón corto también *beige*, medias, botas de montaña y una camisa salmón entreabierta. También llevaba una peluca rubia y algo parecido a un pincel en una mano. Tal vez se haya equivocado de fiesta, pensó el periodista. Y acto seguido anotó en su libreta: «Mi primer encuentro es con una exploradora. Tal vez esté buscando un tesoro. Titular: Hallan tesoro oculto en el desván del gimnasio. Bien, Rozz. Me gusta».

—¿Señor Glendin? —le preguntó la chica, cuando estuvo lo suficientemente cerca como para que pudiera oírla. La música era suave, pero de todas formas molestaba si lo que se pretendía era hablarse en susurros y quizá, por qué no, desvelarse un secreto que llevaba oculto cientos de miles de años.

—No —dijo Rozz—. Señor Banion.

—¿Señor Banion? —La chica frunció el ceño. Sólo entonces Banion advirtió que llevaba gafas—. No conozco a ningún señor Banion.

Banion se sirvió un vaso de ponche. Se tomó su tiempo para hacerlo. La chica lo miraba con desconfianza. Banion creyó que era admiración.

—¿No conoces el *Buenos días, Elron*? —preguntó, luego, una vez hubo probado el ponche, apenas mojándose los labios, no quería estropear su disfraz.

—Oh, es usted el periodista —dijo la chica entonces.

La palabra que designaba su profesión le provocó un leve cosquilleo en la punta del dedo gordo del pie. Resultó francamente agradable.

—El mismo —dijo Rozz.

—Yo soy Fanny —dijo la chica—. Fanny Dundee.

—Encantado, Fanny —dijo Banion, y anotó su nombre en la libreta.

—¿Qué hace? —preguntó la chica.

—Oh. Es para mi crónica. Antes —dijo Banion, y bebió un sorbo de su ponche— me ha llamado la atención tu disfraz.

Fanny levantó una de sus botas. Seguía sentada. Sonrió. Dijo:

—Ya. Claro. No parece un disfraz.

—Al menos no parece un disfraz de monstruo —dijo Banion.

—No lo es —dijo la chica—. Es un disfraz de Laura Dern.

—¿Laura Dern?

—Laura Dern en *Jurassic Park*.

—Oh, ¿la película de dinosaurios?

La chica asintió.

—Muy astuta —dijo Banion, y anotó algo en su libreta.

—No, es que me gustan los dinosaurios.

Banion sonrió. Luego apuró su vaso. Se sirvió otro. Preguntó:

—¿Hay algo que quieras contarme?

Laura Dern frunció el ceño una vez más. Las gafas le resbalaron ligeramente nariz abajo cuando lo hizo. Banion advirtió entonces que no era precisamente la chica más popular del instituto. Así que, ¿qué podía tener para él?

—Olvídalo —pensó que diría, pero no lo dijo.

Y la chica contestó con una pregunta:

—¿Algo como una noticia?

Banion bebió de su vaso. Sentía que aquél podía ser el punto culminante de la primera escena, el punto en el que los espectadores se adelantarían en sus butacas, deseosos de escuchar lo que tenía que decir. Por eso no dijo nada. Se limitó a asentir. Y, una vez transcurrido el tiempo necesario, balbuceó:

—Algo como un cotilleo. —Sólo entonces apuró el diminuto vaso de plástico.

La chica lo pensó. Luego dijo:

—Hay un tío en mi clase que quiere arrancarme la cabeza.

Rozz se atragantó con su propia saliva, tosió (COF COF) y se quitó las gafas. No para ver mejor sino para que la cámara captara su mirada airada.

—¿Arrancarte la cabeza? —preguntó, asegurándose de que la pregunta sonaba como lo que parecía (UNA BOMBA).

—Eso dice —dijo Dundee—. Pero no puede, ¿verdad? Las cabezas no se arrancan, ¿no? Al menos, no con las manos.

—Uhm. —Banion volvió a ponerse las gafas—. Interesante.

Entonces algo (alguien) junto a la chica del corpiño que recogía las invitaciones en la puerta llamó la atención de Fanny (Laura Dern) Dundee.

—Oh, ahí está —dijo la chica.

Banion miró con interés hacia el lugar, frunciendo el ceño y apartando una vez más las gafas de sol de su vista.

—¿Quién es? —preguntó.
—Ella tiene la culpa —dijo Dundee—. Ella tiene la culpa de todo.

Banion miró a la chica que tenía la culpa de todo. Llevaba una minifalda y una camiseta blanca muy ajustada, manchada de lo que parecía *sangre*. Tenía el pelo corto, muy corto, y castaño. Iba de la mano de Michael Myers.

—No puede ser —dijo Banion.

Y a continuación, añadió:

—¿Es Jamie Lee?

La maldita máscara no le dejaba respirar. Tenía la cara mojada. Se estaba *ahogando*, por Dios santo. Se la levantó un poco, cogió aire y reprimió un sollozo. De repente, había descubierto que había llegado demasiado lejos. Y ya no le apetecía joder *bien* a Kirby. De repente, Reeve echaba de menos al Reeve de antes. El Reeve que fumaba cigarrillos delante del espejo del lavabo de chicos de la primera planta sintiéndose un tipo duro, el Reeve que solía pasar desapercibido, el Reeve que ni siquiera le prestaba demasiada atención al puto Billy Servant. ¿Dónde se había metido? Oh, aquel Reeve estaba muerto. Había muerto aquella mañana, en el lavabo, con Fancher. El día en que creía haber evitado convertirse en Reeve El Nenaza y se había convertido en algo peor: Reeve El Machito Nenaza.

—La Tierra llamando a Reeve —canturreó Shirley.

—No me gusta esto —dijo el chico.

Acababan de cruzar la puerta. Bess acababa de felicitarles por su disfraz. «Oh, me encanta esa película», había dicho. Shirley había sonreído y había dicho: «¿En serio? Es una de mis favoritas». Reeve no podía entender qué tenía de interesante ver morir a la gente. Porque de eso era de lo que iban todas aquellas películas. ¿Y acaso no temía la gente a la muerte? ¿Acaso no temían ser

NADA para siempre *jamás*? Claro que sí. Pero no eran ellos quienes morían en esas películas. Eran *otros*. Lo que equivalía a pensar: No soy yo, son ellos, que se mueran, que se *jodan*. ¿No?

—¿No te gusta el gimnasio, no te gusta el disfraz de *tu* amigo o no te gustan los murciélagos de plástico?

—¿Eliot? —Reeve se apartó la máscara un segundo. Cogió aire, miró alrededor, preguntó—: ¿Dónde está?

—Allí. —Shirley señaló a un tipo verde que se acercaba—. Oye, ponte la máscara. Y deja de empuñar el puto cuchillo como una cría. Eres el jodido Mike Myers.

Reeve se fijó en el cuchillo de plástico de su mano derecha. Lo empuñó lo mejor que pudo. Luego miró alrededor. Divisó a la señorita Tempelton en una de las esquinas. Vestía de hombre y lucía una frondosa barba azul. A su lado, Espíritu del Más Allá sólo era una mujer delgada que se tapaba el estómago para evitar que las tripas se le cayeran. Las tripas eran de mentira. Seguramente un molde de plástico ensangrentado.

—Dios, Brante, ¿un marciano con granos? —Ésa era Shirley. Eliot acababa de alcanzarles. Su disfraz consistía en un traje verde, una peluca verde y dos antenas, también verdes. Resultaba francamente ridículo.

—Jo-der, tía —dijo Brante.

—Eh —saludó Reeve.

—Tío —dijo Brante, tendiéndole la mano.

Reeve se la estrechó. Tuvo que cambiarse de mano el cuchillo para hacerlo.

—Esto está *muerto* —dijo luego y se rió (JEI JEI).

—Qué gracioso, Brante —dijo Shirley—. Me parto.

—¿Estás solo? —preguntó Reeve.

—No —dijo Eliot—. Estoy con Lero.

—No puedo creérmelo —interrumpió Shirley. Acababa de ver a Fanny Dundee y a su *acompañante*. Un tipo *mayor*. Oh, no—. Dime que *eso* no es Dundee.

—¿Eh? —Brante y Reeve miraron hacia el lugar que señalaba la uña mal pintada de Shirley, y uno de ellos respondió—: Creo que sí.

—NO-ME-LO-CREO —dijo Shirley, y soltando a De Marco, se dirigió hacia el lugar, como empujada por una extraña fuerza magnética.

—¿Qué coño le pasa? —Ése era Brante.

—Tío, acabemos de una vez —dijo Reeve, quitándose la máscara y limpiándose el sudor en la manga del jersey—. Llévame con Lero. No sé qué estoy haciendo aquí. No sé qué estoy haciendo aquí con *ella*. No me gusta esto.

—Ya —dijo Brante.

—No, en serio, tío, no soy yo.

—Ya. Bueno. Lero también quiere hablar contigo.

—Genial —dijo Reeve, y suspiró—. Oye, ¿tienes un cigarrillo?

Brante se sacó un Sunrise del bolsillo y se lo tendió. Al cogerlo, Reeve notó que tenía la mano mojada. Parecía nervioso.

—Te está esperando, tío —dijo. Señaló los vestuarios—. Ahí dentro.

—Vale, tío. Jo-der, tío. Estoy como un puto flan —dijo Reeve.

—Ya, tío —dijo Brante y bajó la mirada—. Normal.

Reeve suspiró.

—Vamos —dijo.

Brante sólo asintió. Luego le hizo un gesto para que le siguiera.

Por primera vez se sentía dueño de la situación. Y era extraño, porque le gustaba sentirse dueño de la situación pero a la vez era como caminar sobre una cuerda floja que unía dos edificios demasiado altos. Sabía que Reeve no se merecía lo que estaba a punto de pasarle, pero no podía hacer nada por evitarlo. Así son las cosas, se dijo. Si uno juega con fuego, se acaba quemando, se añadió.

—Oye, tío —dijo Reeve a sus espaldas.

Brante no dijo nada.

—Creo que no debería entrar ahí —dijo luego. Y—: ¿Por qué no le dices a Lero que salga? Sólo será un momento. Le diré lo que ha pasado. Le diré que Shirley quiere salir con él. Le diré que todo esto ha sido idea suya. Porque es la verdad. Ha sido idea suya.

Brante se detuvo ante la puerta de los vestuarios.

—Reeve, Lero quiere que entres —dijo.

—Pues no voy a entrar —dijo Reeve.

—Tío, no la jodas más aún.

—No —dijo Reeve—. Tío. Estás conmigo, ¿no?

Brante tocó la puerta. Tres golpes de nudillos y luego dos más.

—Dile que salga —ordenó Reeve.

—Ya no estoy a tus órdenes, tío —respondió Brante, un segundo antes de que la puerta se abriera y un monstruo de seis brazos (¡SEIS BRAZOS!) arrastrara a Reeve al interior de la cueva inmaculadamente blanca de los vestuarios de chicos.

El momento de la verdad había llegado.

—¿Has visto eso? —preguntó Servant.

—¿El qué? —preguntó Fancher.

Servant calibró las consecuencias de su respuesta. Cabía la posibilidad (y ésta era más que posible) de que si decía lo que había visto, Erin quisiese asegurarse de que aquel maldito De Marco se encontraba *bien*. Y sería él quien llamaría a la puerta de los vestuarios de chicos y quien preguntaría qué demonios estaba pasando allí dentro y seguramente lo único que estaría pasando es que Lero estaría dándole instrucciones a De Marco sobre lo que debía hacer con Perenchio y *cómo* debía hacerlo. Y, francamente, no le apetecía oír lo que aquel puñado de simios teledirigidos por Kirby pensaban que debía hacerse con las tetas de Shirley Perenchio. Pero también cabía la posibilidad de que lo que había visto no fuese lo que suele decirse una entrada *amistosa* en el vestuario de chicos, sino justo lo que había parecido, que alguien, un *alguien* con seis brazos y tres cabezas, había forzado a De Marco a entrar allí dentro y en aquel momento la estaba emprendiendo a golpes con él. Y si era así, ¿qué?

¿Acaso no se lo tenía merecido?

—Esa mierda del techo parece sangre —contestó Servant.

Fancher miró al techo.

—Vaya. Joder. No está mal —dijo.

Sonaba «Youth of America», de Birdbrain. Birdbrain había sido una criatura mutante del Universo Marvel antes de convertirse en una banda grunge de cuatro cabezas: las de cuatro tipos de Boston que, de haber nacido en Seattle, podrían haber sido leñadores. Los altavoces estaban cubiertos de telarañas y atronaban.

—¿Para qué es el escenario? —preguntó Servant.

Fancher contestó:

—Para la banda.

—¿Hay una banda?

—Ajá —dijo Fancher—. Y también es para los ganadores.

—¿Hay un concurso?

—Sí, uno de parejas.

—No jodas.

Fancher asintió.

—El año pasado ganamos nosotras —dijo.

—¿Tú y Perenchio?

—Ajá.

—¿Y de qué ibais?

—De Mike Myers y Jamie Lee.

—Apuesto a que sé quién iba de Jamie Lee.

Fancher se miró la mano derecha. No había ni un solo gusano. Se retiró la tirita que ocupaba parte del dorso de la mano. La llaga parecía estar cerrándose. Se la acercó a la nariz, la olió (PUAJ), seguía oliendo a mil demonios.

—Porque la estoy viendo ahora mismo —añadió Servant.

Fancher levantó la vista.

—Allí, con el Hombre Invisible —dijo Servant.

—Jo-der —dijo Fancher.

—¿Quieres que se acabe o no? —preguntó el chico. Se había retocado el maquillaje. Parecía un auténtico zombie. Aunque seguía sin oler tan mal como Fancher.

—¿Por qué estás tan seguro de que se va a acabar?

—No sé. —Servant se encogió de hombros—. ¿Porque es lo que haría un personaje de Voss Van Conner?

—No me gusta Van Conner —dijo Fancher.

—Bueno, entonces puedes actuar como un personaje de Robbie Stamp y autocompadecerte. Puedes gritar: OH, ¿POR QUÉ, POR TODOS LOS DIOSES GALÁCTICOS, SIGO ESTANDO *MUERTA*?

—Muy gracioso.

—También puedes tragarte un puñado de sal.

—Ya, claro. Esa estúpida leyenda.

—No. Tiene sentido. Piénsalo. Shirley hizo de ti un zombie. Ella quería conseguir algo y te convirtió en su esclava. No sé cómo demonios lo hizo pero lo hizo. Seguramente con un muñeco. En plan vudú. O con algún tipo de droga. He leído a Wade Davis. Y ya te lo he dicho. La culpa la tiene el pez globo. No sé qué es lo que genera pero eso es lo que te convierte en zombie. La sal es el único antídoto.

—Bill, tío, anoche me tragué un puñado de sal (OH, PUAJ) —confesó Fancher—. Y casi me muero por tu puta culpa.

—No puedes morirte —apuntó Servant—. Porque *ya* estás muerta.

—Ya. Claro. Muy gracioso, tío —dijo Fancher—. Pero ya veo cómo funciona.

—Tienes que darle tiempo.

—¿Bromeas? ¿Tengo que darle tiempo a la sal?

Servant asintió. Estaba sonriendo. Fancher le clavó los nudillos en el hombro izquierdo y Billy (AUUUUUH) aulló.

—Jo-der —dijo Servant—. Para estar muerta no pegas nada mal.

—Vete a la mierda, Servant.

Servant se masajeó el hombro dolorido mientras echaba un vistazo a la pista, que había empezado a llenarse. Los alumnos de primero ocupaban un discreto rincón (el más alejado del bol de ponche), los de segundo trataban de mezclarse con los de tercero y los de último curso fingían que aquello no iba con ellos. Para empezar, los pocos que habían asistido ni siquiera se habían disfrazado, a menos que disfrazarse consistiera en pintarse una cicatriz en la cara, colocarse un cuchillo de plástico *atraviesacráneos* en la cabeza o babear sobre un ejemplar barato de estúpidos colmillos de plástico.

—O sea, que no piensas ir —dijo Servant.

—No —respondió Fancher.

—Entonces tendremos que bailar.

—Ni de coña.

—Te recuerdo que eres mi pareja.

—Vete a la mierda, Bill.

Servant sonrió.

Había vuelto a llamarle *Bill*.

—¿De veras te tragaste un puñado de sal?

—*Dos* puñados de sal —especificó Fancher.

—Estás fatal —dijo Billy.

—Mira quién habla —dijo Erin, y luego, mirando a Shirley,

que parecía realmente interesada en lo que le estaba diciendo el Hombre Invisible, añadió—: Oye, ¿y si pillamos algo de *ron*?

—¿Ron? ¿Dónde te crees que estamos? ¿En Borracholandia?

—¿No quieres que hable con Shirley?

—Ouh. Sí. —Servant se metió las manos en los bolsillos. Fancher había querido decir *ponche*. Shirley seguía junto al Hombre Invisible, que llenaba un vaso tras otro—. Pero sólo si me prometes que me seguirás hablando cuando dejes de estar muerta.

—No voy a dejar de estar muerta porque hable con Shirley, Billy.

Billy, pensó Servant.

Y dijo:

—Claro que no, *Erin*.

La chica lo miró, como si acabara de decir algo que no debía haber dicho. Se apartó un mechón de la cara. Miró a Shirley. Se llenó de aire los pulmones. Dijo:

—Deséame suerte.

—Suerte.

—Vale —dijo Fancher y (RRRRRR) entrecortando su renqueante aliento de cortacésped desempleada (RRRRRR), añadió—: Allá voy.

Todo lo que había acertado a decir Rigan Sanders desde que Velma Ellis había abierto la puerta de su apartamento, un coqueto y amarillento apartamento situado a las afueras de Elron, en una zona ciertamente tranquila y segura llamada Zettels Traum, era:

—Oh. Vaya. Está usted realmente...

¿Qué, Rigan? ¿Hermosa? ¿Horrible? ¿Realmente *qué*, Rigan?

—Usted también —había dicho Velma, sin darle tiempo a concluir la frase.

Luego, la profesora suplente había invitado al director Sanders a entrar y el director Sanders se había mirado el reloj, su diminuto reloj de pulsera hundido entre los pliegues de carne, y ella había dicho:

—Oh, claro. Es tarde.

Y habían bajado en el ascensor, uno junto al otro, sin decirse palabra. La señorita Ellis suspiraba. El director Sanders se miraba los zapatos. Luego, en la calle, habían subido al viejo Ford de la señorita Ellis, él, un Conde Drácula demasiado *pesado*, ella, una Damisela en Peligro demasiado maquillada, y se habían alejado del bloque de apartamentos. De camino al instituto habían escuchado una vieja canción de Cindy Lauper, una chica de pelo rojo que cantaba en una autocaravana, y el director Sanders había carraspeado (EJEM) y tosido (COF COF) un millón de veces, pero no había dicho palabra. Velma sí había hablado. Velma había dicho:

—Estoy un poco nerviosa.

Y:

—Nunca antes he estado en, bueno, nunca me habían invitado a un baile.

Y:

—Debió ser duro ser el Conde Drácula. Imagínese estar muerto y no poder decírselo a nadie. Es como si hubiera sido un marciano. Debió sentirse muy solo. Con un castillo tan grande y estando *tan* muerto.

Rigan asentía. Tenía una especie de agujero negro en la garganta que se tragaba cualquier tipo de comentario que cruzara por su mente. Era como si su cerebro diera la orden, la frase se enviara correctamente a sus cuerdas vocales y ellas no pudieran verla porque algo se la había tragado. Rigan llegó a temer por su cerebro. Llegó a pensar que se encontraba incomunicado. Tal vez Rigan había conseguido contagiarle la sensación de incomunicación que sentía cuando se encontraba ante una mujer bonita y estuviese coartando su libertad de expresión, destruyendo sus órdenes en el momento mismo en que eran enviadas hacia el órgano que debía recibirlas.

No, se dijo.

Me he bajado del coche, he llegado hasta aquí, estoy tratando de sonreír y Bess está diciendo algo y la estoy *oyendo* así que mi cerebro está bien, el problema soy yo, se dijo el director que, a continuación, se repitió:

—Soy yo. —En voz alta.

—¿El mismísimo Conde Drácula? —bromeó Bess.

Y Velma lo miró como si fuera una sombra bajo el agua que acabara de emerger a la superficie. Con una mezcla de alivio y culpabilidad.

Algo va mal, se dijo.

Algo va *realmente* mal, se añadió.

—Oh, jeu jeu, no —dijo el director Sanders, con voz cavernosa.

—Pues lo parece, director —dijo Bess, y luego, dirigiéndose a Velma, añadió—: ¿Y usted, señorita Ellis? ¿Es la *auténtica* chica del Conde Drácula?

—Jija ja —rió, nerviosa, Velma—. Uh, no, me temo que sólo soy una Damisela en Peligro. El Conde Drácula no tiene *chica*.

—¿De veras? —Ésa era Bess, que miró de una manera extraña al director Sanders. De una manera que le recordó a Velma a la manera en que las chicas que habían tenido algo que ver con los protagonistas de las comedias románticas que veía de niña miraban a esos mismos protagonistas. Una manera que decía: *Ya*, querida, como si yo no hubiera estado *ahí* antes.

Y luego hizo algo realmente horrible. Le guiñó un ojo.

El ojo izquierdo.

Velma sintió que alguien movía un mueble de sitio en algún lugar y que el jarrón que sostenía iba a parar directamente a su estómago.

Y se hacía pedazos, claro.

—¿Eso de ahí es sangre? —Rigan trató de desviar el tema, reprobando a Bess con la mirada, algo que a Velma no le pasó desapercibido: ¡OH, ES ELLA!, pensó Velma. ¡ELLA! ¡Todo este tiempo ha sido ELLA!

—Sí, director Sanders. Es sangre *auténtica*. ¿Le apetece un poco?

Otra vez. Aquella mirada.

¿Un poco *más*, director Sanders?

Velma sintió náuseas. Dijo:

—Lo siento. —Y empezó a alejarse.

En su cabeza, el Vestido había vuelto a la carga:

—¿Así que ése es Él, querida? ¿Ése es el hombre con el que *vamos* a casarnos?

—Oh, cállate —ordenó Velma.

Caminaba apresuradamente, sin levantar la vista, arrastrando los pies, sintiéndose mareada, realmente mareada, la cabeza le daba vueltas, el director Sanders estaba en algún lugar, tras ella, la perseguía, como en aquella vieja película, el Conde Drácula persiguiendo a la doncella, en el bosque, sólo que el bosque era un gimnasio de cuyo techo colgaban bolsas de sangre y murciélagos, estúpidos murciélagos de plástico, y entonces...

Algo la detuvo.

Fue una mano.

Una mano *enguantada*.

—Señorita, ¿se encuentra bien? —preguntó el dueño de la mano.

Era el Hombre Invisible.

El hombro desnudo de Shirley Perenchio tenía una mancha de sangre seca que no era una mancha de sangre seca, sino una mancha de SANGRE DE FIESTA LOIS LANE. Erin recordaba haberla robado para ella el año anterior. Recordaba que habían ido juntas a la tienda de Boggs Merrill, Máscaras Merrill, recordaba que llovía, y que, mientras Shirley entretenía al afeminado y siniestro Merrill, fingiéndose fascinada por el nuevo disfraz de Míster Fitch, aquel ridículo perro, ella se había metido un paquete de SANGRE DE FIESTA LOIS LANE en la mochila. Tocar el hombro desnudo de Shirley la había devuelto a aquella tarde y, por eso, cuando la chica se dio media vuelta, esperando encontrar (tal vez) a su nuevo Michael Myers tras ella, Erin tuvo la sensación de que nada de lo que había ocurrido desde su *muerte* había ocurrido realmente. De que Shirley seguía siendo su mejor amiga y de que iba a enfadarse *mucho* cuando descubriera que se había dejado la máscara (su Myers Máscara) en casa.

—Tía. —Ésa era Fancher.

—Fancher. —Ésa era Shirley.

Las dos amigas (las dos *ex* amigas) se miraron a los ojos como buscando algo. Tal vez lo encontraron, pero las dos fingieron no haberlo hecho.

—Pensaba que era Reeve —dijo Shirley—. Lo he perdido.

Erin no dijo nada. Miró a Dundee por encima del hombro de su (*ex*) amiga y la saludó. Dundee le devolvió el saludo. Luego volvió a concentrarse en su vaso de ponche. Parecía realmente abducida por aquel vaso de plástico.

—¿De qué va? —preguntó Fancher, en un susurro.

Shirley se encogió de hombros.

—¿De cazadinosaurios? —se preguntó.

Fancher sonrió. Shirley también. Una vez más sus ojos se encontraron y estuvieron a punto de tenderse una mano (oh, lo estaban deseando), pero ninguno de los cuatro tenía una *auténtica* mano que tender, así que no lo hicieron.

—Tía —empezó a decir Fancher.

—No pasa nada —dijo Perenchio.

—La cagué —dijo Fancher.

—No, tía. La he cagado yo —dijo Perenchio—. Ni siquiera me gusta Reeve.

—Ya.

—No sé. —Perenchio miró al techo. Lo hizo para que las lágrimas no cayeran. Sí, *lágrimas*. Aquel monstruo que no tenía otro remedio que ser la chica más popular del instituto podía *llorar*—. Ahora ya da igual.

—No da igual —dijo Fancher.

—Se ha ido —dijo Perenchio, y bajó la vista, la miró, con los ojos encharcados, los labios apretados formando un cucurucho disgustado—. ¿Y sabes qué? Me da igual. Porque no es *mi* Mike Myers. Mi Mike Myers eres tú, tía.

—No. Escucha, Shirley. —Fancher no iba a llorar. Fancher no podía llorar. Tenía un nudo en la garganta, un nudo como el de aquella noche (UNA BOLA DE PELO GIGANTE), que no la dejaba respirar, pero no iba a llorar porque estaba *muerta*—. Me cruje la boca.

—¿Qué? —Perenchio la miró como si acabara de soltarle: Soy de otro planeta.

—Ya no soy yo —dijo Fancher.

—¿Cómo?

—Estoy *muerta*, tía —dijo Fancher—. Y tú no tienes ni puta idea.

—¿Qué?

—Que no tienes ni puta idea porque NUNCA me escuchas. Contigo siempre es yo yo yo, Shirl.

—¿De qué coño vas? —Erin pensó que Shirley se parecía a la versión robot de su madre que había visto en aquel sueño. Tenía los ojos muy abiertos y parpadeaba de vez en cuando, de forma exagerada, como si creyera que bastaba un parpadeo para que todo volviera a su lugar, para que el mundo dejara de ser un lugar habitado para volver a convertirse en la Tierra Que Únicamente Pisaba Shirley Perenchio.

—No. De qué coño vas tú, Shirl —dijo Fancher—. Si no te atrevías a decirle a Lero que querías chupársela, haberme pedido que se lo dijera yo. No tenías por qué meterme en esto. No tenías por qué meter a Reeve en esto.

—Yo no quería chupársela a Lero.

—Ya. Y los elefantes vuelan, Shirl.

—No me lo puedo creer. —Shirley parecía acorralada. No dejaba de parpadear—. En serio, no entiendo nada, Erin.

—No va a desaparecer, Shirley.

—¿Qué?

—Que por mucho que parpadees no va a desaparecer.

—¿Estás loca? ¿Es por ese puto chiflado? ¿Por el puto Billy Servant? —Shirley la miró directamente a los ojos y la apuntó con el dedo—. ¿Crees que no lo sé? ¿Crees que no sé que te está comiendo la puta cabeza?

—No me está comiendo nada, Shirl. La única que me ha comido la puta cabeza aquí eres tú —dijo Fancher.

—¿Yo? —Shirley se rió (JEI JEI)—. ¿Yo?

—Tú, sí, TÚ —dijo Fancher, apuntándola con su dedo infecto—. Que ni siquiera sabes cómo se llama la hermana de Michael Myers porque no has visto *Halloween* ni una puta vez. Y por eso dices que eres Jamie Lee. Jamie Lee y una mierda.

—¡Claro que he visto *Halloween*! —Shirley miró alrededor. Se topó con los ojos de Fanny Dundee. Trató de reírse (JEI *jei*) pero su risa resultó ridícula.

—Te da miedo —sentenció Fancher—. Como casi todo.

—Está loca —le dijo Shirley a Dundee—. Se le ha ido la cabeza. Sale con el puto Billy Servant. Es *normal.*

Fanny no asintió. Fanny no dijo nada. Fanny se limitó a contemplar a Shirley. Le dio pena. Se estaba hundiendo. Como el Titanic. Fancher era el iceberg, y ella, el único bote salvavidas a la vista.

La música se detuvo de repente. Alguien golpeó el micrófono y el micrófono se acopló con los altavoces (YIIIIIIJJJM). Shirley aprovechó el descuido para pasarse la mano por los ojos y recoger un par de lágrimas. Dundee fue la única que la vio hacerlo. Pensó: Ella es su propio bote. Pensó: No te necesita porque tú eres Laura Dern y Laura Dern no es Kate Winslet. Luego sonrió y apuró su vaso de ponche.

—Adiós, Shirley —oyó que decía Fancher.

Shirley no contestó.

En el escenario, Bess Stark daba la bienvenida a los *afortunados* alumnos del Robert Mitchum a una nueva edición del *horripilante* Baile de los Monstruos.

Luego Joss y los Lunáticos subieron al escenario.

Pero Shirley no les vio hacerlo porque estaba recogiendo supervivientes.

Sollozaba, con la mirada fija en uno de los ladrillos del gimnasio.

El monstruo de seis brazos que había arrastrado a Reeve al interior de los vestuarios de chicos estaba compuesto por Leroy Kirby, Mazz Brunner y Cedric Díaz. Es decir, por Lero y sus dos esbirros. Eran grandes, eran fuertes, eran estúpidos. Jugaban a fútbol y se reían de todo lo que a Lero le hacía gracia. Si alguna vez habían pensado por sí mismos, habían sido marginados durante el tiempo suficiente como para sentir que la vida sin Lero no era *vida*. Por eso no era raro que estuvieran en los vestuarios de chicos aquella noche, haciendo lo que mejor sabían hacer, *contentar* al GRAN Leroy Kirby, su Dios, su Maestro. Lo raro era que dudaran de que lo que el GRAN KIRBY proponía fuese una buena idea.

Porque, ¿acaso era una buena idea intentar *matar* a Reeve De Marco?

—Oh, vamos, sólo quiero darle una lección —estaba diciendo Kirby.

Reeve estaba en el suelo, en un rincón del pasillo de las duchas, empapado.

Sollozaba.

Le habían atado de pies y manos.

Se estaba golpeando la cabeza contra el suelo.

—¿Quieres parar? —Eliot se había arrodillado junto a él. Reeve detenía su *cabeza* de vez en cuando y lo miraba. Y su mirada le suplicaba que hiciera algo.

Ayúdame, decía su mirada.

Joder, Brante, *ayúdame*, decía.

—No sé, tío, ¿y si se muere? —preguntó Mazz.

—¿No mató así Servant a ese otro tío? —preguntó Cedric.

—Gallinas. Eso es lo que sois. Dos putas gallinas —dijo Lero.

—Lero, se hace daño —dijo Brante.

—Déjalo, que se joda —dijo Lero, mirando a Mazz y a Cedric—. ¿Es vuestra última palabra? ¿Os da miedo ponerle un puto cromo en la boca a un tío *maniatado*?

—No es eso, Lero, tío —dijo Max.

—No es eso, tío —dijo Cedric.

—Ya, claro. —Lero miró al suelo. Al lugar en el que Reeve estaba golpeándose la cabeza. Había una mancha de sangre. Sintió un escalofrío. ¿Y si el jodido De Marco se abría la puta cabeza? ¿Y si se abría la puta cabeza y luego todos creían que se la había abierto él? No quería matarlo. Quería darle una lección. Y aquel par de maricas estaban jodiéndolo todo. Por eso dijo—: Pues lo estáis jodiendo todo.

—No tengo nada contra ese tío, Lero —dijo Mazz.

—Yo tampoco —dijo Cedric.

—Fuera de aquí —dijo Lero. Y cogiendo a Cedric, algo más menudo que Mazz, de la peluda solapa de su disfraz de hombre lobo, añadió—: Y ni una palabra a nadie.

Cedric dijo:

—Claro que no, tío.

—Muy bien —dijo Lero.

Cedric se puso su máscara. Era la máscara de un perro rabioso. Mazz se puso la suya. Era idéntica. Luego le chocó el puño a Lero. Dijo:

—Suerte, tío.

—Como me entere de que vais por ahí con el puto cuento os arranco la puta cabeza a los dos, ¿vale? —dijo Lero.

—Tranqui, tío —dijo Mazz.

Y luego desapareció.

Desaparecieron los dos del pasillo de las duchas.

Brante deseó haber desaparecido con ellos.

Pero no podía hacerlo. Él no era Mazz, ni tampoco era Cedric. Era Eliot Brante, el Plato de Lentejas Oficial del Robert Mitchum. ¿A qué equivaldría desaparecer? A ser el siguiente Reeve De Marco y estar golpeándose la cabeza contra el suelo en el pasillo de las duchas a la espera de que Lero hiciera lo que quisiera hacer con él.

—Tápale la nariz —ordenó entonces Lero.

Brante obedeció. De Marco trató de zafarse.

—Rómpesela si tienes que rompérsela —dijo Lero, arrodillándose junto a ellos.

—Tío —dijo Brante.

—No me digas que te rajas tú también porque no vas a hacerlo.

Brante no dijo nada.

Reeve estaba tratando de gritar. Pero el esparadrapo no le dejaba. Se golpeaba la cabeza. Se revolvía. Era un cerdo que hubiera descubierto lo que era un matadero en el momento justo en que el camión de cerdos se detenía ante el edificio del que debía salir envasado al vacío.

—Tápale la puta nariz, Brante —dijo Lero.

Una gota de sudor le empañó la mirada. Se la enjugó. Luego extrajo el cromo de Coches del Futuro y lo pegó sobre el esparadrapo.

—¿Es que no me oyes, Brante? Tápale la puta nariz —dijo Lero—. AHORA.

Brante obedeció.

Reeve se revolvió con más fuerza. Lero lo sostuvo. Se tiró sobre él y lo sostuvo. Brante había empezado a gimotear. Lero ordenó: NO LLORES, ESTÚPIDO. Y luego dijo: JODIDO MACHITO NENAZA, ¿TE GUSTA LO QUE TE ESTÁ HACIENDO EL PUTO LERO KIRBY? OH, APUESTO A QUE NO, APUESTO A QUE NO TE GUSTA TANTO COMO LO QUE IBA A HACERTE PERENCHIO, ¿VERDAD? ¿QUÉ IBA A HACERTE, MACHITO DE MIERDA? ¿DEJAR QUE TE CORRIERAS EN SU PUTA CARA?

—Lero, tío —dijo Brante.

Reeve estaba morado. Su cabeza parecía estar a punto de explotar.

—ESCUCHA, NENAZA, NO PUEDES TIRARTE A LA TÍA QUE ME GUSTA.

—Lero —dijo Brante.

Reeve se movía ahora espasmódicamente. Un espasmo. Luego otro. Tenía los ojos en blanco. Era como si ya no estuviera. Luego dejó de moverse.

—¡JODER, TÍO! —gritó entonces Brante, y se apartó del que había sido su mejor amigo—. MIERDA, TÍO, *mierdamierdamierda*.

—PUTO DE MARCO —dijo Lero, como abducido. Y luego, dándose cuenta de que Brante estaba en pie y se enjugaba las lágrimas y no dejaba de repetir *mierda* una y otra vez *MIERDAMIERDAMIERDA*, preguntó—: ¿Qué coño haces?

—Está muerto, tío —respondió Eliot. Y luego aulló—: JODER, TÍO, ¡era mi amigo!

—No está muerto, tío —dijo Lero, y le dio una bofetada.

Reeve no reaccionó.

Lero le dio otra.

—No está muerto, tío, ¿lo ves? Ha abierto los ojos.

—Tío, yo me largo.

—NO TE LARGAS.

—Está muerto, tío.

—No está muerto, JODER.

—No respira, tío —dijo Brante.

—¿Cómo coño lo sabes?

—Está azul.

—QUIETO. —Brante empezó a alejarse por el pasillo—. QUIETO, BRANTE.

—Vámonos, tío —dijo Eliot.

Y, antes de levantarse y echar a correr, Leroy miró a Reeve por última vez. No tenía buen aspecto. Tenía los ojos cerrados y los párpados morados. Tenía sangre en la cabeza. Parecía *no* estar respirando.

No puede estar muerto, pensó, antes de salir de los vestuarios.

Sólo era un puto cromo, pensó a continuación.

Fuera, en el mundo que no se había detenido, Joss y Los Lunáticos cantaban «Me enamoré en un cementerio». Y los monstruos bailaban.

El Hombre Invisible había querido saber si aquélla era su primera vez. Y Velma le había dicho que sí. Estaban en mitad de la pista, en el sitio exacto en que la mano enguantada de Rozz O.

Banion había alcanzado por primera vez el hombro de la profesora suplente de Lengua, diez segundos antes de que el director Sanders los alcanzara a los dos. Cuando eso ocurrió, Joss y Los Lunáticos aún no habían subido al escenario y el Hombre Invisible aún no le había preguntado a Velma Ellis si aquélla era la primera vez que acudía al Baile de los Monstruos. Cuando eso ocurrió, cuando el director Sanders los alcanzó a los dos, Velma le dijo al director Sanders que podía irse al infierno, el Hombre Invisible frunció el ceño (aunque nadie pudo ver cómo lo hacía) y el director Sanders se preguntó por qué.

—¿Por qué? —se preguntó.

—Porque sé lo que ha estado haciendo con la señorita Stark —respondió Velma.

—¿Qué? —El director Sanders miró al Hombre Invisible como si tuviera la culpa de todo, y le preguntó—: ¿Cómo lo...? ¿Ha sido usted?

—OH —dijo Velma—. ¡Así que es *cierto*!

—¡No! —trató de defenderse Rigan.

—¡Acaba de decir que sí! —bramó Velma.

—No he dicho que... —Oh, Dios, ¿acaso podía empeorarlo?—. Escuche, señorita Ellis. Usted me (EJEM) gusta y lo único que hice con la señorita Stark fue...

—No puedo creérmelo —dijo Velma.

El Hombre Invisible se apartó, aunque se mantuvo a la distancia adecuada para no perderse ni uno solo de los ataques de la pelea entre Drácula Sanders (sí, así es como voy a llamarlo, pensó) y su atribulada doncella pelirroja.

—¡Oh, no! No, no, escuche, ¡no ha pasado nada! ¡Ella era mi prometida! —dijo el director, que miraba con desconfianza y cierto terror al Hombre Invisible, creyendo que era únicamente producto de su imaginación.

—¿Su prometida? —Velma parecía realmente sorprendida—. ¿La señorita Stark es su prometida? ¿Lucy? *¿Ella?*

—Sí —admitió Sanders, creyendo que estaba haciendo lo correcto, creyendo que lo que haría a continuación la señorita Ellis sería sonreír y preguntarle por qué no lo había mencionado antes, sin advertir que en *ningún momento* le había dicho que no existía Lucy, que no había sido más que un invento, que la señorita Stark sólo había tratado de hacerle un favor. Por eso añadió—: ¿Lo entiende ahora?

Velma lo miró, airada.

—¿Sabe qué? He estado a punto de cometer una estupidez —dijo.

—¿Cómo?

—He estado a punto de pedirle que se casara conmigo. Le he dicho a mi jodido vestido que iba a pedírselo. Y ahora me siento estúpida. Porque usted se ha estado riendo de mí todo este tiempo —dijo Velma.

—Oh, no, se equivoca, no lo entiende, ¡LA QUIERO! —gritó Sanders.

Velma le dio una bofetada. Sonó así: (PLAS).

Le sentó francamente bien hacerlo.

Aunque un instante después se arrepintió.

Date por despedida, estúpida, se dijo entonces.

Por suerte, la bofetada coincidió con el momento en el que Bess Stark subió al escenario y dio un golpe al micrófono y el micrófono (YIIIIIIJJJM) se acopló con los altavoces. Así que todo el mundo estaba mirando en su dirección cuando ocurrió, y nadie, a excepción del Hombre Invisible, la vio *golpear* al director Sanders.

—Lo siento —dijo Velma, mientras Bess daba la bienvenida a los afortunados alumnos del Robert Mitchum a aquel *horripilante* Baile de los Monstruos.

Rigan Sanders no dijo nada. Se fue por donde había venido. Con la mano en la mejilla, preguntándose qué demonios le habría contado aquel Hombre Invisible.

Entonces, un segundo antes de que Joss y Los Lunáticos empezaran a entonar «Me enamoré en un cementerio», la mano enguantada del Hombre Invisible volvió a posarse sobre el hombro desnudo de la señorita Ellis y su propietario volvió a preguntarle:

—¿Se encuentra bien, señorita?

Velma dijo que sí. Luego, con la mirada perdida entre la multitud, quiso saber quién era y qué quería.

—Soy Rozz O. Banion, del *Buenos días, Elron*. Estoy escribiendo una crónica del baile. Dígame, ¿es su primera vez?

—Oh. —Velma le miró. Rozz se quitó las gafas de sol. A Velma le gustaron sus ojos. Eran sólo un par de ojos azules, pero le gustaron de todas formas—. Sí. Y me temo que no me está yendo demasiado bien.

—Si me deja decirle algo, señorita, creo que ha hecho usted bien —dijo el Hombre Invisible.

—¿Usted cree? —preguntó la profesora suplente de Lengua.

—Si ha hecho lo que creo que ha hecho, ese hombre no la merece —dijo Rozz O. Banion, deslumbrado por la belleza y la imprevista vulnerabilidad de la profesora.

—Maldito... ¡OH! —dijo Velma. Luego rompió a llorar.

A Rozz le extrañó que antes de hacerlo se señalara impulsivamente el vestido, como si aquel montón de tela blanca tuviera la culpa de todo.

—Vaya —dijo Rozz—. Lo siento.

Velma se tapó los ojos con las manos. Sollozaba. No podía dejar de hacerlo.

Balbuceó:

—No, uh, usted, uh uh, no tiene la, uh, culpa, uh uh, es, uh...

Y al periodista le hubiera parecido divertido si no fuera porque aquella mujer le importaba. Pero ¿por qué? ¿Por qué habría de importarle? ¿Acaso era algo más que una profesora disfrazada de Damisela en Peligro? ¿Qué era lo que le unía a ella? ¿Qué era lo que estaba a punto de hacerle gritar CÁSATE CONMIGO? Rozz había salido aquella noche de casa sin preguntarse cómo regresaría y ahora había algo parecido a un dedo del tamaño de un transatlántico apuntando en su dirección y susurrándole (oh, sí, era un dedo, pero tenía una pequeña boca, así que podía *susurrar*): Cásate con ella.

—Cálmese, señorita —dijo al fin. Y luego—: Lo arreglaremos.

Velma se quitó una mano de la cara. Le miró a través de los dedos de la otra.

—¿Usted y, uh, usted y, uh, quién?

—Usted y yo —dijo Banion.

—¿Usted y, uh, usted y, uh uh, *yo*?

Banion asintió.

—¿Quién es, uh, quién es, uh uh, usted? —preguntó Velma.

—Soy Rozz O. Banion, del *Buenos días, Elron* —repitió Rozz.

Velma dejó caer su otra mano. Sonaba «No te cortes la cabeza por mí». Joss y Los Lunáticos seguían en el escenario. Joss cantaba:

> *No te cortes la cabeza*
> *Sé que no valgo la pena*
> *No te cortes la cabeza*
> *Sé que no valgo una mierda*
> *No te cortes la cabeza*
> *Porfa, no hagas que me duela.*

—¿Le envía el señor Ripley? —preguntó Velma, que había dejado de sollozar. El pequeño terremoto era historia—. Oh, lo siento, olvídelo, soy *tan* estúpida.

Banion no asintió, pero Velma creyó que lo hacía.

—¿Le apetece una copa? —preguntó el periodista.
—Claro —dijo Velma.
Y lo que hizo a continuación tomó por sorpresa a Rozz O. Banion. La profesora suplente de Lengua enroscó su mano en su mano enguantada y Rozz sintió que el pilotito rojo de la cámara (¡ACCIÓN!) se encendía. Y pensó: Tal vez sólo quiera *joder* a ese director gordo. Pensó: ¿Y a ti qué más te da, Banion? Lo importante, lo único que importa, Banion, querido, es que tú eres el plan.

Cuando Mazz y Cedric, los dos esbirros de Kirby, salieron de los vestuarios de chicos, Billy Servant estaba sentado en el suelo, junto a la puerta. Ninguno de los dos le vio. Tampoco vieron su zapato de charol izquierdo cuando Billy extendió la pierna, así que Cedric tropezó y estuvo a punto de caerse. Mazz le ayudó a levantarse y dijo: Vamos. A Billy le extrañó que no trataran de golpearle. Por eso se puso en pie de un salto y los siguió. Fue entonces cuando el micrófono y los altavoces se acoplaron (YIIIIIIIJJJM). Bess Stark estaba en el escenario, diciendo todo aquello de lo afortunados que eran los alumnos del Robert Mitchum. Y Mazz y Cedric miraban a todas partes, como un par de presos con grilletes que acabaran de escapar de su celda.

—Apuesto a que sé lo que hacíais en los vestuarios —le susurró Servant a Mazz. Se había situado tras él. Le estaba hablando directamente a su oído izquierdo—. Parejita.

Mazz se dio media vuelta, colérico. Le enseñó el puño, pero no le golpeó.

—Te callas —dijo—. O te lo comes.

—No, tío, aquí el que te come cosas es Cedric —dijo Servant.

—EH, TÍO —dijo Cedric. Un armario moreno con el pelo cortado al cepillo—. El único comepollas que hay aquí eres tú.

—¿Quién ha dicho pollas? Yo no he dicho pollas. ¿Has sido tú, Mazz? ¿Es lo que has dicho? Jo-der, tío.

Cedric levantó la mano, dispuesto a golpearle. Pero Mazz le detuvo.

—Pasa, tío —le dijo—. No vale la pena.

Cedric miró a Mazz. Mazz miró a Cedric. Cedric bajó el brazo.

—Marica —dijo Servant.

Cedric se mordió el labio inferior. Le dio un pisotón a Servant. Servant fingió no haber sentido (AUMMMPF) dolor. Dijo:

—En... ten... dido, tíos.

—Vale —dijo Cedric.

—Largo —dijo Mazz.

Cojeando, Servant regresó a la puerta de los vestuarios. Había perdido a Fancher. Hasta hacía sólo un minuto estaba junto a Shirley, en el rincón del ponche, pero había desaparecido. Shirley seguía ahí y se tapaba la cara con las dos manos. Tal vez se lo había dicho todo. ¿Y qué ocurriría cuando lo hiciera? ¿Acaso creía que podía dejar de estar muerta porque le dijera lo que pensaba de ella?

Oh, no, claro que no.

Erin estaba muerta y él no lo estaba, pero a lo mejor Reeve De Marco lo estaba. ¿Qué hacían allí dentro? ¿Por qué Mazz y Cedric parecían *tan* nerviosos?

Bien, ha llegado el momento, tío, se dijo Servant.

Vas a ir allí y vas a abrir la jodida puerta, se dijo a continuación.

Entonces miró hacia atrás y creyó ver a Eliot Brante encogido en un rincón de la pista. Se estaba golpeando la cabeza con la mano. Un poco más allá, caminando apresuradamente en dirección a la puerta doble que daba al patio, vio a Leroy Kirby. Llevaba un cigarrillo apagado entre los labios, las manos hundidas en los bolsillos, el flequillo, su flequillo rubio y perfecto, golpeaba (FLAP FLAP FLAP) su frente.

Podría ir tras él, se dijo Servant.

Pero luego miró la puerta de los vestuarios y pensó que Reeve podría seguir ahí dentro. Pensó que sería estúpido dirigirse a Kirby y reprenderle por algo que tal vez no había pasado. Pero ¿qué era lo que podía haber pasado?

Toc, toc, Bill, ¿qué crees que pasa cuando sales con la chica que le gusta a Lero Kirby? ¿Que Lero te arranca la cabeza? Sí, bueno, no exactamente. Lo que pasa es que te patea el culo y empieza a hacerte la vida imposible.

—Puto De Marco —susurró Servant.

Luego abrió la puerta de los vestuarios y se coló dentro. Sin mirar atrás. Era el maldito Billy Servant. Y todo lo que hiciera era *normal*. Podía subirse al tejado del gimnasio y empezar a bailar y nadie lo encontraría extraño porque era el puto Billy Servant y estaba chiflado. Así que abrió la puerta y se coló dentro. Ni siquiera pensó que la puerta no debería estar abierta. Desde que pillaron a un chico de último curso montándoselo con una de primero en aquellos mismos vestuarios la noche del Baile de los Monstruos de hacía un millón de años, habían permanecido cerrados. Pero eso Servant no podía saberlo. De la misma manera que no podía saber que la señorita Espíritu del Más Allá se acostaba con la señorita Tempelton. Sencillamente, no le interesaba lo suficiente.

En cualquier caso, entró.

Las luces estaban apagadas, las encendió.

Un fluorescente parpadeaba sobre las dos filas de bancos.

—¿De Marco? —preguntó.

Nada. Sólo la música amortiguada del baile.

—Tío, soy Servant, ¿estás ahí?

Servant se movió. Tomó aire y se dirigió a la zona de los retretes. Abrió una puerta. Nada. Abrió otra. Nada. Se mantuvo quieto, en silencio, esperando oír el gimoteo del chico. Pero no oyó nada.

—De Marco, tío —dijo Servant.

Sólo le quedaba por recorrer el pasillo de las duchas. Y empezaba a sentirse estúpido. Lo más probable es que Reeve se haya largado después de lo que sea que haya pasado aquí dentro, se dijo. El zumbido del fluorescente parpadeante (FFFFFF) (CLIC) (FFFFFF) lo acompañó hasta el pasillo de las duchas. Y, oh, allí estaba. Había *algo* en el rincón. Un bulto. Parecía un montón de ropa amontonada. Pero tenía el pelo rubio y zapatos. Zapatos negros. Servant se aproximó, con el corazón latiéndole en el pecho como un canguro boxeador incapaz de acertar ni uno solo de sus golpes.

—No tío, no tío, no tío... —Iba diciendo.

Era De Marco. Estaba tendido en el suelo boca arriba. Tenía un cromo en la boca y los ojos cerrados. Estaba atado de pies y manos. El tipo de cuerda con la que lo habían atado ni siquiera era una cuerda, eran un puñado de cordones de zapatillas.

—Joder, tío —dijo Servant, antes de arrodillarse a su lado—. ¿Estás muerto?

De Marco no dijo nada. No se movió. Nada.

Servant le quitó el cromo de la boca y luego le quitó el esparadrapo. De Marco seguía sin moverse. Servant aproximó su cara a la cara del chico. Le tocó el pecho. Tío, ¿estás ahí? ¿Es eso tu corazón?, preguntó. Pero los únicos latidos que oyó fueron los de su propio corazón. Los podía sentir en la mano, en cada uno de sus dedos, los oía hasta en su cabeza (BUMbumBUMbum), todo el tiempo (BUMbumBUMbum), ahí estaban. Pero ¿y los de Reeve? ¿Dónde estaban los de Reeve?

—Eh, tío —dijo Servant—. No jodas.

Le dio un golpe en la cara. No fue exactamente un golpe. Fue un simple manotazo. Como una bofetada. Por un momento, le pareció que el labio del chico se contraía. Pero luego nada. Servant volvió a aproximar su cara a la cara del chico. Se acercó a su boca. La abrió. Le pareció que respiraba. Le pareció que su pecho se inflaba ligeramente y luego volvía a desinflarse. Pero sólo se lo pareció.

—Oh, joder —dijo—. Joder joder joder.

Se puso en pie. Sintió náuseas. La cabeza le daba vueltas. Consiguió alcanzar el lavabo dando traspiés. Se lavó la cara. Respiró hondo (HA-HU-HA-HU). Y pensó: Tira el puto cromo y sal de aquí. Pensó: Está muerto, tío, sal de aquí.

—JO-DER, tío, MIERDA —se dijo.

Si alguien entrara ahora estaría perdido.

Porque nadie iba a creerle cuando dijera que había visto a Brante llevar a Reeve hasta la puerta de los vestuarios, nadie le creería cuando dijera que había visto a Lero y a Mazz y a Cedric forzándole a entrar, nadie le creería cuando dijera que sólo había entrado a echar un vistazo porque estaba aburrido y en parte temía, sí, temía que Lero le hubiera dado una paliza a Reeve porque Reeve había invitado a salir a Shirley y Shirley era la chica de Lero.

Servant se miró al espejo. Tenía restos de maquillaje por todas partes. Se restregó la cara hasta hacerla enrojecer mientras susurraba: Vamos, vamos, vamos. Y: Piensa, piensa, piensa. Pero ¿qué podía *pensar*? ¿Qué podía hacer? ¿Salir allí fuera y gritar: EH, TÍOS, DE MARCO ESTÁ MUERTO, ESTÁ *REALMENTE* MUERTO, AHÍ DENTRO? ¿Bromeas? Eres el puto Billy Servant, ¿quién demonios va a creerte?

—Pelma —se dijo—. Pelma Ellis.

Sí, podía salir y buscar a la profesora suplente de Lengua. Podría decirle: Tengo que enseñarle algo, y llevarla hasta los vestuarios, JA, JA JA JA, rió Servant, JA JA, rió. ¿Crees que ella va a *creerte*? ¿De veras? Si es lo que crees, entonces es que estás tan chiflado como Robbie Stamp.

Fue entonces cuando oyó el gimoteo. Un (SNOP SNOS) acababa de interrumpir el (FFFFFF) del fluorescente (CLIC CLAC) parpadeante.

—¿De *Marco*? —susurró.

Y algo se movió (RUB) en el pasillo de las duchas.

A Servant le sonó a Helmet Rabitt tratando de zafarse de un par de cordones de más. No puede ser, pensó. ¿No está *muerto*?

Entonces oyó el grito.

Fue un grito (*JIIIIIIIIIIIIH*) horrible.

Como de animal enjaulado que ya se ha cansado de suplicar por su vida. Luego hubo nuevos golpes (RUB RUB) de Helmet Rabitt tratando de zafarse de cordones de más. ¡Había vuelto! ¡Reeve había vuelto!

Servant salió del cuarto de baño apresuradamente y se dirigió al pasillo de las duchas con algo parecido a una bomba a punto de estallarle en el pecho. ¿Era posible? ¿Había vuelto Reeve de entre los muertos?

—¡REEVE! —gritó.

Al oír el grito, el chico se encogió en el rincón.

—Tío, soy yo, Servant —dijo Servant—. Jo-der, tío. Estabas muerto, tío.

—*No me toques* —susurró Reeve.

—¿Y cómo quieres que te quite eso? No soy la puta Carrie White.

Servant se aproximó a él. Cuando estuvo lo suficientemente cerca, se arrodilló y empezó a tratar de desatarle. Reeve se revolvió.

—Que no me toques, *joder* —dijo, con la voz cavernosa de Fancher.

—Eh, tío, que sólo quiero ayudarte —dijo Servant.

—*Vete* —dijo Reeve. Luego se sorbió los mocos y se golpeó la cabeza contra el suelo. Empezó a sollozar. Y volvió a golpearse contra el suelo, sin demasiada fuerza, como en un intento de despertar de aquella pesadilla.

—Eh, eh, tío. —Servant lo detuvo—. Ya estás muerto, ¿vale? No es necesario que te abras la cabeza.

—Joder, tío, uh uh, joder —susurró De Marco. Estaba llorando—. Yo no quería, uh, yo no quería salir con Shirley, uh, uh, mierda, tío, uh...

—Oye, tío. Voy a desatarte, ¿vale? —Servant empezó a tratar de desatarlo, pero se dio cuenta de que iba a ser imposible. Los nudos estaban demasiado *cerrados*, prácticamente no se distinguían del resto del cordón. Iba a necesitar sus llaves. Las sacó del bolsillo y empezó a intentar cortar los cordones. Dijo—: Mucho mejor así.

Tardó un buen rato en deshacerse de aquellos condenados nudos, tiempo que Reeve empleó en insultar a Lero (El Monstruo) Kirby, a Eliot (Era mi puto amigo, tío) Brante y a Shirley (Maldita Zorra) Perenchio, mientras sollozaba y juraba vengarse de todos ellos. Voy a matar a Kirby, tío, repetía. Voy a matarlo, repetía.

—No vas a matar a nadie, Reeve. —Ése era Servant, deshaciéndose del último cordón y liberando al fin las manos del chico—. Vas a irte a casa y te vas a meter en la ducha y luego te vas a echar un vistazo a eso que tienes en la cabeza.

Reeve se tocó la cabeza y (AUUUH) se quejó.

—¿Qué tengo? —preguntó.

—Bah. Un poco de sangre. Sobrevivirás.

—Casi me mata, tío —dijo De Marco.

—Ya —dijo Servant, y suspiró—. La vieja historia de siempre, tío.

—¿La vieja historia de siempre?

—¿Crees que a Lero lo que le jode es que te tires a Perenchio?

—No me he tirado a Perenchio.

—Ya me entiendes.

Reeve asintió.

—Pues no, tío. Lo que le jode a Kirby es que sabe lo que pasará después. Sabe que tú vas a salir de aquí. Que tendrás una vida mejor, en algún lugar, algún día. ¿Y qué le pasará a él? Él va a comerse los mocos el resto de su vida, aquí, en este agujero. Y está disfrutando de su momento. Ser el matón de clase es lo mejor que va a hacer en su vida, tío. Piénsalo. Va de que no le importa una mierda nada, pero sí que le importa. Si no le importara no estaría tan preocupado porque nadie le jodiera *su* puta reputación. No sabe leer, tío. ¿Le oíste en clase aquel día? No sabe leer. Por eso se ríe de los que leemos libros, porque tiene que convertirnos en *lo peor* para no sentirse como una puta mierda. Lero tiene un montón de putos problemas. Y Shirley Perenchio no es uno de ellos.

—¿Y por eso tiene que matarme? Tío, quería *matarme*.

—Nah. No creo que quisiera matarte —dijo Servant—. ¿Y sabes qué? Ahora vas a darle miedo. Porque no estás muerto. Porque has ganado. Y tendrá que pasar de ti como pasa de mí porque mezclarse contigo le recordará que ni siquiera es tan fuerte como cree. Tío, si ni siquiera tiene imaginación, ¿un puto cromo de Coches del Futuro? —dijo Servant, y le guiñó un ojo—. Demasiado visto.

Reeve no sonrió. Se enjugó las lágrimas y se tocó una vez más la brecha que se había abierto en la cabeza. Hizo un gesto de dolor pero no se quejó.

—¿Te duele? —preguntó Servant.

—Un poco —dijo De Marco.

—¿Quieres que me vaya?

De Marco asintió.

—Sé cómo te sientes —dijo Servant—. Pero, en serio, no vale la pena, tío.

—Se lo diré al director Sanders —dijo De Marco.

—Vale —dijo Servant.

—Lo expulsarán —dijo De Marco.

—Sí. Pero sabes que volverá. Y cuando vuelva será una especie de leyenda —dijo Servant—. Créeme, sé de lo que hablo.

—Tú no volviste —dijo De Marco.

—A mí no me expulsaron. Mi madre me sacó de allí —confesó Servant—. Un tío como Lero me estaba haciendo la vida imposible. Me inventé todo eso para que nadie se acercara a mí. Y todo el mundo se lo tragó.

De Marco lo miró como si lo viera por primera vez.

—¿Te lo inventaste?

—Dime una cosa, si hubiera matado a alguien, ¿no debería haber ido a la cárcel?

Reeve asintió. Dijo: Sí. Y luego: Supongo.

—Bingo —dijo Servant—. Ahora sabes mi secreto. ¿Por qué no me cuentas el tuyo?

—¿El mío?

—¿Qué coño pasó con Fancher?

—¿Qué coño pasó con Fancher?

—La has jodido *bien*.

—¿Por qué?

—Porque *tú* le gustabas.

—¿Le gustaba? —Reeve sonrió—. ¿En serio?

—Sí, tío. ¿Y sabes qué? Ahora es la Zorra Oficial del Robert Mitchum.

De Marco no dijo nada. Clavó sus ojos azules como pequeños tiburones (ÑAM ÑAM) en una de sus Helmet Rabitt.

—Mierda, tío —murmuró luego—. Supongo que no sirve de nada que te diga que yo tampoco quería hacerlo. Esa puta Perenchio me obligó.

—¿Te obligó? —Servant frunció el ceño.

—¡NO QUERÍA ESTO! —gritó De Marco—. NO QUERÍA PARECER UN PUTO NENAZA, ¿vale?

—Todos somos unos putos nenazas, Reeve —dijo Servant—. Hasta el jodido Kirby es un puto nenaza.

Reeve no dijo nada. Trató de levantarse, pero la cabeza le daba vueltas.

—Tengo que hablar con Fancher —dijo.

Sentada en el suelo, en la pista de voleibol, en el lugar exacto que ocupaban los banquillos cuando se celebraba algún partido en el Robert Mitchum, Erin Fancher se arrancó una tirita. Era la tercera que se arrancaba desde que había *hablado* con Shirley. Bajo las otras dos no había encontrado lo que esperaba encontrar

una de aquellas jodidas llagas apestosas

sino una pequeña cicatriz, apenas un punto de un color ligeramente amoratado del que no iba a salir ningún gusano.

Y bajo aquélla encontró lo mismo.

Una pequeña cicatriz.

Oh, por todos los dioses galácticos, ¿y si volvía a estar viva?

—¿Fancher?

Erin levantó la vista y su mirada amarillenta se topó con una máscara de Michael Myers. Siguió el brazo que la sostenía y, oh, dioses del demonio, ¿*Reeve?*

—Hola —dijo, bajando la vista, *muerta* de vergüenza.

El chico se sentó a su lado. Con cuidado, como si algo le *doliera*.

—Mi madre jugaba a volei —dijo Fancher—. Era la capitana del equipo.

—Mi padre jugaba al Monopoly —dijo De Marco—. Conmigo.

Fancher sonrió. Le miró. El flequillo le tapaba los ojos.

—¿Y era bueno?

—Más que yo —dijo Reeve.

—¿Qué te ha pasado en la cabeza? —Erin se dio cuenta entonces de que tenía una herida en la cabeza, porque no dejaba de tocársela. Se la tocaba como si temiera que el cerebro insistiera en el hecho de que había llegado el momento de salir a dar una vuelta o, quizá, ofrecerse como exquisito bocado a una auténtica chica *zombie*.

—Lero ha intentado —dijo De Marco, buscando en el bolsillo trasero su paquete de Sunrise— arrancármela.

—No, en serio —dijo Fancher.

Reeve asintió, sonriendo, mordiéndose los carrillos.

—En serio —dijo.

Luego le ofreció un cigarrillo. Fancher se negó. Dijo:

—Me temo que podría provocar un incendio.

Reeve frunció el ceño.

—Oh. Es una larga historia —dijo ella.

—Tengo tiempo —dijo De Marco, con el cigarrillo en los labios y mirándola a los ojos con aquel par de (ÑAM ÑAM) tiburones azules.

—¿Y Shirley? —preguntó Fancher.

—¿*Shirley*? —Reeve se retiró el flequillo de la frente—. Que se vaya al infierno.

Fancher sonrió. Dijo:

—Suena bien. —Y—: Que se vaya al puto infierno.

Reeve la miró.

—Mola estar contigo —dijo.

¿Has oído eso, Susan? ¡Uouh, Susan! ¿Lo has oído, estúpida? ¡Maldita Susan Snell! ¿O debería decir *querida* Muerte? Oh, por todos los dioses galácticos, Susan, o, mejor, *querida* Muerte, ¿por qué no te vas al infierno?

Sí, eso es.

Vete al infierno.

—¿De qué te ríes? —Reeve frunció el ceño.

Sí, Erin se estaba riendo (JAI JAI) y, por primera vez en

mucho tiempo, le traía sin cuidado lo que le pasara a su boca
(¡Que se desmontara, que se cayera a pedazos! ¡Por ella podía
irse al infierno!), sólo se reía (JAI) y se veía a sí misma como lo
que era, una chica cubierta de tiritas que olía francamente *mal*
y llevaba una semana sin peinarse por miedo a... ¿a qué? ¿Perder la cabeza?

—De la larga historia —respondió Fancher, al fin.

—¿Es una historia divertida? —preguntó De Marco.

Fancher sonrió. Su boca *crujió* cuando lo hizo.

—Es *muy* divertida —dijo.

Boggs Merrill se sirvió una copa y le tendió otra a su nuevo
amigo. Su nuevo amigo vestía como lo haría un mago que acabara de escaparse de un circo. Llevaba una pajarita roja, una
camisa blanca y un reloj de bolsillo encadenado a un chaleco
negro. También llevaba un sombrero y se había pintado un bigote que acababa retorciéndose. Decía que era el genio de la
lámpara. Sí, era Weebey Ripley.

—Oh, fíjese, el director Sanders está pataleando —le dijo
Merrill, cuando hubieron hecho entrechocar sus vasos de plástico, con el consabido (CHIN CHIN).

—¡No me diga! ¿Ese señor de ahí es Rigan Sanders? —preguntó Ripley.

Ambos miraban en dirección a la puerta, junto a la que Rigan parecía discutir con una rubia demasiado alta.

—Ajá —dijo Merrill—. Y el disfraz que lleva es mío.

—Es extraño —dijo Ripley—. ¿No debería estar bailando
con Velma?

—¿Velma? ¿Quién es Velma?

—Oh, ahí está —dijo Ripley, acababa de descubrir a Velma en la pista de baile—. Ha preferido al Hombre Invisible.

—¿Ésa es la sustituta de Pris? —quiso saber Merrill.

—¿Quién es Pris? —preguntó Ripley, dando un sorbo a su vaso de ponche.

—¿No lo sabe?

—¿Es la chica muerta? —preguntó Ripley.

—¿Hay una chica muerta? —Merrill abrió mucho los ojos.

—Oh, no está realmente muerta. Sólo cree que está muerta. Velma estuvo a punto de cederle uno de sus deseos.

—Oh. Entiendo. —Boggs estaba tratando de coquetear. Parpadeaba lentamente y sonreía todo el tiempo. Tenía la cara muy blanca, como si se la hubiera espolvoreado con polvos de talco. Iba vestido de época. ¿Acaso no había muchos condes muertos? Bien, pues él era uno de ellos—. ¿Puede explicarme otra vez todo ese asunto del genio, señor Ripley?

—No hay ningún asunto. Soy un genio —dijo Weebey Ripley.

—¿Y puede concederme tres deseos? —preguntó Merrill.

Ripley dio un salto. Boggs Merrill estaba apuntándole con su boca. Oh, sí, algo así era posible. Merrill se había acercado tanto a Ripley que había conseguido colocar sus labios a dos centímetros de los del genio sin que éste se diera cuenta.

El salto consiguió evitar el (SMUACKS) beso.

—Uh, lo siento —dijo Ripley—. No es usted mi tipo.

—¿Sabe qué? —Merrill estaba *muy* enfadado. Por eso le tiró lo que le quedaba de ponche a la cara y dijo—: Váyase al infierno.

Weebey no dijo nada.

Boggs Merrill se fue por donde había venido.

Mucho más tarde, aquella misma noche, Boggs Merrill llamaría a Irma Jeeps, la ex directora del Robert Mitchum. Cuando eso ocurriera, Irma estaría hablando con su gato negro, un gordo minino italiano llamado Binky Brown. Sería más de medianoche e Irma descolgaría pensando que se trataba, sin duda, de su madre. Pero no lo sería. Sería aquel condenado de Boggs Merrill.

—¿Has visto la hora que es? —le preguntaría Jeeps.

—¿No somos amigas? —le preguntaría Merrill.

—Yo quería acostarme contigo, Merrill. Así que no, no somos *amigas*.

—No vas a creerte lo que ha pasado —proseguiría Merrill, ignorando el comentario de Jeeps.

—Oh, Dios. Desembucha —diría la ex directora del Robert Mitchum.

—El director Sanders ha sido coronado Rey del Baile de los Monstruos —informaría Merrill—. ¿Y adivina qué? Yo le vendí el disfraz.

—Oh, el baile. Claro. Era hoy. ¿Cómo he podido olvidarlo? —diría, con sorna, Irma.

—¡Irma! ¡Era *tu* baile!

—Tú lo has dicho, *era* —diría Irma—. Y bien, ¿quién era *ella*? Y no me digas que eres tú porque no voy a poder pegar ojo esta noche.

—No no no. Era la sustituta de Pris. Una tal Velma.

—Estupendo —diría Irma—. ¿Y ésa es la GRAN noticia, Merrill?

—No no no no. La GRAN noticia, Irma, es que el director Sanders le ha pedido a Velma, oh, Dios, estoy tan nervioso, ¡estoy tan nervioso!

—Yo me aburro, Merrill —diría Irma mirando a Binky Brown y apartando la boca un segundo del auricular para susurrarle al gato: Es ese chiflado de Merrill.

—¡LE HA PEDIDO QUE SE CASE CON ÉL!

—¿Me has dicho de qué iba disfrazado? —preguntaría Irma.

—¿ES QUE NO ME HAS OÍDO? ¡LE HA PEDIDO QUE...!

—Ya, ya. Te he oído. Pero, dime, ¿qué tiene eso de GRANDE, Merrill? No hay muertos. Y yo trabajo con muertos. *Hablo* con ellos.

—Oh, no empieces otra vez con eso —diría Merrill—. Sabes que no me gusta.

—¿Por qué? ¿Qué tienen de malo los muertos?

—Están muertos, Jeeps.

Y así acabaría la conversación. Pero todo eso ocurriría mucho después. Lo que estaba ocurriendo en aquel preciso instante era que Weebey (El Genio) Ripley estaba empapado. Y estaba empapado porque Boggs Merrill acababa de tirarle encima lo que le quedaba de aquel brebaje del demonio.

—¿Necesita una de éstas? —acababa de preguntarle la chica con aspecto de exploradora que había sentada en una de las sillas junto a la mesa del ponche.

Weebey se volvió. Fanny Dundee le estaba tendiendo una servilleta.

—Oh, sí —dijo Ripley, tomándola—. Gracias.

—No le haga caso, está chiflado —dijo la chica.

Weebey Ripley asintió y (OH) se *frotó* la cara con la servilleta que la chica le había alcanzado y sólo después de hacerlo se dio cuenta de que (OH, DEMONIOS) estaba fuera. Fuera de la lámpara. Una vez más. Así que dejó con cuidado la servilleta sobre la mesa, se rascó la ceja izquierda, sirvió un nuevo vaso de ponche y se dijo:

—Bueno, allá vamos, pequeño.

Allá vamos.

«Para viajar lejos no hay mejor nave que un libro».
EMILY DICKINSON

Gracias por tu lectura de este libro.

En **penguinlibros.club** encontrarás las mejores recomendaciones de lectura.

Únete a nuestra comunidad y viaja con nosotros.

penguinlibros.club

Penguin Random House Grupo Editorial

penguinlibros

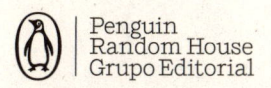